今夜も愉快な
ナイトメア

烏丸尚奇

ハルキ文庫

角川春樹事務所

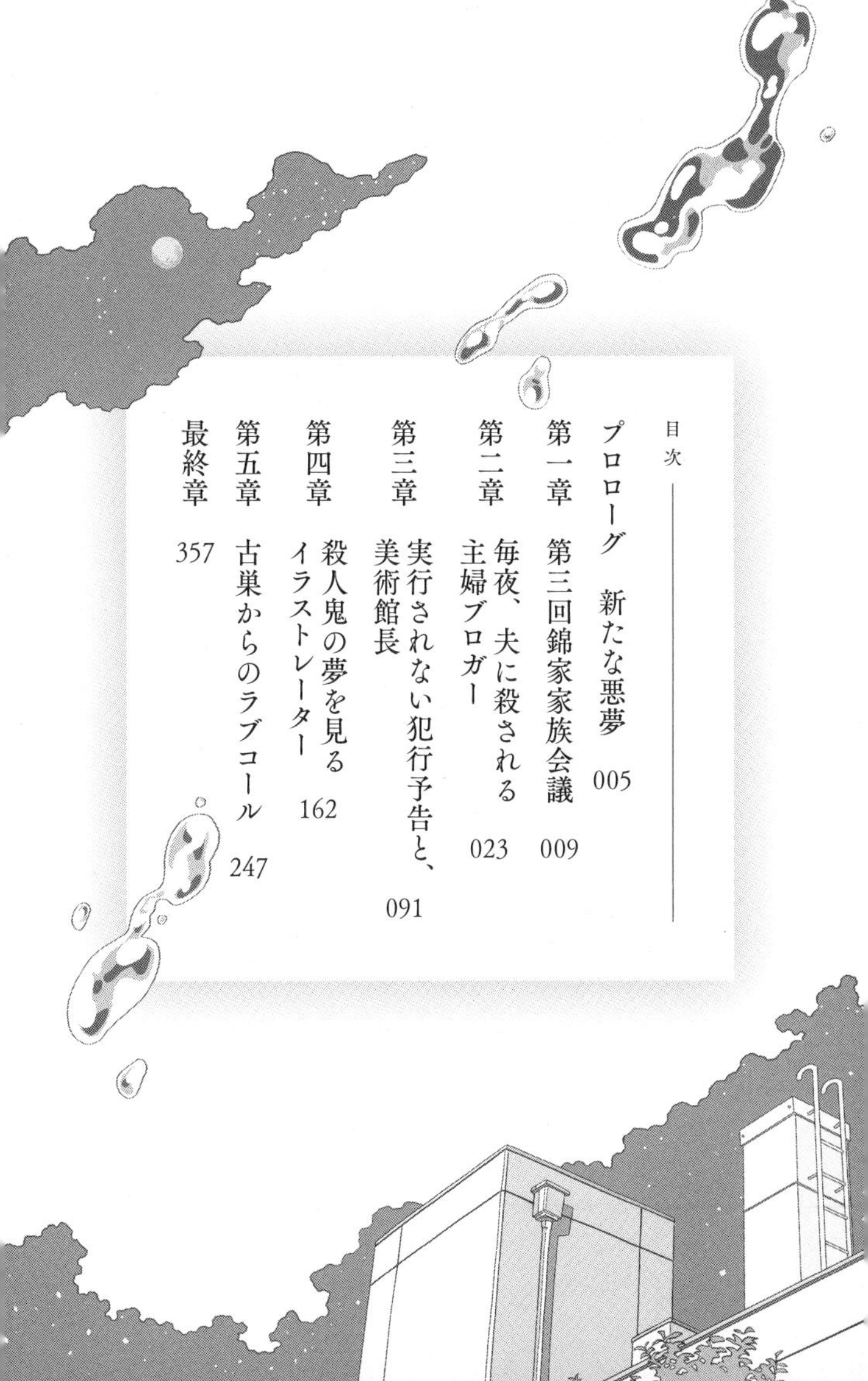

目次

プロローグ　新たな悪夢

「次は外科界のホープ、あ、失礼しました。どうも情報が古かったようですね。元ホープの錦治人(にしきはると)先生による研究発表です」

失礼なアナウンスと共に、舞台上がスポットライトで照らされた。眩(まばゆ)い光の中、俺(おれ)は客席の方を見て、ギョッとする。

会場を埋め尽くす聴衆らが皆、奇妙なお面を被(かぶ)っているのだ。犬や猫、豚に牛。そのアニメチックにデフォルメされた仮面の奥で、彼らは談笑していた。

「やっぱり、クビにして正解だったな」と教授が。

「心の弱い奴(やつ)に外科医なんて務まりませんからね」と准教授が。

「先輩、どの面下げて学会特別賞なんて貰(もら)ってるんですか」と後輩が。

「大人しく、引っ込んでりゃよかったのに」と同期が。

他にも「出来損ない」、「裏切り者」、「不眠症なんて、怠け者の言い訳だ」などと、聞き覚えのある声で罵声(ばせい)ばかりを浴びせられ、俺は言葉を失った。

舞台上で黙り込んでいると、再びアナウンスが聞こえてくる。

「学会員の皆さん、そろそろ雑談をやめて下さいね。裏切り者の発表など興味が惹かれない、という気持ちは分かります。しかし、彼は選ばれてしまったんです。もう今さら、どうにもなりませんので、この負け犬にせめてお耳だけでも貸してやってください」

会場は静まり返り、姿の見えない司会者の笑い声だけが会場に響き渡っていた。

——ジリリリン、ジリリリン

ブハッと、ベッドの上で息を吹き返す。大量にかいた寝汗をTシャツの裾で拭いつつ、俺はスマホのアラームを解除した。

「酷い面だな、相棒」

妙にダンディーな声で言われ、「ほっとけ」と突き放す。ベッドから降りて遮光カーテンを捲れば、眩いほどの西日が部屋の中に差し込んできた。

「おかしいな、まだ起きる時間じゃないはずなのに」

不思議に思い、スマホを見てみると、鳴っていたのは目覚ましアラームではなかった。残された着信記録を塗り替えるように、再び父から電話がかかってくる。

寝起きに聞こえないよう喉を整えてから電話に出れば「治人、おまえ外科を辞めたそうだな」と、開口一番に訊かれた。

ついに、バレたか。家族の目からひた隠しにしてきた、爆弾級の秘密。それを白状するときが来たのだ。

「直近で空いてる日を教えろ。家族会議を開くぞ」

第一章　第三回錦家家族会議

1

神奈川にある実家。そのダイニングルームで、家族四人がテーブルを取り囲む。

この家族会議の開催を決め、子供らを呼び出したはずの父は、先ほどから仏頂面で腕を組み、黙りこくったままだ。その右隣で母はずっと泣いていて、テーブルのこちら側には、俺と膨れっ面の妹、奈癒とが座っていた。

錦家家族会議。このくだらない催しが開かれたのは、俺の人生の中で、三度だけ。一度目は妹のペットが死んだとき、二度目は妹が美大受験を決めたときに開催された。そして今回、俺が初めて家族会議の槍玉に挙がったわけだ。

ずっと優等生だった長男の暴走。それを阻止しようと父は怒り、母は泣いている。てっきり説教を食らうものだと思っていたが、両親の様子を見ていると、どうもこちらから話し始めることを望んでいるようだ。

「もう一年半前のことなんだけど、外科当直中に患者を死なせてしまって」

そうやって切り出し、俺は自分の近況を語った。

患者を死なせたショックで睡眠障害を患った結果、まともに仕事ができなくなり、休職を言い渡されたこと。そして、失意に沈んでいた自分を、通院していた睡眠クリニックの院長が臨時医としてスカウトしてくれたことを話す。

「最初は嫌々というか、どうせやることもないしって感じで始めた睡眠医の仕事だけど、どうも性に合ってたみたいでさ。これからも続けていこうかと思ってる」

説明を終え、顔を上げれば家族の顔が視界に飛び込んできた。膨れっ面の妹、泣き顔の母、そして仏頂面の父が無言のまま、こちらを見つめている。

え、まだ俺のターンなの？

たしかに、隠し事をすべて白状したわけじゃないが、外科を辞めた経緯についてはしっかりと伝えられたはずだ。これ以上、息子になにを望む？

疑問に思いつつ返答を待っていると、「なるほどな」と、父が重い口を開いた。「寝隈くんに謝罪されたときは、いったい何事かと思ったが、そういう事情があったのか」

寝隈くんとは、俺が属していた外科医局のトップ、寝隈大輔教授のことだ。地方病院の外科部長である父に比べて、医大の教授の方が権威は高い。しかし、キャリアでいえば父の方が先輩に当たるので、あえて君付けで呼んだのだろう。

くだらないプライドだな。俺は嘲笑を噛み殺し、「謝罪って、何の？」と父に尋ねた。

「医師会の会議終わりに『息子さんが変な事件に巻き込まれてしまった、申し訳ない』って、急に頭を下げられてな。ビックリしたよ」

「医師会って、父さん、そんな仕事してたっけ？」

「ああ、今年から神奈川県医師会の理事を任されるようになった」

「そう、それはおめでとう」

俺は頷きつつ、余計な真似を、と医師会を恨んだ。

同業者同士とはいえ、教授と父の間に交友関係などなかった。属する医局も違うし、同じ関東を拠点とする外科医と言えど、神奈川と都内では活動範囲もそうそう重ならない。二人に接触の危険があるとすれば、今度の国際学会だろうと思っていたが、まさかこんなに早く交わるとは。

「だが、その患者の死についての誤解とやらは、もう解けたんだろ？」

父に言われ、「それはただのキッカケだよ。今はもう睡眠医の世界に――」と反論を試みたところ、「治人っ、あなた、外科医になれたときはあんなに喜んでたじゃないの！」と母から強烈な横槍が入ってきた。

わんわん泣きながら、「息子が同じ外科医になって、お父さんがどれほど喜んだか」とか、「友達にも自慢の息子だといつも褒められている」とか、矢継ぎ早に母は告げてくる。正直、三十路の息子にここまで親の希望を押し付けてくるのはお門違いのような気もしたが、母の泣く姿を見せられてしまっては、なにも言い返せない。

　俺が黙って罪悪感に悶えていると、代わりに妹が「お兄ちゃんの人生なんだから、二人にとやかく言われる筋合いなんてないじゃん」と、反撃を始めた。

「アンタは黙ってなさい！」

　ヒステリックな鬨の声を上げ、母娘の口喧嘩が勃発する。それを見守る、俺と父。うちはいつでもこの構図だ。

　父と俺は外科医で、母は看護師。その他の親戚も医療関係に就く者が大半であるうちの家系において、芸術家を目指す妹は異端な存在だ。

　うちの両親だって、俺にだけ、医師となるようプレッシャーをかけてきたわけじゃない。幼少期から同様の圧力は奈癒にも与えられ続けてきたけど、彼女はそれを歯牙にもかけずに生きてきた。

　第二回錦家家族会議を経て、やっと父も母も妹に期待しないようになったが、それでも顔を合わせるたびに母娘は衝突する。そして、その展開はいつも同じだ。

　妹が逆らい、母がブチ切れ、父は静観。本来、宥めるのは俺の役目なのだが、今日はその宥め役が槍玉に挙がっている手前、「そろそろ落ち着けよ」とカットインできなかった。

こうなると、二人が疲れるか、部屋を飛び出すタイミングを待つしかない。自分のせいで家族が争っていることに心を痛めていると、父が隣に席を移ってきた。

「止めなくていいの？」

息子に訊かれ、「ほっとけ。二人とも、ああやってガス抜きをしてるんだ」と、父は言う。「そんなことより、治人。おまえ、医局に戻る意思はないのか？」

「戻るっていうか、まだ所属は医局のままだよ。休職して、有耶無耶にはなってるけど」

「そういうことを言ってるんじゃない。もう外科医の道は完全に断ったのかって、聞いてるんだ」

父に詰められ、俺は顔を逸らした。

正直に言えば、まだ迷っている。いや、未練があると言った方が正しいだろう。先ほど、両親には「睡眠医が性に合っている」と伝えたが、それは真実じゃない。本音を言えば、俺だって外科医を続けたいのだ。

しかし、そう出来ない事情があった。

昼行性と夜行性の野生動物がいるように、人間も朝型と夜型、そして中間型に分けられる。そのうち、朝に弱く宵っ張りな夜型人間が占める割合は全人口の約三割、中でも特に強い夜型傾向を示す人間が八％ほどいるそうだ。

誰がどのタイプに属すのかは、三百を超える遺伝子が決めており、検査の結果、俺は

「特に強い夜型傾向を示す人間」と診断された。つまり、生まれたときから俺は夜に生きる運命だったのだ。

　患者の事故死をキッカケに、それまで抑え込んでいた性質が表面化しただけ。自分がこれまで、無理をして昼の世界で生きてきたということを、俺の主治医であり、今の職場の上司でもある狩宿慎司（かりやどしんじ）が暴いてしまった。

　自覚するまでは、多少朝起きが苦痛だろうと、耐えられた。でも、一度自覚してしまえば、もう二度と昼の世界には戻れない。

　夜間しか活動できない外科医など、どこに需要がある？　しかも、俺の不眠症は現在進行形で安眠を妨害していた。ちょっと悩み事があれば、昼間でさえ、満足に眠れなくなるのだ。

　この事実を突きつければ、両親も納得してくれるかもしれない。しかし、遺伝子が絡んでくるとなれば、その生みの親である二人はショックを受けるだろう。特に母は、医療家系である錦家に嫁いだ人間だ。もし自分の遺伝子に原因があると知れば、耐えられそうもない。

「別に、医師を辞めるってわけじゃないのに。母さんは、俺が外科医じゃないとダメなのかな」

　ぼやいた息子の逡巡（しゅんじゅん）を見透かすように、「できれば、大学の方に戻ってきてほしいって、寝隈くんも言ってたぞ？」と父が声をかけてきた。

「そんなの、ただのリップサービスだよ」

俺は吐き捨てるように言ったが、「そうは見えなかったけどな」と父は小首を捻（ひね）る。

「あっちが本気なら、どうする？」

2

都内へと続く、長い道のり。夕日で赤く染まった高速道路の上で、妹のハイエースが唸（うな）りを上げる。普段であればもうちょっと安全運転なのだが、喧嘩の余熱がまだ尾を引いているのだろう。

アクセルを踏み込む妹の足下を見ながら、「おいおい、そんなに飛ばすなよ」と苦言を呈せば、奈癒が「うわ、110キロ超えてた」とスピードを緩める。

「今日は車が空っぽだから、簡単にスピードが出ちゃうんだよね」

妹に言われ後ろを振り返ると、たしかに車体後部はがらんどうだ。運転席と助手席以外はすべて取っ払ったステンレス剝（む）き出しの床を、ベルトの束やガムテープが転がっている。

うちの妹は、まだ二十七と若い。こんな飾りっ気のない白いバンなど似つかわしくないのだが、彼女の夢は偉大なアーティストになること。個展開催時には大小さまざまな油絵や道具を運ぶ必要があるため、普段からこんな無骨な貨物自動車に乗っているのだ。

当然、あまり乗り心地は良くない。でも、都内まで送ってもらっている手前、文句は言えなかった。

「お兄ちゃん、後半はずっと黙ってたね」

溜め息まじりに言われ、「まあな」とサイドウインドウの方を見る。

「副院長になったことも黙ってたし」

妹がチクチクと攻撃してくるのを無視して、俺はヒーターをつけようと手を伸ばした。

しかし、「ガソリン節約っ」と、ドライバーに手を叩かれてしまう。

三月を迎え、日中は少し暖かくなってきたとはいえ、この時間はまだまだ冷え込む。ガソリン代を奢るから、と妹を説得することで、なんとか暖房の許可を貰えた。

吐き出される温かい空気に手を揉んでいると、「でもさ、お父さんたちはもう辞めたって感じで話してたけど、まだ外科医の仕事もしてるんでしょ？」と妹が語りかけてくる。

「ああ、安藤記念病院で週に一回だけな」

「やっぱ未練があるんだ」

「未練っていうか、お詫びの品って感じだよ。ほら、例の事件で迷惑をかけたからって、バイトの枠をくれてさ」

「そういえば、安藤記念ってあの事件が起きた病院だっけ？」

一昨年の九月に起きた、患者の死亡事故。俺のキャリアが凋落したキッカケでもあるが、その舞台となった安藤記念病院は、悪い噂が立つのを怖れて、関係者の口止めを図った。

当事者でもある俺に彼らが用意したのは、週に一回のバイト枠と高い時給だ。バイトの内容も、キツい夜間の救急対応ではなく、日中業務。午前中は外来診療、そして午後は手術と理想的なタイムスケジュールで、俺はこの口止め料を断れなかった。

夜型だの夜行性だの、さんざん言っておいて、毎週木曜日だけは早起きして安藤記念病院へ通っているのだ。もちろん、木曜以外はずっと夜型の生活を送っているので、この外勤が自律神経にずいぶんな負荷をかけているわけだが、それでも辞める気はない。

この矛盾した行動こそ、未練の賜物だろう。もう九十九％諦めていても、残り一％の希望に縋り付くため、俺は木曜日のスケジュールを変えられないでいた。

そんな情けない兄の姿を見せたくなくて、「おまえまで、外科医に復帰しろって言うのか？」と運転席を睨みつける。

「どっちでもいいよ。お兄ちゃんの好きにすれば？」

突き放すような物言いをした妹が「そういえば、読んだよ。例の小説」と続けた。

「嘘だろ？」

「ホント」と笑われ、嘆息する。

奈癒が言っているのは、『今夜も愉快なインソムニア』と題された小説のことだ。物語の舞台は狩宿クリニックで、そこに通う患者たちの奇妙な悩みと、その解決に奔走する臨時医の奮闘を描いた作品となっている。

この臨時医のモデルというのが俺なのだが、まあ、改めて考えてみると、おかしな話だ。

いくら外科から畑違いの睡眠医に転職したからといって、身を粉にして、患者の悩みに挑む必要はない。大人しく外来診療だけに専念しておけば良かったものの、所属していた医局から休職を言い渡され、失意に沈んでいた俺は、求められるままに患者の相談を受けてしまった。

その結果、医師の領分を超え、監視や尾行調査など探偵の真似事のようなことを始める。

そんな俺を面白がって、小説にまで仕立て上げたのが烏丸直樹（からすまなおき）という若い作家なのだが、彼もまた、うちの患者だ。

別に、自らの行動を悔いているわけじゃない。ただ、いくら名前や設定を多少弄（いじ）っているからと言って、文章にされてしまうと、恥ずかしいものがあった。たしかに救われた患者もいるのだろう。でも、俺の失態まで赤裸々にされているのは気に食わない。

なので、この半フィクション小説を、俺はあまり世に広めてほしくなかった。むろん、妹にも読まれないことを祈っていたのだが、どうやら俺の願いは天まで届かなかったらしい。

そんな兄の気持ちも知らず、奈癒は「あれを読めば、お母さんたちにも一発で伝わるのにね」と会話を続ける。

「頼むから、二人には黙っててくれ」

「なんで？」

「いや、だって恥ずかしいだろ」頭を掻き、俺は「なんか、親に日記を読まれるみたいで」とそっぽを向いた。ガラスに映った自分の頬が少し赤い。

「でも、お兄ちゃんが患者さんたちのために色々やってるのは伝わるじゃん」

　俺は自分の赤面した顔を見つめながら、「あんなのは医者の本分じゃない。ただのサービス残業だ」と、溜め息をついた。

　ここは釘を刺した方が無難だな。そう思い、「いいか、絶対に口を滑らすなよ。これ以上、二人を混乱させたくないんだ。あんな家族会議、というか断罪じみたものに呼ばれるのは、もうこれっきりにしておきたいからな」と、付け加えた。

　妹が「はいはい」と苦笑する隣で、俺のスマホが鳴りはじめる。ポケットから取り出してみれば、着信の相手はクリニックの常勤看護師、水城涼だった。

　電話に出ると「どうです？　間に合いそうですか？」と、挨拶も無しに訊いてくる。そういえば、家族会議がいつまで続くか分からなかったので、もし診察に遅れそうなら連絡すると約束していたのを、すっかり忘れていた。

「いま向かってるところで、多分、このペースなら間に合うと思う」

カーナビに表示された到着予定時刻を見ながら答えれば、「良かった」と、水城が吐息を漏らす。「院長ったら、また厨房で変な創作料理を作り始めちゃって。診療所も本人も、めちゃくちゃニンニク臭いんですよ」

俺は「そっか」と笑い、「すぐ行くから、ほどほどにするように言っておいて」と電話を切る。

それにしても、困ったものだ。

長年の運動不足が育んだ、持病のヘルニア。これが急激に悪化し入院を余儀なくされたことで、狩宿クリニックの院長、狩宿慎司は俺を臨時医にスカウトしたわけだが、退院後の再発予防として、何故か彼は料理作りを始めてしまった。

院長曰く、「ヘルニアに一番良くないのは、座ってることなんだ。料理中はずっと立っていられるし、持続的に動くからリハビリにもなる」とのことだ。まあ、料理を趣味にすること自体は構わないのだが、それによって思いもよらぬ弊害が生まれていた。

眠れない患者たちがストレスなく時間を潰せるよう、狩宿クリニックには『ノクターナル・カフェ』という深夜営業のカフェが併設されている。というか、カフェの一角に、診察室が設けられているような形だ。

建物自体はファミレスのチェーン店を居抜きで買い取ったもので、立派な厨房も残してある。しかし、換気システムに問題があるのか、厨房の匂いがもろにカフェや診察室まで漂ってくるのだ。

これで作る料理が、普通の和食とかならまだいい。でも、ど素人のくせに、金に飽かして珍しい香辛料や調味料をたらふく買い込んだ結果、海外の市場なんかでしか嗅げない異臭がクリニック中に溢れるようになってしまった。

そろそろ弊害どころか経営に実害が出そうなので、本気で止めた方が良いのかもしれないな。

俺が上司をどう説得しようか考えていると、「そういえば、聞きたかったんだけどさ」と奈癒が声をかけてくる。

「小説に、テンの幻覚が出てくるじゃん。あれって本当の話？」

テンとは、妹が幼少期に飼っていたオスのチンチラの名前だ。たしかに『今夜も愉快なインソムニア』の作中には、まるで俺のサイドキックのように、奴が度々、登場する。

ダンディーな声で流暢に喋る、チンチラの幻覚。言ってみれば俺の抱えた一精神症状なのだが、アイツの話を烏丸にしたのは間違いだった。

「まさか、本気にしたのか？」俺は笑い、「あんなのは、ただの脚色だよ。ちょっとドライなストーリーだからって、作者が勝手に付け加えたんだ」と嘘をつく。

「でも、その割には昔のペットだなんて、パーソナルな話じゃん」

暖房のつまみを調節しつつ、「たまたま、思い出した話を『それいいですね、ストーリーに入れましょう』なんて言われちゃってさ、こっちは大迷惑だよ。幻覚を見てる医者なんて、信用性ゼロだし」と、妹の追及を誤魔化した。

そんな俺をダッシュボードの上から眺めていたグレーの小動物が、「おいおい、酷い言われようだな」と溜め息をつく。

「なあ、相棒。いったい、いつになったら家族にオレを紹介してくれるんだ?」

幻覚が漏らした、面倒くさい恋人のような台詞を無視して、「そういえば、最近、美術館の仕事はどんな感じ?」と、俺は車内の話題を変えた。

第二章　毎夜、夫に殺される主婦ブロガー

1

「臭い。あまりにも臭過ぎる」

　クリニックに到着してから更衣室で着替え終わるまで、ずっとニンニクの匂いに晒され続け、我慢できなくなった俺は厨房へ向かった。

　アルミ製の扉を開けば、巨大な寸胴で何かを煮込んでいる初老の男と、その様子をスマホで撮影している若い女の姿が視界に飛び込んでくる。二人は撮影に夢中で、扉の開く音にも反応せず、「うわ、どんどん灰汁が出てきますね」などと笑っていた。

　見慣れたサボり魔たちの光景に、俺は思わず大きな溜め息を漏らす。

　この得体の知れないスープをレードルで掻き回しているのが、俺の雇い主でもある狩宿院長。そして、その様子を面白がってカメラを回しているのが、島袋モモという、最近ク

リニックで採用した事務員だ。

普通、診療所で雇うスタッフに求められるのは、医療事務の各種資格や高い事務能力だったりするが、島袋にはどれもない。代わりに、彼女はプログラミング関係に明るく、素早いキーボードの打ち込みが特技だ。

なぜ、深夜営業の睡眠クリニックがそんな人材を雇ったかといえば、それは最近になってうちが紙媒体から電子カルテへの移行を決めたからである。この改革を提案したのは俺で、最初、狩宿は難色を示していた。

まあ、院長の言い分も分かる。

患者管理に情報整理、会計機能と、電子カルテの恩恵は多岐に亘るが、大量の患者を捌く総合病院や、内科のように幅広い疾患を診ている診療科と違い、うちのような専門色の濃い小さな診療所では、そこまでのメリットはない。その割に初期費用はそれなりにかかるので、「うちは要らないんじゃないの?」と首を傾げたわけだ。

そんな雇用主の反対を押し切って、俺が改革を進めた理由は主に二つある。

まず第一に、開業当初からひとりで患者を診てきた狩宿と違い、俺は初見の患者が多く、その事前把握に時間がかかり過ぎること。紙カルテをパラパラ捲って情報を得るより、電子カルテで検索するほうが時間の節約になる。

そして、第二の理由は、院長をうちに縛り付けるためだ。

いくらスキャニングや打ち込み業務を島袋に任せると言っても、医療関連の知識がない彼女には何が重要な情報なのか、判別することは出来ない。なので、傍で色々と指摘する人間が必要になるわけだが、それを俺は院長にお願いした。

診療業務を副院長に丸投げした半隠居状態の狩宿に、クリニックへ来る理由を無理矢理作ったわけだ。そうでもしないと、料理に飽きた瞬間、出勤さえしなくなると俺は危惧していた。

ところが、専用の事務員を雇い、初期投資もし終えたというのに、この有り様だ。俺は二人に存在をアピールするため、「ゴホンッ」と、大きく咳払いをした。

「やあ、錦くん。間に合ったのか」

手を挙げた院長を、「ああ、ダメですよ、撮影中に変なリアクションとっちゃ」と島袋モモが叱る。

「いやいや、『ダメですよ』じゃないんだよ。こんな匂いを出しといてさ」

眉間に皺を寄せた俺に、「え、そんなに匂います？」と事務員が聞き返してきた。

「そりゃあそうだよ、モモちゃん。ニンニクとタマネギのペーストで丸々一羽、鶏を煮込んでるわけだからね。その様子じゃ、カフェの方は腹の虫の大合唱って感じかな？」

照れ臭そうに笑う狩宿の自尊心を、「全然、違います」と両断する。「食欲を誘う匂いとか、そんなんじゃなくて、完全に異臭です。もう向こうは、異臭騒ぎで警察を呼ばれるレベルですよ」

副院長の諫言に、サボリ魔たちは顔を見合わせた。どうやら、彼らはそこまで酷いと思っていなかったらしい。おそらく、長時間この異臭を嗅ぎ続けたせいで、鼻が麻痺しているのだろう。

「その様子だと、今日のノルマどころか、まだ作業自体にも取りかかっていないんじゃないですか？」

俺がウンザリした顔で問えば、「それはまあ、ぼちぼち始めないとなって話をしてたんだけどね」と、狩宿が悪戯小僧のように頭を掻く。

院長から視線を向けられた島袋モモが、「でも、あまりにも面白そうな画だったんで、これは投稿しないとなって思って」と言い訳を引き継いだ。

「投稿ってどこに？」

「あれ、副院長にはまだ言ってませんでしたっけ」

とぼけた顔で言い、新規雇用の事務員がスマホを見せてくる。画面に表示されているのは動画投稿サイトで、『院長のドキドキクッキング』とのタイトルが目に飛び込んできた。

「なにこれ？」

「わたし、全然人気ないんですけど、自分のチャンネルを運営してて。そこでたまたま、院長先生の動画を上げたら、結構、再生回数がいったんですよ。これはなにかあるなって思って、先日、ついに院長の料理専用サブチャンネルを立ち上げちゃいました」

拍手する若い女と、それに乗せられて照れる初老の男。そんな二人の姿を見せつけられ、呆れた俺は無言でその場を立ち去った。

「なんか、テンション低いですね」

診察室に来た俺を見て、クリニックの看護師、水城涼が言ってくる。

「いや、厨房に文句を言いにいったんだけど、まさに暖簾に腕押しって感じでさ。あのサボり魔たちには効果がなかったよ」

こちらが肩を落とせば、「異様に仲良しですよね、あの二人」と水城が笑った。「まあ、サボりはいいんですけど、この匂いは何とかして欲しいな」

「一応、注意はしといたから」

自分の諫言がどこまで効果を発揮するのか疑問に思いつつ、俺は「そろそろ、患者の呼び込みを」と水城に告げる。

机の上には予約患者のリストがあり、ダメ元で電子カルテの検索画面に最初の患者名を打ち込んでみれば、名前がヒットした。どうやらあのサボり魔たちも、少しは仕事をしていたようだ。

最初の患者は、土蓋桃花三十四歳。二年前から通院中の女性で、中途覚醒型の睡眠障害を患っており、オレキシン受容体拮抗薬の内服で症状は安定。ここ最近は投薬量の増減もないようだ。

俺は今夜が初見だが、この様子だと問題なく診療を終えられそうだな。そう思った瞬間、特記事項の欄に妙な記載を見つけた。

記載は二つで、〈五年前に腎臓移植〉と〈名前を読み間違えると激怒〉とある。前者は分かるが、後者の意味はなんだ？

俺がひとりで小首を捻っていると、看護師が患者を連れて戻ってきた。後ろで纏めた黒髪に、化粧っ気のない白い肌。少し神経質そうな女性が、薄いフレームのメガネの奥から、こちらを値踏みするような視線を飛ばしている。

「はじめまして、ツチブタさん」

笑顔で挨拶したつもりが、「違います」と患者が噛み付いてきた。

「え？」

「ツチブタじゃなくて、ツチフタ」と訂正してから「ツチブタはアフリカに生息する穴掘りが得意な哺乳類です。そんなのと一緒にしないで」と睨みつけられる。

これが例の特記事項に書かれていた〈激怒〉か。俺は「すみません」と頭を下げつつ、再びモニターの方を見た。すると、電子カルテの名前にも〈ツチブタ〉と記載されているのが分かり、怒りが込み上げてくる。

あのサボり魔たちのせいだ。わざわざ〈名前を読み間違えると激怒〉と特記事項に記入までしたくせに、肝心のふりがなを間違えるなんて、信じられない。

俺は呆れたが、そんな内部事情を患者に話したところで、彼女の機嫌が直るとも思えなかった。気を取り直し、「では、ツチフタさん。調子はどうですか？」と、軌道修正を図る。

まだ怒り冷めやらぬといった様子の土蓋（つちふた）だったが、どうやら、帰るほどの熱量ではなかったらしい。彼女はバッグの中からＢ７サイズの小さなノートを取り出すと、無言でこちらへ渡してきた。

それは土蓋の睡眠日誌で、グラフ部分に睡眠時と覚醒時の時刻が書き込まれているのだが、それよりも俺が気になったのは余白の方だ。中途覚醒時の時刻の下に、〈キッチンで襲撃〉や〈ハンマーで殴打〉など、不穏な文言が並んでいた。

「これは？」と、書き込みのひとつを指しながら患者に尋ねれば、「わたし、悪夢で起きるんですよ。狩宿先生に聞いてませんか？」と刺々（とげとげ）しい言葉が返ってくる。

なるほど、キッチンで襲撃される夢や、寝込みを襲われる悪夢で目を覚ますというわけか。これは中途覚醒型では、特に珍しい症状じゃない。

夢を見る睡眠周期、レム睡眠。脳が疲れを癒（いや）す、ノンレム睡眠。大まかに言えば、睡眠中の人間はこの二つの睡眠サイクルを交互に繰り返している。このうち、身体（からだ）は活動を休止しているのに脳は活動状態、というレム睡眠中に目を覚ますと、約八割のひとは見ていた夢の内容を話せると言われている。

つまり、土蓋桃花はレム睡眠中に覚醒を繰り返しているわけだ。

「最近、強いストレスを受けた覚えはありますか？」

こちらが問い掛けると、土蓋は眉間の皺を緩め、「そうですね、覚えはあります」と俯く。

脳には睡眠中枢と覚醒中枢とがあり、日中に強いストレスなどを受けていると、入眠後も覚醒中枢が優位になりやすい。睡眠中も警戒を解かないようにするため、という獣の頃から維持している防衛機構ではあるが、この状態の人間は中途覚醒しやすいとされている。そして、同じ防衛機構が夢の内容にも影響するのだ。レム睡眠中に覚醒中枢が優位だと、追いかけられたり、襲われたりする悪夢を脳は見せる。

患者の目元には、深い隈が刻まれていた。とてもじゃないが、一日や二日、眠れていないだけの人間には見えない。気になって、睡眠日誌を遡っていくと、土蓋の睡眠パターンは二ヶ月前から随分と様変わりしていることに気付いた。

中途覚醒の頻度は増え、再眠するのにも時間がかかっている。この数ヶ月の間に、土蓋桃花の人生になにか異変が起こったと、その可能性は高い。

「前回の受診時から、随分と病状が悪化していますね」

柔らかな口調で投げかけ、俺は患者の口からその理由が語られるのを待つことにした。

すると、土蓋が俯いたまま、「年明けに主人のお兄さんが車に撥(は)ねられて、死んだんです」と口を開く。

「それは、ショックですね」

「いえ、わたしはそこまで親しくなかったので」

彼女は抑揚のない声で言い、「でも、主人は随分と落ち込みました。義理の兄が死んで一ヶ月くらいは、夫婦の間でもまともに会話がなかったくらいで。それまでは、おしどり夫婦を気取ってたんですけどね」と、冷めた笑みを浮かべる。

「葬儀なんかが一段落して、有給を使い果たした夫は、再び仕事に出るようになりました。家での会話も少しずつ増えて――」

変なところで言葉を切った土蓋が、唐突に顔を上げ「でも、なんか変なんですよ」と前のめりになった。

いきなり距離を詰められたせいで、俺は少し仰(の)け反(ぞ)ってから、「変っていうのは、旦那(だんな)さんがってことですか?」と患者に問い掛ける。

「ええ、そうです。怪しいんです、あのひと」

興奮気味に言ってくる土蓋に苦笑いしつつ、「具体的には、どんなことが?」と訊(き)いてみた。すると、返ってきたのは「髪型がいつもと少し違う」とか、「普段なら着ないような服を買ってきた」など、他愛も無いものばかりで、俺は思わず嘆息してしまう。

「ご兄弟が亡くなったショックもあるでしょうし、それくらいの変化はあっても『怪しい』とまでは思いませんけどね」

あしらうように言った主治医の言葉に、「それだけじゃないんですよ、先生」と患者が縋り付く。

「主人は根っからの巨人ファンなんです。なのに、来月の最初の阪神巨人戦で、夫は阪神側のチケットを買ったんですよ」

「はあ、そうですか」

呆れた俺を余所に、「それはありえないですね」と水城が口を挟んできた。「仮に巨人側のチケットが取れなかったとしても、阪神ファンに混じって観戦なんて、まともな巨人ファンにはできないですよ」

「ですよね、異常でしょう?」

こっちを無視して盛り上がる二人に、俺はウンザリしていた。服装や髪型の趣味が変わっただとか、観戦チケットがライバルチーム側だとか。兄弟を亡くした旦那さんの苦悩を思えば、そんなのはどうでもいいことだ。

「それで、その些細な変化がどう、あなたの睡眠状態に関わっているというんですか?」

呆れた表情の主治医に、「先生の言いたいことも分かります」と、土蓋はメガネの位置を直した。

「取るに足らないことのように思われるかもしれないですけど、それ以外にも色々と変化はあるんですよ。でも、言葉で表すのが難しくて。所作というか雰囲気というか、そういうわたしにしか分からない些細な違いがあるんです」

「そりゃあ、多少の変化はあるでしょう。ご兄弟を亡くされたんですから」

真面目に取り合っていないと思われたのか、土蓋は俺の手から睡眠日誌を取り返すと、

「この『襲われた』とか『殴られた』っていうの、全部相手は夫なんですよ?」と、開いたページを見せつけてくる。

「それは、夢の中でってことですか?」

彼女はこくりと頷き、己の過去を振り返るようにページをパラパラと捲った。

「わたしがここに通院するキッカケとなったのは、悪夢です。でも、少し前までは決まった夢を見ることはなかった。なのに、今は主人に殺される夢ばかり見るようになりました」

夫に対する不審感が夢の内容に影響を及ぼしているのだろう。そう彼女は考えているのだろう。

別に間違いだと指摘するつもりもないが、さっき聞いた変化ぐらいで不審感を抱かれたとあっては、さすがに旦那さんが可哀想だ。

考え過ぎですよ、とこちらが声をかけようとしたところで、「わたしは、ある可能性に怯えてるんです」と先に土蓋が言ってきた。

「その、ある可能性っていうのは？」

「こんなことありえないって言われちゃうかもしれないけど、もしそれが真実なら、とんでもないことになる。だから、笑わないで聞いてくれますか？」

釘を刺され、「もちろん、笑ったりなんかしません」と俺は大きく頷いた。

「三ヶ月前から、夫の人生は乗っ取られてるのかもしれないんです」

患者の言葉をすんなりとは飲み込めず、「乗っ取られたって、いったい誰に？」と聞き返す。

「彼の亡くなったお兄さんに決まってるじゃないですか」

「それはあれですか、幽霊に憑依されたとか、そういう話？」

「いや、違いますよ。馬鹿にしないでください。そんなオカルト話じゃないんです」

土蓋は口早に責め立ててから、やっと死んだ義兄と夫が一卵性の双子であることを教えてくれた。

「つまり、事故で亡くなったのは、実は旦那さんの方で、同じ見た目だからと、彼のお兄さんが旦那さんのフリをして生活を送っていると、そういうことですか？」

「そうだと怖いなって、わたしは思ってます」

俯いた彼女を見て、「なるほど」と俺は呟く。

夫がその双子の兄と入れ替わったかも、と疑心暗鬼になったことで、日中のストレス値が上昇。その結果、彼女の覚醒中枢は刺激され、夫に襲われる悪夢ばかり見るようになったというわけか。

まあ、九十九・九％、彼女の勘違いだろう。いくら見た目がそっくりな一卵性の双子とはいえ、家族ならそう簡単に騙(だま)されないだろうし、生き残った方が死んだ片割れの人生を乗っ取るなんて、ありえない。

でも、笑わないと言った手前、強く否定することも出来ないので、ここは聞き流して、眠剤量の調節を優先しよう。俺がそう決めた瞬間、土蓋桃花がバッグを開いた。睡眠日誌を中へ入れ、代わりに一冊の小説を出してくる。

見覚えのある表紙を見て、嫌な予感がした。

「これ、読みました」と彼女が『今夜も愉快なインソムニア』の表紙を開けば、中に烏丸のサインが書き込んである。

あの野郎、患者にまで配ってるのか。

「この内容は、多少デフォルメされてるけど、ほとんど事実だって、烏丸くんから聞きました。ということは、わたしの悩み事にも、錦先生は真摯(しんし)に向き合ってくれるんですよね？」

真剣な眼差(まなざ)しを向けられ、俺は「いいえ」と言えなかった。「まあ、それは」と言葉を濁したところで、「どんな手を使っても構いません。どうか主人の正体を暴いてくれませんか?」と、お願いされてしまう。

困ったものだ。正体を暴けと言われても、いったいなにから手を付けていいのか、想像も出来ない。助け舟を求めて俺は水城の方を向いたが、それは悪手だった。

「任せてください、土蓋さん」

ドンと胸を叩(たた)いた看護師が、「先生なら、必ずなにか手掛かりをつかんでくれますよ」と、俺の未来を確定させてしまう。

2

久しぶりに訪れた喫茶店『サンセット』でメニューを眺めていると、「アイリッシュ珈琲(コーヒー)がオススメですよ」と、若い男性店員が声をかけてくる。

「アイルランド産のコーヒー豆なんて、聞いたことがないな」と、こちらが首を傾げれば、「当たり前じゃないですか」と彼に笑われた。

「アイルランドの特産品といえば、ウイスキーですよ、ウイスキー」

「それは知ってるけど、珈琲とは何の関係もないじゃないか」

「いいえいいえ、アイリッシュ珈琲っていうのは、ウイスキーをホット珈琲で割った飲み物なんですよ」

つまり、こいつは俺に酒を勧めてきているのか？　時計を見てみれば、まだ昼前だった。

「なるほどね。じゃあ、ホットレモンティーのお代わりを」

助言を無視してメニューを閉じれば、「かしこまりました」と、つまらなそうな顔をして店員が奥へと引っ込んでいく。

俺は欠伸を噛み殺しつつ、「危ないところだったな」と独り言を漏らした。

この時間はただでさえ、眠いのだ。そんなところへアルコールを入れられれば、待ち人の到着も待たずに眠りこけてしまうだろう。いや、待てよ。珈琲ということはカフェインも入っているわけだから、むしろ睡気は覚めるのか？

答えの出ない疑問を宙へ放り、俺はスマホを取り出した。もうとっくに待ち合わせ時間は過ぎているというのに、連絡のひとつも入れてこない。

いくら呼び出したのがこちらだと言っても、三十分も遅れているのに、メールひとつ送らないのは社会人失格のような気がした。こちらから催促の電話でも入れてやろうか？

スマホを睨みつけていると、新着メッセージが一件入ってくる。しかし、期待していた謝罪メールではなく、相手は烏丸だった。

〈どうですか？　なにか進展はありましたか？〉

画面へ表示された責付くような文面にウンザリして、俺は返信もせずにメッセージアプリを閉じる。

はじめは、どう断ろうかと迷っていた調査依頼。これを俺が受けたのは、どうしても、と烏丸に頭を下げられたからだ。

うちの患者に例の小説を配るなって、釘を刺したはずだよな。そう責め立てた俺に、烏丸もはじめは困惑気味だった。しかし、「おかげで、また変な相談が持ち込まれたよ」と土蓋の話をしてやれば、小説家の表情は一変する。

なんでも土蓋桃花は影響力のある主婦ブロガーらしく、烏丸が発売されたばかりの小説を彼女に渡したのも、その宣伝効果を狙ってのことらしい。彼もまさかそのブロガーが相談を持ち込むとまでは予想していなかったようだが、俺が「面倒だから断ろうと思っている」と告げれば、「それだけはやめてくれ」と頭を下げてきた。

「彼女が褒めれば、確実に売れるんです。逆に貶されれば、もう終わり。頼みますよ、錦先生。二作目が大転けしたとなれば、僕のキャリアに傷が残る。すると、ストレスで眠れなくなって、毎晩のように開店から閉店まで、ここへ通うようになりますよ？　そんなの、先生だってイヤでしょう？」

懇願で始まり、脅迫で終わる。そんな烏丸の頼みを断りきれず、俺は「解決までは保証しないぞ」と、調査を始めてしまったのだ。

まあ、烏丸には悪いが、以前のように昼も夜も費やして調査に奔走するつもりはない。動いてはみたものの、これといった成果は得られなかった。そんな言い訳を現実にする為、今日はここへ来たのだ。

スマホを仕舞い、店内へ視線を向ければ、まだ昼時でもないのに空席が埋まり始めていた。このサンセットという店はカフェなのだが、ランチで出すスペイン料理と店長お手製のデザートが人気で、昼時になると外に行列ができるほどの有名店らしい。

しかし、俺はスペイン料理にも、デザートにも興味がなかった。この店を訪れたのは、待ち合わせ場所に相手が指定したからで、それ以外に理由はない。

その相手というのが、渡部兜（わたべかぶと）。捜査一課に属する刑事で、俺の元カノ、渡部蛍（ほたる）の兄貴だ。彼は筋金入りのシスコンで、妹に少しでも関わりがあった男どもを目の敵にしている。そのうえ、俺を殺人事件の容疑者として疑った過去まである、まさに天敵のような奴（やつ）だ。

では、なぜそのような相手を頼ったのか。ひと言で言えば、軽くあしらわれるためだ。妹に手を出した憎き元カレが急に頼み事をしてきたからと言って、兜は手を貸さないだろうが、この展開は「知り合いの刑事を当たってみたけど、残念ながら協力は得られなかった」とも、言い換えられる。というか、俺はそう土蓋に伝えるつもりなのだ。

しっかりと向こうの怒りを煽（あお）るため、兜にも「ある交通事故の調査記録を見せてほしい」としか伝えていない。そんな傲慢（ごうまん）なお願い、軽く一蹴されるものと思っていたが、意外にも「話を聞きたいから、時間を作ろう」と兜から呼び出されてしまった。

まあ、読み通りの展開ではないが、そうシナリオを逸脱することもないだろう。現にこうして刑事は大遅刻しているわけだし、真面目に取り合うつもりなんてないのだ。下手をすれば、このまま来ないで終わるかもしれないが、それはこちらの望むところでもあった。むしろ、いまドタキャンの連絡が入れば、俺は大喜びで帰るだろう。

自らの奸計に満足しながら、お代わりしたホットレモンティーを飲んでいると、「悪い、待たせたな」と背後から声をかけられる。振り返れば、見覚えのある刑事がポンと肩を叩いてきた。

久しぶりに見た兜の顔には笑みが浮かんでいて、俺はそれが酷く気持ち悪かった。この筋金入りのシスコンは、俺のことを心底、嫌っているはずだ。こんな朗らかな笑みなど、向ける相手じゃないはずなのに。

呆気にとられつつ、前に座った刑事を眺めていると、珈琲の注文を終えた兜が「頼まれてたのは、これだよな」と、ファイルを鞄から出してきた。

ファイルの表紙には、〈土蓋幸三十三歳。一月五日、夕方六時頃に神保町で交通事故〉と、走り書きされた付箋が張り付いている。おそらく、電話で俺が伝えた情報を兜がメモしたものだろう。

「え、わざわざ持ってきてくれたんですか」

こちらが唖然としたまま訊けば、「おいおい、なんて顔をしてるんだ」と、刑事が笑う。

「そっちから頼んでおいて、そのリアクションはないだろ」

なんだ、このフレンドリーな空気は。辺り一帯を漂う強烈な違和感に、俺は思わず「なんでそんなに親身なの？」と問い掛けてしまう。しかし、刑事は答えようとせず、黙って運ばれてきたばかりの珈琲に息を吹きかけた。

「気を付けろよ、相棒」

足下から聞こえてきたダンディーな声に視線を向ければ、オスのチンチラが訝しむように顎を擦っていた。

「こりゃ、なにか企んでるぞ」

そんなことは、分かっている。ただ、どんな企みか分からないから、気をつけようがないのだ。

「君と俺の仲だからな、すぐにでも見せてやりたい」と、刑事は手に持ったファイルを扇子のようにして煽ぐ。

「はあ」

「でもな、たかが交通事故の調査録とはいえ、おいそれと一般人に見せられるものじゃないんだよ。外に持ち出したのがバレれば、俺の方が大目玉を食らっちゃうからな」

勿体振るような刑事の口調に、俺は小首を捻った。なにやら、交渉を持ちかけられているようだが、あっちが何を求めているのか、さっぱり見当がつかない。

困惑しているところへ、なぜこの事故について調べているのか教えてほしい、と刑事に訊かれ、俺は素直に話すことにした。

　患者と医師の間には守秘義務があるので、相手が刑事とはいえ、ここで土蓋の事情を詳らかにするのは忌避すべき行為かもしれない。しかし、彼女は俺に「どんな手を使っても」と言ったのだ。これくらいは、許してくれるだろう。

　あらかたの説明を聞き終えた兜が、「なるほどね、それでこの事故を調べてるわけか」と珈琲カップ片手に、ゆっくりと頷く。

「ええ、もし事故に怪しい点とかがなければ、患者さんも納得するかなと思って」

　刑事の親身な態度に警戒しつつこちらが返せば、「本当にその程度で納得するかな」と、兜が眉間に皺を寄せた。

「どういう意味ですか？」

「夫の入れ替わりを疑うような女だ。神経質で、疑り深いのは言われなくとも分かる。そんな人間が、事故の調査結果を聞いたところで、納得するとは思えなくてね」

　諭されるように言われ、「たしかに」と、こちらも首肯してしまう。「でも、ただのよく似た兄弟とかなら、ＤＮＡや指紋で判別できますけど、相手が一卵性の双子となると、他に方法も思いつかなくて」

　警戒心を解き、素直に吐露してしまったこちらの言葉尻を「おいおい、頼むよ先生。最近の医学部ってのは、そんな間違ったことを教えてんのか？」と刑事が捕らえた。

その傲慢な物言いに、兜の意地悪な本性が透けて見える。やっぱり、こいつはイヤな奴だ。

俺はムッとして「なんのことですか」と聞き返した。すると、「たしかに、一卵性双生児の場合、ＤＮＡでの判別は難しい。しかし、指紋となれば、話は別だぞ？」と言われてしまう。

兜によれば、一卵性の兄弟でも指紋は違うらしく、鑑定士に見せれば判別が付くそうだ。医学的な知識を素人に指摘されてしまった俺は、立つ瀬がなくなる。

赤面していると、「冗談だよ、ほら」と兜がファイルを渡してきた。

「え、見ていいんですか？」

てっきり、なにか交換条件を求められるものかと思っていた俺は、呆けた顔でファイルを受け取る。

「いいよいいよ、俺と君の仲なんだから」

再び猫を被った兜が、「でもな、期待させて悪かったけど、なにも不自然な点はなかったよ。単なる不幸な事故だ」とファイルを指した。

「はあ、そうですか」

なぜにここまで気前がいいのか。そんなことを考えながら、俺はファイルを開いた。中には事故の現場検証や、目撃者の証言、運転手の調書などが挟まれている。

今年の年明け早々、車に轢かれた土蓋幸。凶器となったセダン車を運転していたのは、九十過ぎの老女で、目の悪い彼女は赤信号を見誤り、横断歩道を渡っていた土蓋幸を轢いてしまったそうだ。

本人も罪を認めているし、目撃者の証言とも相違ない。素人の俺がさっと目を通した程度で「問題なし」と断言するのは、些か早計な気もするが、現職の刑事が「不幸な事故」と太鼓判を押すのだから、間違ってはいないのだろう。

「あ、それはコピーだから持って帰ってもいいぞ」

仏のような笑顔で兜が言ってくるので、俺はついに耐えきれなくなり、「なんで、そんなに親切にするんですか？」と彼に尋ねた。

「だって、君と俺の仲じゃないか」

三回目となる台詞を言って刑事は笑い、「あ、でもネットとかに流すんじゃないぞ。俺の首が飛んじまうからな」などと冗談まで交えてくる。

明らかな異常事態に「そんな仲じゃないでしょ」と、俺は牙を剝いた。「いったい、なにが目的なんですか？」

渡部兜は笑みを浮かべたまま、視線を外した。数秒の沈黙が流れ、こちらの焦燥感を煽る。

「最近、うちの妹とは連絡を取ってる？」

唐突な問いかけに、俺は「え？」と聞き返すが、「蛍だよ、君の研修医時代の同期で、元恋人の渡部蛍」と、分かり切った情報を並べられた。シスコンの口から妹の質問が飛んでくるのは別に不思議じゃないが、このタイミングか、とは思う。

刑事から浴びせられる、冷たい視線。口元は笑みを作っているが、目は笑っていない。

途端に怖くなってきた俺は、「連絡をとってるわけではないですけど、安藤記念病院に外勤で行ったときに挨拶くらいはしますよ」と正直に白状した。まさか、この程度の接触で「妹に近づくなっ」とでも、怒鳴られるのだろうか。

「どうだろう。最近、蛍に変化はある？」

またもや、奇妙な質問だ。もちろん、俺に心当たりなどある筈もなく、「いや、特には」と返した。

「そうかそうか」と数回頷き、「いやあ、どうもね、男が出来たみたいなんだ」と刑事は続ける。

俺はゾッとした。いくら妹思いの兄と言っても、蛍は三十歳の立派な大人だ。それを、一緒に暮らしているわけでもないのに、「男が出来た」と察するなんて、異常としか思えない。

一縷の望みに賭け、「彼女からそう聞いたんですか？」と俺は尋ねた。すると、「いいや、ただの勘だよ。妹を愛する兄貴の勘ってやつだ」と返されてしまう。つまりは重度のシスコンが抱いた、歪んだ憶測ということだ。

　気持ち悪い奴だな。俺は眉根を寄せつつ、「それで、俺にどうしろって言うんですか？」と話を前に進める。

「君は妹と同期だし、仲もそこそこいい。まさか、復縁したとかじゃないだろうな？」

　刑事の視線が一気に尖り、俺は思わず仰け反った。これが殺気というやつだろうか。

「いや、違いますけど」

　兜はこの答えに満足したようで、「そっかそっか」と圧力が消えた。もし「そうだ」と答えていれば、一体どんな目に遭わされていたのだろう。

　こちらがブルッと身を震わせたところで、「でも、相手が誰か、聞き出すことは出来るんじゃないか？」と訊かれた。

　俺は返事に困り、「いや、どうでしょう」と時間を稼ぐ。本当に蛍が恋人を作ったのであれば、聞き出すことくらいは出来るだろう。しかし、このシスコンの前でそれを認めるのは危険だと思った。

「そんな困った顔しないでよ、錦先生。ほら、こっちはちゃんと希望通り、その捜査資料を用意してきたんだからさ」

　手の中のファイルを顎で示してくる刑事に、嫌気が差す。なるほど、これは妹に探りを入れさせるための賄賂というわけか。しかし、お粗末な交渉術だとも思った。交換条件にしたければ、ファイルを渡す前に交渉を始めるべきだ。

「そうは言っても、こちらはもう望んでいた情報を得られたので」

ファイルを鞄に仕舞いつつ、交換条件に応じるつもりはない、との態度をこちらが示したところで、「それくらいは、サービスにしておくよ」と刑事は言う。

「それくらいって、これ以上なにもお願いしてませんし」

「そこで、さっきの話に戻るわけだ」兜は得意気な顔で言い、立てた親指を近づけてきて、俺の鼻先で左右に揺らした。

「ああ、指紋の話か」

「その通り。君に指紋鑑定をしてくれるようなコネはないだろ？　その点、俺なら鑑識の知り合いに頼んでやれる」

なるほど、そういうことか。俺は、兜が何と何を交換条件にしようとしているのかが分かり、大きく溜め息をついた。

二ヶ月前の事故に問題がないと知った土蓋が、それでも夫の調査を諦めなければ、次のステップは指紋鑑定となるだろう。今の夫の指紋と、事故前の夫の指紋。この鑑定をしてやる代わりに、妹の恋模様を探ってこいと、そんな交換条件をこいつは俺に突きつけているわけだ。

余裕溢れる態度で、こちらの返答を待つ渡部兜。そんな刑事を前に、俺はフッと噴き出した。

「なにが可笑しい？」

少しイラッとした様子で、兜が訊いてくる。

「いえいえ、こっちの話です」と答え、俺は席を立った。伝票を手に取り、「まあ、もう頼ることもないと思うけど、また必要があれば、連絡させて頂きますね」と、その場を去る。

「おい」と後ろから呼びかけられたが、俺は振り返りもしなかった。

おそらく、刑事の勘は正しいだろう。このファイルを見せたところで、土蓋は納得しないような気がする。しかし、それがどうした？

こっちは警察関係者しか知り得ないような情報をゲットしたのだ。ここまですれば、土蓋だって納得まではせずとも「役立たず」と糾弾することはないだろうし、烏丸の顔も立てられる。指紋鑑定をしたければ、自分で勝手にすればいい。

会計を済ませると、俺は晴れやかな気持ちでサンセットを後にした。

3

「あーあ、もうあれで終わりだと思ったのに、なんでまたこんなことしなくちゃいけないんだ」

俺が助手席で盛大にぼやけば、「もう、いつまでもグチグチグチグチ煩いですよ」と水城に叱られた。

ハンドルを回しながら、「だいたい、レンタカーを借りたのも、それを運転してるのもわたしなんだから、先生に文句を言う筋合いなんてないでしょ」と、彼女は続ける。

まあ、たしかに水城の言う通りだ。雑用と呼ばれるような作業は全部、彼女へ押し付けた俺に、愚痴など言う権利はないのかもしれない。

しかし、そもそもこの女が変なことを言い出さなければ、こうやってお互いの休日を潰すこともなかったのだ。それを思い出して、「だいたい、土蓋さんの妄言に食い付いたのはそっちじゃないか」と、俺は運転席を睨みつけた。

大きな目に、小さく尖った鼻。フクロウを擬人化したみたいな顔の水城が、こちらを一瞥し、「なんのこと？」と訊いてくる。

「なにって、そりゃ釣りの話に決まってるだろ」俺は言い、「ほら、海釣りだの川釣りだのって話題で、土蓋さんと盛り上がってたじゃないか」と続けた。

「ああ、たしかに」

「あそこで変に食い付かず、聞き流していれば、こんな不毛な時間を過ごさなくて済んだんだ」

「そうですかね」水城は首を傾げ、「先生のことだから、どうせ最後まで付き合ってたと思いますよ」と笑う。

お人好し、と馬鹿にされた気がして、俺は不貞腐れながら前を向いた。

うちのレンタカーの前方、二台車を挟んだ先を、黄色いハッチバックタイプの車が走っている。それを運転しているのが土蓋福で、一月に亡くなった幸の弟だ。

つまり、俺たちは尾行の真っ最中というわけで、なぜそんなことをするはめになったかと言えば、数日前に行った土蓋桃花への報告会がキッカケだった。

憔悴し切った彼女をノクターナル・カフェに呼び出し、俺は渡部兜から受け取ったファイルを手に、「例の事故に、怪しいところはありませんでした。やっぱり、土蓋さんの勘違いだと思いますよ」と報告したのだが、彼女は頑として受け入れようとしない。

そもそもの話だが、幸が福を殺してその人生を乗っ取ろうと計画していたのなら、かなり緻密な事前準備が必要となる。当然、作戦の肝となるのは、その殺害方法だ。殺す前後で、財布やケイタイなどの所持品を持ち替えたり、他殺が疑われた場合に備えて、アリバイ工作なども必要になるだろう。

しかし、事故の捜査記録に不審な点はない。幸を轢いたのは不注意運転をしていた高齢者だし、暴走する車の前へ彼が誰かに突き飛ばされた、などの目撃証言もないのだ。

緻密な計画を立てた犯人が、そんな殺害方法を選ぶとは思えないし、偶然起きた事故を利用したにしては、この事故はランダム過ぎる。

これらの事実を淡々と語り、「すべては不眠症の見せた幻。旦那さんの変化も、お兄さんが亡くなって、ショックを受けてるだけだと思いますよ」と、俺は言葉を結んだ。

これで満足しただろう。俯く土蓋を眺めながら俺が嘆息していると、「最近、夫が釣り道具を新調したみたいで」と、彼女が言ってくる。

「けど、それが変なんですよ。竿とか糸とかルアーとか、全部、バスフィッシング用のやつで、ずっと海釣りしかやって来なかったのに、おかしいと思いませんか？」

服装、髪型、野球観戦と来て、今度は釣りか。俺が呆れていると、隣から「あ、それはありえないな。絶対、変ですよ」などと、水城が呼応してしまう。

もう俺のことなど眼中に入っていない土蓋は、唯一の共感者である看護師に「ですよね、怪しいでしょ」と縋り付く。そして、こちらに口を挟む余裕さえ与えず、ついには今度の日曜日、夫が釣りに出かける際に俺たちが尾行することを、水城に約束させてしまった。

その結果、こうやって俺はプライベートな時間を消費しつつ、他人の車の尻を眺めているわけだ。

ナビを見れば、どうやら福は板橋区から埼玉方面へ向かっているらしい。この辺りに海はないので、妻が気付いた通り、彼は狙いを淡水魚に変えたのだろう。

「この辺に有名な釣りスポットでもあるのかな」

「たぶん、荒川じゃないですかね」水城はナビを一瞥してから「まあ、本当に釣りをするのならって話ですけど」と、疑り深そうに付け加える。

「そりゃ、するだろ。ここに来る前に、釣具店にも寄ってたわけだし」

「それすらもカムフラージュのためかもしれませんよ？　なんせ、店の中までは尾行できなかったわけですから、わたしたちは、彼が店内で何をしていたのかを知りませんし」

「まあな」

俺は同意しつつ、釣具店に寄るのが何の擬装工作になるのか、と呆れる。たしかに、釣具店の駐車場は狭かったため、俺たちは店から離れた場所で路駐し、福のハッチバックが再び駐車場から出てくるのを待つしかなかった。

その間、彼が誰と会い、何を買ったのかまでは確認できていない。しかし、そんなのは些細なことだ。

「まさか、君も双子が入れ替わったと信じているのか？」

多少、馬鹿にするようなトーンで運転手に尋ねれば、「いや、そういうわけじゃないですけど、そっちの方が面白いな、とは思ってます」と返ってくる。

「呑気(のんき)なもんだな」

溜め息まじりに言ったところで、尾行していたハッチバックが駐車場に入っていった。

月極やコインパーキングではなく、どうやら荒川沿いの公園利用者のために設けられた、公営の駐車場のようだ。

「どうします？」

水城に訊かれ、駐車場の方を覗き込めば、十台ほど停められそうなスペースのうち、四、五台がすでに埋まっていた。

「よし、俺たちも中に停めよう」

福の駐車スペースから離れた場所にレンタカーを停めるよう、水城に指示を出す。ナビを見れば、ちょうどこの辺りは板橋区と埼玉県の境のようだ。

同様にナビを見ていた水城が「この笹目橋って、たしか有名な釣りポイントですよ」とマップを突きながら言ってくる。

「ほら、やっぱり釣りを楽しみにきただけじゃないか」

俺は勝ち誇ったように言ったが、これは早計だった。

車から降り、荷物を下ろし始めた土蓋福。痩せ形で背が高く、遠くから見る分には普通の男性に見える。しかし、その傍には明らかな異変がひとつあった。

小学校低学年くらいの少年。それが黄色のハッチバックから降りてきて、福の手伝いを始めたのだ。

「土蓋さんのところって、子供がいたっけ？」

「いや、いなかったと思いますよ。不妊で悩んでるって、以前から院長先生にも相談してましたし」

じゃあ、あの少年はいったい誰なのだ？

「友達の息子を預かったとか、そういうことかな」

「でも、自宅を出発したときはひとりでしたよね？」水城は言ってすぐ、「ああ、そういうことか」と手を叩く。「車に乗るところを見てなかったから気付かなかったけど、おそらく、来る途中に寄った釣具店で待ち合わせてたんだ」

満足気にこちらを見てくる水城。そんな彼女に、「急に乗車人数が増えた謎は解けたけど、結局、あの少年はどこの誰なんだろうな」と問い掛ければ、「さあ」と肩を竦められる。

二人はまるで親子のように仲睦まじく準備を終え、駐車場から川辺へと向かう階段を下りていった。これはぜひとも、近くで観察を続けたいものだが、さてどうしようか。

「わたしたちも、あとを追いましょうよ」

逸る水城に「しかし、周りが釣り客だらけだと、なにもしてないのは目立つだろ」と言えば、「心配御無用」と満面の笑みを向けられる。

彼女の指示に従い、車を降りて後ろに回れば、「ジャジャーン」とトランクを開けられた。中にはタックルボックスや釣り竿、クーラーボックスが並んでいる。

「どうしたの、これ？」

「あれ、前に言いませんでしたっけ？　わたし、釣りも趣味なんですよ」

「なるほどね」

釣りも、と言ったのが彼女らしい。水城は不眠症ではないが、ショートスリーパーで、一日に二、三時間ほどしか眠らない。

その結果、大量の時間を持て余し、多種多様な趣味に手を出しているのだが、どうやら、釣りもそのひとつらしい。

「毎度毎度、色んな趣味の話を聞かされるから、忘れてたよ」

不眠症を抱える者からすれば、ショートスリーパーというのは、少し目障りな存在だ。無知な人間からは一括り（ひとくく）にされることもあるが、全然、違う。眠いのに眠れないのと、眠たくないから起きているのとは、似て非なるもの、まったく異次元の話だ。

彼女のは超能力、俺たちのは病。あっちは祝福で、こっちは呪い（のろい）。それくらい、両者の生態には開きがある。

そんな嫉妬心（しっとしん）が言葉に漏れてしまったせいか、「じゃあ、もう趣味の話はしません」と水城が拗ね（すね）てしまう。

「ごめんごめん、へそを曲げないで。こうやって、カムフラージュに利用させてもらえるんだから、ありがたいと思ってるよ」

平謝りしつつ、トランクから道具を出していく。もちろん、水城にはひとつも持たせず、俺が荷物持ちだ。

階段の上に立つと、遠くの川縁に福と少年の姿が見えた。他にもちらほらと釣り人たちがいるが、みんな独りで釣りを楽しんでいるようだ。そんな中、釣りポイントを探すフリをして、俺たちは福らの近くに陣取る。

ちょうど、声が届くか届かないかという距離で、俺は釣り竿を袋から出しつつ、耳をそばだてた。

「どれにする？」

「うーん、このキラキラしたやつにしようかな」

タックルボックスを開き、少年にルアーを選ばせる福。こんな二人の姿を見て、親子関係を疑う者もいないだろう。

「隠し子とかですかね？」

小声で水城に尋ねられ、「それって、どっちの？」と聞き返す。

どっちとは、もちろん福の子か幸の子か、という意味であり、それを聞いた水城が「先生もやっと陰謀論に乗ってきましたか」と、ほくそ笑んだ。

「いや、まだ入れ替わり説信者になったわけじゃないよ。ただ、俄然、興味は湧いてきたけどね」

手際良く組み立てた竿にルアーを付けて、水城が渡してくる。ほとんど釣りの経験もない俺は、作業しているフリをするのが精一杯で、ほとんど彼女にやってもらったようなものだ。

自分の分の竿を組み立てつつ、「それに、ほら」と彼女が福らの方を見た。「以前、『旦那さんの髪型が変だ』って、土蓋さんが言ってたじゃないですか」

俺も観察対象の方を一瞥し、「それがどうした？」と尋ねる。

「ちょっと気になったんで、旦那さんと亡くなったお義兄さんで、髪型は違ったんですかって聞いてみたんですよ。すると、髪の長さとかは一緒だけど、昔から旦那さんは右分け、お義兄さんは左分けと、分け目を変えてたんですって」

「なるほど、今は左分け。つまりは、亡くなった幸の分け方だな」

趣味の変化に続き、またもや、双子入れ替わり説を支持する情報が出てきてしまったわけだ。しかし、これも決定打とは言い難い。

気分で髪型を変えることくらい誰にでもあるし、まずはあの少年の正体を探ることが先決だろう。少年の顔が分かるよう、俺は望遠機能を最大にして、二人の写真をスマホで隠し撮りした。

「それをどうするつもりですか？」

「土蓋さんに送ってみるよ。知り合いの子供かもしれないだろ？」

俺は言ってる間にメッセージアプリを開き、〈この子供に見覚えは？〉との文章を添えて、土蓋桃花に送信する。

「もし、旦那さんの隠し子だったらどうするんですか？」

心配そうに訊いてくる水城に、「夫の人生が乗っ取られたかもって、疑心暗鬼になってるよりマシだろ」と返す。

「そうかな。土蓋さんってけっこうキツい性格してるし、旦那さんの浮気とか、絶対許してくれなそうな雰囲気じゃないですか。そのうえ隠し子発覚なんて、ブチ切れませんかね？」

「いくら隠蔽（いんぺい）したところで、隠し事ってのは必ず外に漏れ出てくる。それが早いか、遅いかってだけの話だよ」

俺が言ったところで、スマホが震えた。てっきり土蓋桃花からの返信かと思い、水城と二人で画面を覗き込んだが、俺は「うわ」と思わず声を漏らしてしまう。

送り主の名を見て、「古世手義久（こよてよしひさ）って、誰ですか？」と水城に訊かれた。

「古世手先生は、うちの医局の准教授。俺の元上司だよ」

喉（のど）の奥に酸っぱいものを感じながら答えれば、「件名に、『学会発表の練習会について』って書かれてましたね」と看護師が続ける。

目敏（めざと）いやつだ、あの一瞬で件名まで読んでいたか。

散々、「これからは睡眠医として頑張る」などと言っておいて、この話を彼女に打ち明けるのは、少し気が引ける。しかし、変に勘繰られるのも嫌なので、俺は素直に事情を話すことにした。

「今度、外科の国際学会が都内で開かれるんだ。そこで、研究発表をするはめになった」

溜め息まじりに言えば、「別に普通のことじゃないですか。なのに、なんでそんなに嫌そうなの？」と訊かれる。

まあ、彼女が疑問に思うのも不思議じゃない。

専門医資格を維持するため、ほとんどの医師は学会に属し、定期的に学会発表を行うよう求められる。学会参加や論文発表の回数がポイント化され、規定の点数に届かなければ、専門医資格を奪われるという仕組みだ。

つまり、学会への参加なんて、医師にとっては世の常。多少、発表の準備が面倒だからと言って、そこまで毛嫌いするものじゃない。しかし、今回に限っては勝手が違った。

さて、どこまで説明したものか。俺が迷っていると、川へシュンとルアーを投げ込んだ水城が、「あ、分かった。古巣の人間に会うのが怖いんだ」と、揶揄うように言ってくる。

「もちろん、それもある」

少しムクれて言い、俺も竿を振ってみたのだが、糸が上手く伸びなかった。目の前に落ちたルアーをリールで巻き上げていると、「人差し指でここの釣り糸を押さえて、竿を振った瞬間に放すんです」と、水城がレクチャーしてくれる。

教えられた通りに振れば、今度はスッと水の中まで届いた。手に残った爽快感を楽しみつつ、「でも、それだけじゃない」と会話を続ける。

「実は厄介なことに、学会特別賞なんてものに選ばれてしまったんだよ。おかげで、変な注目も会場で浴びるだろうし、わざわざ医局に通って、発表練習もしなくちゃならない」

この発表練習というのが曲者で、大学の研究会で一回、そして教授や准教授の前で一回、そして最後に医局員全員が集まるカンファレンスで一回と、最低でも計三回のチェックポイントがあるのだ。もちろん、見るに堪えないとなれば、その都度、作り直させられる。

「これが、特別賞なんてものに選ばれていなければ、一言二言、訂正点を告げられて次へ進むだけなんだけど、うちの教授って見栄っ張りなんだよ。発表を完璧に仕上げるまで、何度呼び出されるか分かったもんじゃない」

俺は春の川縁で、「しかも、監督するのが古世手先生か」と、大きな溜め息を落とした。

都立医大外科医局の古世手義久といえば、部下に厳しいことでよく知られている。元から怖い上司だったが、不眠症を患い、睡気が原因でミスを連発した俺の罪をとことん追及したのも、あのひとだ。

「ちなみに、その発表する研究っていうのは、どんな内容なんですか?」

「血管内皮の再生に関わる研究だよ。細胞とマウスを使った基礎研究がメインで、論文には臨床データも少し載せてある」

「へえ、論文なんて書いてたんですね」興味なさそうに頷き、「それにしても、錦先生が実験って、あんまりイメージ湧かないな」と水城が笑う。

「そう?」

「だって、アカデミックなことより、オペをさせろって感じじゃないですか」

「まあそうかもな。休職直前に、『こんな奴に患者を任せられるか』って感じで、強制的に研究を手伝わされただけだし」

俺は短く嘆息し、「実験を計画したのも、それを論文に纏めたのも古世手先生なんだ。俺は指示されるがまま、手を動かしていただけだから、頭が上がらないんだよね」と、リールを巻く。

「それは、感謝してるから頭が上がんないんですか? それとも、苦手意識があるってことと?」

水城は訊いてくるが、俺は答えなかった。

左遷に次ぐ左遷。ついには研究室でもミスを連発するようになり、休職を言い渡されたあの日。最終通告を突きつけてきたのは教授だけど、その脇には准教授が厳しい目付きで立っていた。

そろそろアイツをクビにしてくれ、とでも諫言したのだろう。その光景が脳に焼き付き、古世手に対する強烈な苦手意識を俺に植え込んだ。

なのに、その辛（つら）い日々の結晶が、いまさら学会で日の目を見るなんて。

「運命ってのは、皮肉が好きなんだな」

釣り糸が作る波紋を眺めながら、呟く。すると、再びスマホが鳴り出した。

電話をかけてきたのは土蓋桃花で、応答のボタンを押すや否や、「いま、どこにいるの！」と、彼女の金切り声が静かな川縁に響き渡る。

4

月曜日の午前中、俺は懲（こ）りもせず、またサンセットに来ていた。

テーブルの上に置かれた、二つのチャック付きポリ袋。左側の袋にはマグカップ、右側の袋にはメガネケースが入っている。

その向こうから、意地悪な笑みを浮かべた刑事が「あれ、『もう頼ることもない』って言ってなかったっけ？」と問い掛けてきた。

「いや、まあ、あれは言葉のあやというやつで、その」

言葉を濁しつつ、「俺だって、またアンタを頼ることになるとは思ってなかったよ」と、胸の裡（うち）で零（こぼ）す。指紋鑑定なんて頼むつもりはない、と前は本気で信じていたのだ。

「ちょっと、事情が変わりまして」

肩を落としながら言えば、「ほうほう、じゃあ、まずはその事情とやらを聞かせてもらおうか」と、渡部兜は珈琲臭い息で訊いてくる。

さて、なにから話せばいいのやら。あの少年の正体については、俺たちの中でも意見が分かれている。

最近になって、自分に隠し子がいると分かり、福の態度が変化した。これが俺の推理であり、つまり少年は土蓋福の隠し子だと考えているのだが、水城は違う。彼女は双子入れ替わり説を支持していて、少年も幸の息子じゃないか、と疑っているようだ。

問題は、依頼人である土蓋桃花が、水城寄りの考えに傾倒してしまっているということ。いや、むしろ、彼女はその先のことまで考えていた。義兄が夫を殺し、その家族とともに自分たちの築いた人生を乗っ取るつもりだ、と本気で怖れているのだ。

いま思えば、水城の言った通り、俺が軽率だったのだろう。釣りを楽しむ二人の写真、これを見た土蓋は、こちらの想像以上に取り乱した。

まだ尾行中だというのに、頻りに電話をかけてきて、「その子は誰？　なぜ夫がそんなに笑っているの？　すぐ向かうから、居場所を教えてっ」と、矢継ぎ早に訊いてきたのだ。

明らかに暴走しかかっている彼女を、この二人に近づけるのは危険だ。そう判断した俺と水城は尾行を中断し、彼女のもとへ向かった。

土蓋家にて俺たちを出迎えた桃花の出立ちは、筆舌に尽くし難いほど、乱れていた。

髪は掻き毟ったようにボサボサで、白髪が目立ち、なぜか着ていたセーターもボロボロ。ノーメイクの顔は栄養失調を疑う程に、頬が痩けていた。

来客に飲み物も出さず、「なんで、何も教えてくれないのよっ」と泣き叫ぶ土蓋。そんな彼女をなんとか宥め、俺たちは尾行の様子を伝えた。

まあ、報告と言っても、「おそらくは釣具店で待ち合わせた少年と、バスフィッシングを楽しんでいた」くらいの情報なのだが、神経の張りつめた彼女にとっては、それだけで充分だったようだ。

そして、セーターがボロボロだった理由も判明する。話を聞いている間も、着ているセーターを癇癪に任せて引っ張るせいで、穴が開くわ、裾や首もとは伸びるわで、薄緑色のセーターは見るも無残なゴミに変わっていった。

夫は生来の子供嫌い。いくら知り合いの子が相手であっても、あんなに朗らかな笑みを浮かべるはずがない、と彼女は言う。

「あれは義兄の幸よ、間違いない。そして、邪魔者のわたしは殺されるんだわ。実の弟だって手にかけたのだもの、躊躇する理由なんてない。こうなったら、やられる前にやらないと」

ブツブツと垂れ流し始めた土蓋を前に、俺たちは焦る。特に双子入れ替わり説に懐疑的な俺はパニック寸前となり、気付いたら「科学的に二人を判別する方法があります」という言葉が、口を衝いて出てしまっていた。

一卵性の双子であっても、指紋は別。もし、事故前に夫だけが触れたものがあれば、知り合いの刑事に鑑定してもらえる。そう説き伏せて、やっと土蓋桃花は落ち着いたのだ。

いま、目の前にある二つのポリ袋の中身。このうち、物置に仕舞われていたメガネケースこそが「事故前に夫だけが触れたもの」であり、マグカップの方は、釣りへ出かける直前に彼が使ったものだそうだ。

「そりゃ、大変だったな」

上辺だけ労い、「しかし、よくそんな状態で放置したもんだ」と兜が責めてくる。「話を聞いてるだけで、その女が暴走寸前だと分かる。こっちの鑑定結果を待つような余裕なんて、ないんじゃないか？」

「俺たちも、このまま夫の帰りを待たせるのは危険だと思って、彼女には埼玉の実家に帰ってもらってます。勝手に接触しないと約束も取り付けましたし、なにかする時は、俺か看護師に連絡する、と」

「この世が口約束を守る正直者で溢れてたら、警察なんて要らねえよ」刑事は笑顔を忘れ、「いまごろ、包丁片手に夫を問い詰めてるかもしれねえぞ？」と、チクチク苛めてくる。

患者の相談に乗っただけなのに、なぜこうも責められなければいけないのだろうか。

無言で溜め息をついていると、テーブルの上から灰色のチンチラがこちらを見上げていた。

「こいつは、ただのサディストだ。妹のことしか眼中にない、不適格な刑事。そんな奴、説得しようとするだけ無駄だと思うぞ、相棒」

テンに渋い声で言われ、「それもそうだな」と俺は返す。

「なんだって？」

自分に話しかけられたと勘違いした刑事が、怪訝そうな顔をして、こちらを覗き込んでくる。

「で、鑑定はしてもらえるんですか？」

質問を誤魔化し、本題に入った俺を「力を貸してやりたい気持ちはあるんだが、先立つものがないとな」と、兜が脅してきた。

別に、金を要求されてるわけじゃない。こいつが求めてるのは情報、妹の恋愛事情だ。

「俺とあなたの仲じゃなかったんですか？」

「親しき仲にも礼儀有りってやつだよ、先生」

「下手をしたら、殺人事件に発展する可能性だってあるんですよ？」

「下手を打ったのは俺じゃない、おまえだ」

なるほど、妹の色恋沙汰の方が、事件を防ぐよりも大事というわけか。「な、言った通りだろ？」とテンも呆れている。俺は刑事の正義感に訴えるのをやめ、例の交換条件に応じることにした。

「分かりました、蛍には探りを入れてみます」

罠にかかった獲物を眺める狩人みたいな顔で、「やっと折れたか」と兜が笑う。

「でも、それには時間がかかります。次の外勤日まではまだ数日あるし、それまでに彼女を呼び出せば、怪しまれる」

「だからどうした？」

「こっちは時間がないんです。さっきも言った通り、俺の患者はかなり追い詰められている。隠し子どうこうの問題は先送りにできても、彼女が夫の正体を疑ってる限り、事件に発展する危険性は消えない」

俺は二つの袋を両手でそれぞれ摑み、刑事の方へ押しやった。

「約束は守ります。なので、指紋鑑定を先にお願いできませんか？」

ポリ袋に押し出されて、落ちそうになった珈琲カップを慌てて拾い上げた渡部兜。ソーサーを左手、カップを右手に持ったまま、刑事はこちらを睨みつけてくる。

信用していいかどうか、値踏みしているのだろう。揺るぎない信頼を築くほど俺たちの仲は良くないし、先ほど彼が言った通り、口約束なんて、なんの拘束力もない。でも、この男なら乗ってくるんじゃないかと、確信めいたものが俺にはあった。

こいつからすれば、こっちは鴨だ。かつて、蛍と交際していた時に、電話一本で別れを決意させた過去まである。操りやすい相手、どうとでもなる相手。そんな鴨の方から「約束する」と言質を取らせてきたのだ。

信用があろうとなかろうと、この先どうとでもできると、慢心するのではないか？

己の勘を信じて刑事の返答を待っていると、「まあ、しょうがないか」と兜は口角を上げた。「ここは先生の良心を信じて、ひとつ貸しにしてやるよ」

「じゃあ、鑑定を？」

「ああ、頼んでやる」珈琲を一口飲んでから、兜が持っていたソーサーをテーブルに置く。「しかし、鑑識の連中の手が空くまで、検査はできない。急ぎでって言われても、結果がいつ出るのか分からないぞ？」

刑事に言われ、「ありがとうございます。それはもちろん、正規の仕事を優先してもらって――」などと感謝しているところで、俺のスマホが鳴る。

電話をかけてきたのは水城で、嫌な予感がして出てみれば「先生、ちょっとこっちへ来て！」と、彼女の焦った声が鼓膜を揺らした。

「どうしたんだよ？」

「土蓋さんが暴走中です。尾行するって言うから、心配して様子を見にきたんですけど、ちょっと、わたしひとりじゃ抑えきれなくて」

水城の言葉の間を縫うように、「放して」とか「アイツをとっちめるのよ」と、俺の患者の声が聞こえてくる。どうやら、向こうはかなり切迫した状況のようだ。

現在地を告げた水城が、「包丁まで持ち出してきて、あ、コラッ」と言い残し、電話が切れた。俺は数秒、呆然としたあと、「どうやら、怖れてたことが起きたみたいです」と席を立つ。

「まさか、本当に刺したのか？」

包丁と漏れ聞こえてか、やっと刑事が真面目な顔付きになった。さすがに自分の監視下で傷害事件が起これば、こんな奴でも心配になるらしい。

俺は呆れつつ、「いや、その手前って感じで」と、伝票の上に千円札を一枚置く。「でもおそらく、彼女の暴走を止めるには、指紋鑑定の結果が必要です。さっきは時間がかかるかもって話でしたけど、できるだけ急いでくださいね」

口早に言い、そのまま刑事の返答も待たずに俺はサンセットを飛び出した。お誂え向きに店の前を通りかかったタクシーを停め、水城から聞き出した住所を伝える。

「あいよ」と呑気な運転手に「急いでください、人命がかかってるんで」と発破をかければ、タクシーのスピードが上がった。

「お客さん、刑事かなにか？」

「いや、医者です」

「なるほど、それなら切符もとられねえな」

運転手は言い、さらにアクセルを踏み込む。「人命」に「医者」と来れば、おそらく患者の命が危ないと彼は思っただろう。しかし、本当に危ないのは患者の夫の命だ。

勘違いさせたことに罪悪感を覚えつつ、俺は詳しい事情までは説明しなかった。この運転手には悪いが、違反切符を切られたところで俺の懐は痛まない。それより、向こうでなにが起こっているのかと、そっちの方が気掛かりだった。

時間にして、十分少々。午前中の都内はそこそこ混んでいたが、運転手が裏道を駆使してくれたおかげで、思ったより早く現場に到着した。着いた場所はいわゆる団地というやつで、そのロータリーにて会計を済ますと、「ここで待っときましょうか?」と運転手に訊かれた。俺は「大丈夫」と言い残し、車を降りる。

水城には、「どこそこの団地まで来て」としか言われていないのだが、彼女らの姿が見当たらない。団地の中にいるのか、それとも敷地内のどこかにいるのか。俺が辺りを見回していると、「放してよ」「もうちょっと待って」と、言い争う声が聞こえてきた。

声はどうやら、〈A棟〉と書かれた巨大な建物から聞こえてきたようだ。高さは三十階ほどあり、幅も広い。それぞれの階に十五か二十くらいは部屋があるのだろう。

俺が立っているところからは、階ごとの渡り廊下と、それぞれの部屋の玄関が見えているが、この中から二人の姿を見つけ出すのは至難の業だ。

山にも似た建造物を前に耳を澄ませていると、再び、金切り声が聞こえてきた。

「やられる前にやるのよ！」

聞き覚えのある台詞とともに、建物の中腹あたりで揉み合う人影が目に入る。

「あそこか」

発見できた喜びに浸る間もなく、彼女らのいる階数を目視で数えていく。すると、彼女らが揉めているのは、十二階の渡り廊下だと分かった。

急ぎ、A棟のエレベーターに乗り込み、十二階のボタンを押す。年代物のエレベーターはその上昇スピードもゆっくりしたもので、俺は思わず「早くしてくれよ」と嘆いた。

すると、一人きりであるはずのエレベーターで、「警棒で殴るつもりなのか？」と、足下から語りかけられる。

腕を組み、エレベーターに寄りかかるオスのチンチラ。それを見下ろしつつ、「まあ、最悪な」と、俺は溜め息をついた。

テンが言ってるのは、俺が常に携帯している三段警棒のことだ。コートポケットの中で、折り畳まれた警棒を握りしめつつ、俺はその出番がないことを祈った。

精神的に追い込まれた患者は、思いもよらない力を発揮する。それに対抗するため、俺が手にしている武器が、この三段警棒だ。剣道四段の自分が振るえば、ナイフや包丁を相手にだって充分立ち回れるだろう。

「でも、女性を相手に面打ちなんてできないだろ？」

テンに揶揄われ、「そんなことするかっ」と返す。「武器でも持ってたら、これで払おうと思ってるだけだよ」

「ならいいが、気を付けろよ、相棒」チンチラはシャドウボクシングをしながら「あの様子じゃ、ギャラリーが集まってくるのも時間の問題だ。そいつらに患者を警棒で殴りつける映像なんて録られたら、厄介だぞ？」と続けた。

テンが心配するのも無理はない。二人はけっこうな声量で揉めていたし、近隣住民の中には気付いている者もいるだろう。下手をすれば、警察を呼ばれている可能性だってある。

しかし、俺も男だ。後の風評被害は怖いけど、水城が危険に晒されているのなら、躊躇はできない。

エレベーターの扉が開くと同時に、俺は警棒をポケットから出し、声のする方へ向かった。しかし、目の前に現れた光景に「あれ？」と首を傾げる。どうやら、イメージしていた状況とは違うようだ。

包丁を振りかざす土蓋桃花と、怯える夫。その間に入る、うちの看護師。てっきりそんな構図が待っていると思っていたが、福はこの場にいないし、包丁は廊下に転がっていた。

そして、説得でも試みているのかと思われた水城は、土蓋の肩関節を極めた状態で彼女を組み伏せつつ、「ちょっと、静かにしてくださいよ」と溜め息をついている。

「なんなの、これ」

俺は問い掛けつつ、警棒をポケットに仕舞った。武器の出番はなさそうだ。

「あっ、先生。ちょうど良かった、これでやっと落とせる」

看護師は言い、極めていた肩を解放したと思ったら、今度は土蓋の首に腕を絡ませた。

そして、左腕をギュウと締め上げる。すると、数秒もせずに患者が動かなくなった。

「まさか、気絶させたのか？」

「だって危ないでしょ、あのままじゃ」彼女は言い、項垂(うなだ)れた土蓋を廊下の壁に凭(もた)れ掛からせた。そしてスカートの土埃(つちぼこり)を払いつつ、「もう、危ないなぁ」とか言いながら、包丁を拾う。

立派な凶器を相手に、呑気な水城。その頼もしい佇(たたず)まいを見て、俺は彼女がクラヴマガなる格闘技の修得者だと思い出した。

制圧しようと思えば、いつでも出来たのだろう。むしろ、なぜ俺を呼び出したのか？

不思議に思っていると、「落としたところで、わたしひとりじゃ運べませんからね」と、水城が先読みして答えてくれた。

要は、荷物持ち代わりに呼ばれたわけだ。

心神喪失状態の患者が包丁まで持ち出したのに、この顛末(てんまつ)か。やっぱり、この女だけは怒らせてはいけないな。

俺はそう再確認し、「とりあえず、この状況に至った経緯を聞かせてもらっていい？」

と彼女に尋ねた。しかし、「その前に、さっさとこの場を離れましょう。ほら、わたしが足側を担当するから、先生は頭の方を」と指示される。

真っ昼間の団地で、気絶した女性を運ぶのは気が引けた。しかし、水城の圧倒的な武力を目撃した直後なので、イヤとも言えない。

俺は「とりあえず、向こうの踊り場までな」と平静を保ったフリをしつつ、土蓋桃花の両脇に手を突っ込んだ。

「とにかく、急いで。はやくこの場を離れないと、鉢合わせしちゃうから」

ここで「誰と？」などと訊くのは野暮だろう。ここまで土蓋が取り乱す相手と言ったら、夫しかいない。

気絶中の患者を持ち上げ、二人で団地の渡り廊下をよちよちと進んでいると、「今日は朝から、ずっと尾行してたみたいなんですよ、土蓋さん」と水城が経緯を語りはじめる。

「まだ昼時でもないのに、仕事を抜け出した旦那さんがこの団地に来て、そこの1211号の部屋に入っていったらしくて、そこでわたしに電話がかかってきました」

「それで、土蓋さんはなんて言ってきたんだ？」

「『ここにいるのが義兄でも、別の家族を囲っている夫でも、関係ない。勢い余って殺したって、正当防衛ですよね？』なんて言い出すもんだから、わたし焦っちゃって。怖くないですか？」

「それはホラーだな」

「で、ヤバいと思ったから、急いで団地の住所を聞き出して合流したんですよ。もう来たときから鬼の形相だったんですけど、まだ会話するくらいの余裕はあったんです。でも、話しているうちにヒートアップしてきちゃって」

「それにしても、君ならこんな状況になる前に、何とかできたんじゃないの？　さっきみたいに、力尽くで」

「あのね、先生。わたしにだって、常識くらいあるんですよ？」呆れた様子で言い、「話をしたいって言ってるだけの一般人を、いきなり羽交い締めになんてできません」と水城は眉間に皺を寄せた。

どうやらこちらの常識と彼女の常識の間には、随分と隔たりがあるようだ。しかし、それを指摘できるほど、俺は命知らずじゃない。

否定も同意も避けて、「なるほど、それで？」と会話を続ける。

「『止めるな』、『やめろ』と押し問答しつつ、結局、ここまで上がって来ちゃったんですけど、問題の部屋を前に、土蓋さんが包丁を出したんです。顔も言ってることもヤバめだし、そのうえ凶器まで振り回してるんだから、もう一般人の範疇じゃないでしょ？」

「そこで、クラヴマガが発動したわけか」

「あ、先生も覚えてましたか」

「たしか、君の趣味のひとつだったよな」俺は頷きつつ、「まあ、釣りに比べれば、圧倒的に不穏な趣味だけど」と小声で呟いた。

「え？」

「いや、なんでも」

俺が苦笑いしていると、急に手元が暴れ出す。まるで釣り上げられたばかりの魚のように身を揺すった土蓋が、俺たちの手を離れ、「キェッ」と奇声を上げながら、渡り廊下を走っていった。

そして、タイミングの悪いことに、その先で１２１１号室の扉が開く。中から出てきた男がこちらを見て「うわっ」と悲鳴を上げた。変わり果てた妻の姿に驚いたのだろう。

包丁こそ持っていないが、ホラー映画の化け物みたいな走り方をしているし、怖い顔で奇声まで上げているのだ。その取り乱した姿は、狂乱と呼ぶのが相応しい。

驚いて、男はドアを閉じようとするが、化け物がそれを許さない。低いヒールの靴をドアの間に捻じ込み、その筋張った手でこじ開けようとした。

俺は唖然とその攻防を眺めていたが、「止めなきゃ」と水城が走り出したので、そのあとに続く。取り押さえようと土蓋の背後に立てば、「入れなさいよ！」とドアに張り付く狂人の向こうで、見覚えのある少年が震えていた。

これはマズいな。あの少年の正体はまだ定かではないが、誰であったとしても、こんな光景を見せるのは情操教育に良くない。

俺と水城は彼女を引き剝がそうと、その肩口を摑んだ。しかし、土蓋は異様な力を発揮し、逆らう。

「ねえ、あなた誰なのよっ」口から泡を飛ばしながら、桃花が問い掛けた。

「誰って、そりゃ――」

男は言ってる途中で、うしろを振り返る。そして、怯えた少年を一瞥してから「俺は土蓋幸、この子の父親だよ」と断言した。

この一言がトドメとなったのか、急に土蓋桃花の力が緩み、そのせいで、ドアから引き剝がそうと引っ張っていた俺と水城ごと、後ろに倒れる。玄関先に転がった義妹を見下ろし、「息子が怖がってる。頼むから帰ってくれ」と、幸が扉を閉めた。

呆然と固まる土蓋。その頰を、一筋の涙が零れていった。

俺と水城は立ち上がり、互いに視線を交わす。どうやら、最悪の予感が的中してしまったようだ。

さっきの男は、自ら「幸」と名乗った。つまり、一月の事故で死んだのは夫の福の方で、義兄がその人生を乗っ取っていたと、自白したようなものだ。

不眠症を悪化させながら、桃花はずっとこの可能性を疑っていた。でも、おそらくではあるが、心の底では信じていなかったのだろう。じゃなければ、ここまでショックを受けると思えない。

「行きましょう、土蓋さん」

水城が、優しく声をかける。俺は無言で患者の肩を支え、三人で寄り添うようにしながらエレベーターホールへ向かった。

これから、彼女には色々とやらなければいけないことがある。まずは警察に事情を話し、義兄の逮捕、そして葬式なんかもやり直す必要があるだろう。

その苦労を思うだけで、心が痛かった。

5

「まさか、本当に双子が入れ替わってたなんてね」

居酒屋の個室で、甘そうなカクテルを飲みながら渡部蛍が言う。その肴(さかな)に唐揚げを頬張ったので、俺は思わず、「うわ」と声を漏らした。

「トロピカルなカクテルに脂ギッシュな唐揚げなんて、食い合わせが悪いにも程がある」

顔を引き攣(つ)らせつつ、俺はビールジョッキを口に運んだ。

「そう?」

元カノは首を捻り、「ベースのパイナップルジュースが油をスッキリさせるから、けっこう理に適ってると思うけど」と笑う。

そういえば、こいつは昔から悪食の気があったな、と思い出しつつ、「さっきの話だけど、まだ続きがあってね」と俺は話題を戻した。

「続きって、その偽りの夫が逮捕されて終わりじゃないの？」

興味深そうに訊いてくる蛍を前に、「聞きたい？」と勿体振る。

「そりゃ、ここまで聞いたんだから、エンディングまで知りたいよ」

「じゃあ、ひとつ貸しな。今度、俺が聞きたいことがあったら、文句なしで答えてくれよ？」

「なによ、それ」

彼女は笑ったが、「まあ、別にいいよ。無茶な要求じゃないのなら」と約束してくれた。

トラップにかかった元カノを見て、俺はほくそ笑む。まさか彼女も、このあと、速攻で返済を求められるとは思ってもいないだろう。

「で、なにがあったの？」

カクテルグラスを傾けつつ、蛍が訊いてくる。その質問に俺は、「重要な登場人物を、ひとり忘れてないか？」と質問で返した。

「いや、特にいないと思うけど」

「おいおい、忘れてやるなよ。蛍にとっては、馴染み深い人物だぞ？」

ニヤニヤしながらこちらが言えば、「あ、そういえばお兄ちゃんに指紋鑑定を頼んだんだっけ」と蛍が手を叩く。

「それだよ、それ」

シスコン野郎の存在を、その妹がすっかり失念していたことに喜びつつ、俺は「水城さんが患者をタクシーで送っていったあと、俺はまだ団地に残ってたんだけど」と真相を語った。

憔悴しきった土蓋を水城がタクシーに乗せたところで、一本の電話がかかってくる。相手は渡部兜で、タクシーを見送ってから電話に出れば、「おい、感謝してくれよ、先生」と言われた。

「なんのことですか?」

「なんのって、指紋鑑定の話に決まってるじゃないか。知り合いに無理を言って、優先的にやってもらったぞ」

俺は「はあ」と覇気のない返事をする。正直に言って、あまり鑑定結果には興味がなかった。もう、本人の口から真実は明るみになったのだから、「指紋が違った」などと聞かされたところで、インパクトは小さい。

「なんだよ、やる気のない声を出しやがって」兜は舌打ちをしてから、「まあ、約束は約束だからな、結果は伝えてやる」と、鑑定結果を告げてきた。

「指紋は一致したよ。同一人物のものだそうだ」

一瞬、周りの音が止(や)む。「本当ですか、それ」

「ああ、間違いないよ」兜は言ってすぐ、「じゃあ、そっちも男なら、約束は守れよ」と電話を切った。

月曜のお昼前。団地の方では昼食の準備でもしているのだろうか、良い匂いが宙を漂っていた。しばらくその場に立ち尽くしていた俺は、踵(きびす)を返し、再び、Ａ棟のエレベーターに乗り込んだ。

先ほどまで土蓋が暴れていた渡り廊下を進み、１２１１号のインターホンを押す。すぐにドアの向こうからひとの気配が伝わってきたが、なかなか扉は開かなかった。

俺は向こうにいるのがあの男だと信じ、「土蓋桃花さんの主治医で、錦といいます。少しだけでいいので、お話しできませんか？」と、できるだけ優しい声色で伝える。

「ここにいるのは、私ひとりです。どうか、お話だけでも」

赤茶けたドアを前にひたすら話していると、ついに開錠音が廊下に響いた。チェーンロックをしたまま、僅(わず)かに開いた隙間(すきま)から、「本当に、桃花はいないのか？」と、先ほどの男がこちらを覗き込んでくる。

「いませんよ」

俺は頭を振り、懐から最近作ったばかりの名刺を取り出した。一枚を彼に渡し、「医師として、あんな状態の患者をあなたに近づけたりはしません」と約束する。

「なんで、お医者さんがこんなところに？」

「その辺りの事情も全部お話ししますので、どうか中に入れてもらえませんか？」

男は十秒ほど逡巡していたが、「声は潜めてくださいよ、子供が起きますから」と、ついにチェーンロックを外し、中へ迎え入れてくれた。

通されたのは、家族連れが住むには手狭な居間で、部屋はお世辞にも綺麗とは言えない。子供の玩具が散乱し、女性物の服もちらほら脱ぎ捨てられていた。コタツの傍には座椅子が二つあり、その片方に座るよう、男に勧められる。

台所に向かった男が、「すいません、お茶でも出そうかと思ったんですけど、勝手が分からなくて」と頭を掻きながら、もうひとつの座椅子に座った。

「まずは、こちらの事情を話しましょうか」

俺が、簡潔にこの団地に至るまでの経緯を話してやると、途中まで黙って傾聴していた男が、「まさか、そんなことになってたなんて」と頭を抱える。

「そして、問い詰められたあなたが『俺は幸だ』と認めたことで、桃花さんの心はポッキリと折れてしまいました」

こちらが多少、意地悪な言い方をしたせいで、彼の顔が悲痛に歪む。このリアクションを見て、俺の確信は深まった。

「でも、あなたは嘘をついた。そうですね？」

この問い掛けに男は顔を顰めたが、俺はおかまいなしに、「一卵性の双子を見分ける科学的な方法って、なにかご存じですか？」と続けた。

「いえ、遺伝子はほぼ同じって聞いてますけど」

「それが、ＤＮＡでは判別できなくとも、指紋なら見分けがつくらしいんですよ。面白いですよね、人間としての設計図は同じなのに、指紋っていう部品だけが違うなんて。私も知り合いにそう聞いて、驚きました」

「はあ」

「で、その知り合いというのが刑事さんなんですけど、彼に無理を言って、あなたの指紋鑑定をしてもらいました。桃花さんに、事故以前に旦那さんが触ったものと、事故以降に触ったものを用意してもらってね。その二つを比べてみたんですよ」

「なるほど、その結果を受けて、さっきの発言に繋がるわけですか」男はガクッと肩を落とし、「はい。お察しの通り、俺は福です」と白状した。

そして、今度は彼がここまでの経緯を語り始める。

早過ぎる、兄の死。遺品整理で浸る、幼少期の思い出。昔はあんなに仲が良かったのに、数年前に仲違いをしてからというもの、ほとんど会話を交わした覚えがない。

もう兄と話すこともできないのか、と気紛れに幸のスマホを充電してみれば、未読メッセージの通知が入る。死人を詮索しているようで少し気が引けたが、福はメッセージを読むことにした。

仕事の連絡や、友人からの飲みの誘い。当たり障りの無いメッセージがいくつか続き、福は気になるログに行き当たる。

兄がこの世を去るその日まで、毎日続いていた、翔太(しょうた)なる人物とのやり取り。どうやら相手は子供のようで、〈機能、学校でヤなことが遭って〉など、誤字脱字だらけの拙(つたな)い文章と、それに優しく応じる兄。

そんな、他人からすれば他愛もない会話に、福は違和感を覚える。自分と同じで、幸も子供が苦手なはず。知り合いの子供だったとしても、こんな丁寧な対応をするとは思えない。

気になった福は、兄の友人らに探りを入れ、真実を知る。少年は、最近見つかった、幸の息子だった。

「なんでも、年末に翔太の母親が兄の職場である消費者ローンを訪れたそうなんです。二人の再会は単なる偶然でしたが、ローンの相談をしにきた昔の恋人が連れていた十歳くらいの少年を一目見て、兄はそれが自分の息子だと気付いたんです」

円満な別れ方ではなかったため、幸は元恋人に隠れて、少年と会うようになった。なにか困ったことがあったら頼ってくれ、と交換した連絡先。それが、例のメッセージログに繋がったわけだ。

「兄は自分が父親だとは伝えませんでしたが、翔太もなにか通じるものを感じたのでしょう。そう時間も経ずに、親子の絆は紡がれていきました」

「しかし、今年の始めにお兄さんは――」

俺が言ったところで、その先は聞きたくないと言わんばかりに、「そうです」と福が言葉を被せてくる。

「翔太は自閉スペクトラム症と診断されていまして、そのせいか、学校や家庭のことで悩んでいました。なのに、母親は多忙で、周りには頼れる大人もいない。兄だけが、あの子の味方だったんです」

話しながら、福の目には涙が滲んでいた。

「兄は死にました。もう、この世にいません。でも、それを知らない翔太は、『ねえ、どうしたの？』とか『返事して』と、メッセージを送ってくるんです。だから、俺は――」

涙に震える福の代わりに、「お兄さんのフリをして、翔太くんに近づいたわけですね」と言葉を紡ぐ。

気持ちは分からないでもない。自閉スペクトラム症の少年にショックを与えないよう、サポートを続けるには、それ以外、方法がなかったのだろう。

しかし、謎は残る。

「今日だって、熱を出して学校を早退するっていうのに、母親は連絡がつかなくて。それで、自分が呼ばれたんです。この家に来たのも、実はこれが初めてで」

なるほど、それで台所の勝手が分からないと困っていたのか。俺は頭の中で答え合わせをしながら、桃花が鬼の形相でドアに張り付いていたときのことを思い返す。

「事情は理解できました。でも、奥さんにくらい、翔太くんのことを教えてあげても良かったんじゃないですか？」

あの場で、「俺は幸だ」と言い放った動機は分かる。翔太のいる前で、真実を語るわけにもいかなかったのだろう。しかし、そもそも妻にこんな特大級の隠し事をしていなければ、ここまで事態が拗れることもなかったはずだ。

「妻は子供を欲しがってるんですけど、手術や飲んでる薬の影響もあって、中々、子宝に恵まれませんでした」福は俯いたまま、大きく深呼吸をする。「なのに、兄の子とはいえ、俺と変わらない遺伝子を受け継いだ子供がいるとなると」

「今日みたいなことが起こるかも、と怖れたわけですね？」

沈んだ顔で頷く福。これで、すべての事情は詳らかになった。

「状況は分かりました。では、我々が間に入るので、奥さんにすべてを話しましょう」

「あんな顔をした妻は、正直、初めて見ました」福は顔を上げ、「素直に耳を貸してくれますかね」と縋るような顔でこちらを見つめてくる。

俺は「おそらく、大丈夫でしょう」と、笑みを浮かべた。

「一度、ポッキリと心が折れた方が、人間、素直になりますから」

「それで、どうなったの？」

蛍は語り終わった俺に顔を近づけ、「奥さんは、彼を許せたの？」と質問を重ねてくる。

「ああ、すんなり受け入れてくれたよ」

ジョッキに残ったビールを飲みきり、「子供のことも全然気にしていないみたいで、今度、夫婦で翔太くんに会いに行こうって話まで出てたし」とこちらが言えば、「なんだ、つまんないの」と、元カノが頬を膨らませた。

「ハッピーエンドは好みじゃなかったか？」

「そうは言ってないでしょ。ミステリーとしては、いまひとつ、物足りない終わり方だなって思っただけよ。伏線だって回収できてないし」

「伏線って、なんのことだ？」

「ほら、服装の趣味が変わったとか、髪型の分け目が逆になったとか、色々あったじゃない」

「ああ、それは翔太くんを混乱させないためらしいよ」

自閉スペクトラム症の小学生、翔太。彼は細部に拘る性格らしく、兄のフリをして福が初めて会った際に、色々と指摘されたそうだ。それ以来、翔太と会うときは服装を変え、髪型も左分けにするようになったらしい。

「釣り具を一新したのも、お兄さんが亡くなる前に、少年をバスフィッシングへ連れていくって約束してたからだそうだ」

「なるほどね。じゃあ、応援する野球チームが変わったって話は?」

「それは、ただ亡くなったお兄さんを偲んでいただけ。なんでも、子供の頃から阪神巨人戦のたびに、兄弟で言い争っていたらしくてね」

「だからって、巨人ファンが敵を応援する理由にはならないでしょ?」

水城も似たようなことを言っていたなと、俺は笑った。

「阪神が勝つ度に、お兄さんは『俺が応援するかぎり、阪神は無敵だ』って口癖みたいに言ってたんだって。だから、今年くらいは代わりに応援してやろうって、それで阪神側の席を取ったらしいよ」

微笑ましい、兄弟の思い出話。土蓋福も、この話をしたときはくだらなそうに笑っていた。水城も蛍も、なぜライバルに塩を送るような真似を、と首を傾げるのだが、そもそもなんで同じ家庭で育った双子の兄弟が別チームのファンになったのかと、俺はそっちの方が気になる。

「なんかさ、こうやって淡々と答え合わせされちゃうと、味気ないね」

氷で薄まったカクテルを飲みつつ、蛍が溜め息をついた。

「まあ、夫婦の一大事が防げて、少年も心の支えを失わずに済んだんだから、それで良かったじゃないか」

頼んだ料理はほぼ平らげ、腹も満たされた。そろそろお開き、という雰囲気が漂ってきたところで、俺は「さっきの、『貸し』の件だけど」と本題を切り出す。

「それって、『ひとつ貸しな』って言ってたやつのこと？」

「ああ」

こちらが頷けば、「まさか、本気で言ってたの？」と元カノが目を細めた。まあ、無理もない。友人との間に、貸し借りなんて概念を持ち込んだ俺が悪いのだ。

しかし、背に腹は代えられない。

「約束しただろ？『文句なしで答えてくれる』って」

「それは、たしかに約束したけど」

猜疑心たっぷりの表情で、こちらを見る蛍。友人で元恋人、そんな彼女に、なぜこんなくだらない質問を打つけなければならないのか。

俺は己の境遇を嘆いたが、さっきから耳の奥では「そっちも男なら、約束は守れよ」と、シスコン野郎の声がリフレインしている。

深呼吸をひとつ挿み、「最近、彼氏でもできた？」と、俺は蛍に投げかけた。

第三章　実行されない犯行予告と、美術館長

1

診察を終え、出ていく患者。その背中を見送りながら、「良かったですね、土蓋さん。睡眠量が元に戻ったみたいで」と、水城が言ってくる。

「まあな」短く嘆息し、「あれだけ振り回されたんだから、少しは恩恵がないと、こっちもやってられないよ」と俺はカルテを閉じた。

「恩恵といえば、ブログも書いてくれるみたいですね。『書評、期待しててくださいね』って言ってたし」

「例の小説か」肩をがっくりと落とし、「それで恩恵を受けるのは、烏丸の通帳だけだ。俺にはむしろ、弊害でしかないよ」と返す。

自分たちがモデルとなった小説、『今夜も愉快なインソムニア』の失敗を、俺は密かに

願っていた。友人でもある烏丸のキャリアが懸かっているので、こんなことは言いたくないが、小説の売り上げが悪ければ、続編のオファーもないだろうから。

さて、いつまでもうじうじと、友の不幸を願ってもいられない。

「次は、初診の患者さんだっけ」

ナースに声を掛けると「そうですよ、問診票を預かってきました」と、クリップボードを渡される。

獅子村泰介（ししむらたいすけ）、五十六歳。主訴は不眠で、記載されている症状を見る限り、入眠障害が顕著なようだ。他院を受診した形跡もないので、当然、紹介状もない。

「じゃあ、とりあえず話を聞いてみようか」

「分かりました、呼んできますね」

水城が患者を呼びに診察室を出たところで、俺は気になる記載を見つけた。職場の欄に、見覚えのある美術館の名前が書かれているのだ。これは妹の職場だったはず。

「どうぞ、奥の席へ」と水城が連れてきたのは、身体（からだ）の大きな中年男性で、鍛えているのか不摂生なだけなのか、身幅もかなりある。熊（くま）のような大男が、目の前の小さな椅子（いす）に座り、「どうも、獅子村といいます」と頭を下げた。

髪はオールバックで、明るい青色のスーツ。身体の大きさも相俟（あいま）って、記者会見に臨むラガーマンっぽい雰囲気を纏（まと）っている。濃い顎髭（あごひげ）を貯（たくわ）えており、一見すると精悍（せいかん）な顔付きにも思えるのだが、目の下にはしっかりと深い隈が刻まれていた。

「副院長の錦です」

挨拶を返してから、「この獅子村さんの職場って」と、まずは気になっていることを訊いてみる。

すると、「ええ、そこで私は館長をやってまして」と、獅子村が気まずそうに頷いた。

「恥ずかしい話なんですが、勤務中によく欠伸をしていたみたいで。それに気付いた部下のキュレーター、つまりは、先生の妹さんですね。彼女が、『眠れないのなら、いいクリニックがありますよ』と、ここを勧めてくれたんです」

「なるほど、うちの妹が」

奈癒は、結構押しの強いところがある。獅子村の態度から、「治療を望んで」というより「行けと言われたから来た」という、どこか嫌々感が漂うのは、おそらくそのせいだろう。

しかし、せっかく来てくれたのだから、ここは妹の顔を立てておこう。そう思い、俺は問診票を改めて読み込む。すると、〈イビキ〉の項目にチェックが付いていた。

「イビキは、けっこう酷い方ですか?」

「ええ、『ウルサくて眠れない』なんて、妻にはよく怒られています」

恰幅のいい中年男性でイビキが酷いとなれば、睡眠時無呼吸症候群、通称ＳＡＳの可能性が高い。

ＳＡＳとは読んで字の如く、睡眠中に息が止まる疾患のことで、その間は当然、酸欠となる。睡眠の質が低下することで日中に強烈な睡気を覚えるようになり、他にも様々な弊害を生むことで知られている病なのだが、ＳＡＳの患者が入眠障害を訴えるのは稀だ。常に睡気を抱えている彼らは、何時でも何処でも眠れるので、訴えるとすれば中途覚醒、もしくは寝ても寝ても疲れが取れない、といった症状が多い。

俺は少し気になり、「不眠の原因に、なにか心当たりはありますか？」と獅子村に尋ねた。すると、大男の顔が歪む。

患者は質問に答えようとはせず、代わりに「妹さんから聞いたんですけど、ここでの話は守秘義務で守られるんですよね？」と訊いてきた。

「ええ、まあ」

「それって、どの範囲まで保証されてるんでしょうか？」

「どの範囲と言われましても」とこちらは苦笑したが、獅子村の顔は真剣そのものだ。

俺は咳払いをし、「特定の感染症や犯罪関連、とくに自傷他害の恐れなどがある場合は、報告や処置が必要となります。それ以外は、まあ、保証されてますね。うちのスタッフ以外に話すことはありません」と、真面目に答えた。

「なるほど、なるほど」

大男は大きく二回頷き、「その、犯罪関連というのは具体的にどういったことを意味してるんですかね」と、さらに深堀りしてくる。

多少気圧されつつ、「明らかにこれから犯罪行為を行おうとしているとか、そんな感じだと、通報の義務があります。まあ、医師の道徳観によっても対応は変わってきますけど」と返せば、また、「なるほど、なるほど」と獅子村は頷いた。

「まさか、これから犯罪のご予定でも？」

「いえいえ、そんなことは」分厚い手を振って否定した獅子村が、「私は犯罪行為になんて、手を染めませんよ。どちらかと言えば、こっちは被害者で――」と言っている途中で、「あっ」と漏らし、口を噤む。

どうやら、妹はただの好意で新規患者を紹介してくれたわけじゃなさそうだ。おそらく、この獅子村という男も奇妙な悩み事を抱えていて、どんな相談でも俺なら乗ってくれると、奈癒が彼に言い含めたに違いない。

また、これか。もう、探偵の真似事は終わりにすると決めたのに。

こちらの落胆を余所に、「先生は、ペーパームーンってご存じですか？」と獅子村が問い掛けてくる。

「ほら、始まったぞ」と揶揄うチンチラを無視して、俺は「いえ、紙で作った月のことですかね」と、患者に返した。

「まあ、直訳するとそういうことですけど、私の言っているのは違います。とあるグループの話と言いますか、奴（やつ）らは窃盗団でして」

聞き慣れない言葉に、「窃盗団？」と聞き返す。

「まあ、美術品だけをターゲットにしているので、我々の世界に籍を置いていないと、なかなか耳にしない名前なのかもしれませんね。しかも、奴らに狙（ねら）われたら――」

言葉を止め、俺と看護師の顔を交互に獅子村は見つめてくる。しかし、続けようとしないので「狙われたら？」と、俺は先を促した。

「いや、それは、今はどうでもいいか」と、患者は勝手に納得して「とにかく、奴らの手口は一貫していて、まずは狙っている美術品の名前が記された犯行予告が届きます。期日は、約一週間。それが過ぎれば盗みに入ると、そういった感じでして」と続ける。

窃盗団に、犯行予告か。なんだか、非現実感が増したな。

俺は呆（あき）れつつ、「そんなのが届けば、美術館を預かる館長として、心労も重なりますね」と同情心を示した。「それで、その期日とやらが迫ってきて眠れなくなったと、そういうことですか？」

「違います」

予想外の否定を受け、「え？」と返せば、「いや、たしかに最初はそうだったんですけど」と、獅子村が手を伸ばしてくる。問診票を指で突きながら彼が示したのは、症状の期間が記載されている箇所で、そこには〈約一ヶ月〉と書かれていた。

「なるほど、犯行予告の期日が一週間なのなら、こんなに長く悩まされることもないか」

「予告が届いてから、もう一ヶ月以上、経っているんです。なのに、『夜の帳』は無事だし、ペーパームーンが逮捕されたという噂は聞かないしで、警戒を解くことも出来ない。そろそろ、頭がどうにかなってしまいそうですよ」

「その『夜の帳』というのは？」

尋ねられた館長が、スマホを出してきて「これが、ここに来る前に撮った写真です」と見せてくる。画面に表示されていたのは紫がベースの抽象画で、アートに疎い俺には、それが有名な作品なのか分からなかった。

なので、無知を承知で「高価な作品なんですか？」と訊いてみる。

「ええ、近代美術の巨匠、シェリミエールの遺作なので、それなりにしますよ。美術品の価格は市場によって上下するので、正確な値段はつけられませんが、最低でも億はくだらないでしょう」

「億って、一億円するってことですか」

館長のスマホを片手に驚いていると、「うちに展示されている作品のなかで、一番値が張るのがこの『夜の帳』です」と、スマホを回収された。

「そんな高価な作品が狙われてるとなれば、そりゃ眠れなくもなりますよ」

俺が労えば、「いや、問題はそこじゃなくて」と獅子村が苦笑いを浮かべる。

「え？」

「ああ、いやいや、ね？　そりゃ眠れなくもなるでしょう？」

その取り繕うような態度に、俺は強い違和感を覚えた。

獅子村は、必死になにかを隠そうとしているようだ。しかし、注意力が散漫なせいで、さっきからボロボロと真実の欠片を零している。おそらくは不眠症の影響だろうが、一億円の損失以上に彼が怖れるものとは、いったい、何なのだろう。

俺は多少の猜疑心を込めつつ、「そのペーパームーンという窃盗団は、それなりに有名なんですよね？」と患者に問い掛けた。

「ええ、美術界隈では」

「ということは、警察もその窃盗団の存在は知ってると？」

「そりゃ、把握くらいはしてると思います。毎年、被害も出てますし」

「じゃあ当然、獅子村さんも犯行予告のことを、警察には届けたんですよね？」

ここで、大男は押し黙る。警察に相談してもいないのか。

「なんで、通報しないんですか？」

こちらが呆れて言えば、獅子村が脂汗の浮いた顔をプイッと背けた。

有名な窃盗団から犯行予告なるものを受けておいて、それを届け出ずに美術品を盗まれれば、館長として、それなりの責任を取らされるだろう。そんなリスクまで背負って、警察から情報を隠したい理由など、ひとつしか思い当たらない。

「もしかして、そのペーパームーンとやらに、なにか弱みでも握られてるんですか？」

「いや、そういうわけでは」

「じゃあ、今からでも遅くない。警察に届けましょう。もし、必要なら捜査一課の刑事に知り合いが――」

俺が説得していると、「警察はダメだっ」と、大男が急に立ち上がった。

「獅子村さん、落ち着いて」

「やっぱり、ここに来たのは間違いでした。すみません、不眠なんかじゃないので、もう帰りますね。ご迷惑をおかけしました」

つらつらと話しながら、出口へ遠ざかっていく館長。最後に頭をぺこりと下げて、彼は診察室を出ていってしまった。

「なんなんだよ、あれ」

俺が溜め息をつけば、「もうちょっと話を聞きたいところですよね」と水城が言う。

「いや、そうでもないよ。なんだか、込み入った事情があるみたいだし」

「込み入ってるから、面白そうなんじゃないですか」

興味津々といった様子の看護師が、「まだその辺にいるだろうし、わたし、ちょっと捕まえてきますね」と、診察室を飛び出していった。

「おいおい、『捕まえる』とか、物騒な言葉を患者に使うなよ」

俺は愚痴を零したが、もう遅い。水城はとっくに部屋を出たあとなので、もうただの独り言だ。

それにしても、変な時間だった。

窃盗団に予告状、隠し事をする館長に、狙われた一億円の絵画。気になるワードのオンパレードだ。水城が目を爛々と輝かせていたのも、頷ける。

「相棒は相変わらず、腰が重いな。気になるのなら、あの元気溌剌嬢ちゃんのあとを追えばいいだろ？」

テンに言われ、「少し静かにしてくれよ。今は患者が相談も終えず、途中退出したことを喜んでるところなんだからさ」と笑う。

「そんなこと言って、どうせまた巻き込まれるくせに」

「窃盗団の相手なんて、するつもりはないよ。そんなの、どう考えても警察の仕事だろ？」

溜め息まじりに言い、水城があの大男を引き摺ってこないことを祈りながら、俺は次の予約患者のカルテを開いた。

2

ランチタイムの過ぎたサンセット。客も疎らとなった時間帯に、俺はその客席でパラパラと雑誌を捲っていた。

この店は、あのシスコン刑事の行きつけ。そのせいでサンセットを利用するときは、大抵、悪魔と取引するような仄暗い気持ちになるのだが、今日はまた違った緊張感があった。

今日の待ち合わせ相手は渡部兜じゃない。欠伸を噛み殺しつつ、俺が待っている相手は母親の雪子だ。

明日、都内に行く用事があって、少し時間があるから会えないかしら？

そんな内容の電話が昨夜かかってきて、もちろん俺は断ろうとしたのだが、強引に押し切られてしまった。さすがは母親だ。嫌がる息子の説得など、何の苦もなくこなしてしまう。

呼び出した理由など、聞くまでもない。外科医に戻るよう、俺を説得するつもりだろう。この間の家族会議では泣いてばかりで、大したことは言わなかった母親。実は錦家で一番の権力を握っている彼女が、ついに動き始めたというわけだ。

俺がひとりで「ドタキャンでもしてくれねえかな」と溜め息をつけば、「あの刑事さんのことですか？」と声をかけられる。

顔を上げれば、先日、アルコール入りの飲み物を勧めてきた店員が、不思議そうな顔をして、こちらを見ていた。

「いや、今日はあのひととの待ち合わせじゃないんだ」

「なんだ、渡部さん来ないのか」

男性店員はつまらなそうに言い、「注文はホットレモンティーで良かったですか？」と聞いたと思ったら、返事も待たずに厨房（ちゅうぼう）の方へ引っ込んでいった。失礼な奴だな、と嘆息し、俺は再び雑誌を捲る。

特にこれといった趣味はなく、ファッションなんかにも興味がない。そんな俺がなぜ、この「アイキャンディー」なる雑誌を読んでいるかといえば、水城に押し付けられたからだ。

昨日の診察中、少し時間が空いたタイミングで、彼女が嬉（うれ）しそうに「ちょっと、この特集記事を読んでみてくださいよ」と、俺の目の前で雑誌を広げた。

それが、このアイキャンディーなる月刊誌だ。直訳すれば「目玉飴（あめ）」となる奇妙なネーミングではあるが、水城によれば、アート界隈の関係者の間ではけっこうな有名誌らしい。

彼女は趣味で水彩画を習っているので、おそらくはその縁でこの雑誌に辿（たど）り着いたのだろう。絵画や彫刻、デジタルアートなどの写真が並ぶなか、問題の記事は本の後半に出てくる。

〈美術品窃盗団ペーパームーンの真実〉と題された特集記事。最初に、彼らの犯行歴が時系列順に載せられており、そこから数ページに亘って、犯行の詳細が記されてある。

他は煌びやかな美術品の写真や記事ばかりで、その数ページだけが異質だった。犯罪ルポのような記事に目を通しつつ「なんか、ここだけ毛色が違うね」と俺は言ったが、「そんなことは、どうでもいいんですよ」と水城に雑誌を奪われた。

「問題はここ、この部分」と開かれたページを見てみれば、〈義賊〉や〈懲悪〉などの文字が目に付く。

「どういうこと？」

「なんでもこの記事によれば、ペーパームーンが狙うのは、贋作だけなんですって」

「贋作って、本物のイミテーションってこと？」俺は聞き返してから、「でも、そんなもの盗んだところで、金にはならないだろ」と首を捻った。

「だから、義賊なんですよ」

水城はドヤ顔で言い、その理由を説明してくれる。

記事によれば、ペーパームーンは利益目的で美術品を盗むことはなく、彼らに盗まれた作品は、必ず別の場所で見つかるそうだ。その際、贋作だという鑑定書が添えられているらしい。

犯罪の証拠品として見つかった美術品は、警察によって再鑑定され、概ねその通りと判明する。もちろん、持ち主たちは「盗んでから贋作と入れ替えたんだ」と主張するものの、作品からは関係者の指紋などが検出され、皆、最後には口を噤むのだそうだ。

記事には、同様の犯行が続いたことで後ろ暗い美術関係者たちにとって、ペーパームーンの犯行予告は戦時中の赤紙の如く怖れられるようになった、とある。真実はどうあれ、彼らから予告状が届けば、見る目がない、との烙印を押されたも同然というわけだ。

贋作を展示していた美術館や、売買しようとしていた美術商らは、その審美眼を疑われ、客を失うことになる。

「なるほど。それで獅子村さん、あんなにビビってたんだな」

俺が言うと、「いやいや、でも辻褄が合わないんですよ」と水城が言ってくる。

「だって、獅子村さんは『夜の帳』の展示を取り下げてないじゃないですか。本来なら、もうとっくに盗まれてるはずなのに、ペーパームーンは盗みにこないし」

「獅子村さんが美術館の警備を増強したとかで、盗みに入れなくなったとか？」

「でも、これまでも予告してから盗み出してたわけですから、いまさら、そんな日和った真似はしないと思うんですよね」

俺が「やっぱり、なんか変ですよ、この事件」と首を傾げる水城の顔を思い返していたところで、目の前にカンッとコップが乱暴に置かれた。驚いて顔を上げれば、もう店員は踵を返している。

刑事が来ないくらいで、なにをそこまでカッカする必要があるのだ。俺がその背中を睨みつけていると、「ちょっと」と、店員を呼び止める声が後ろから聞こえてきた。間違いない、あれは母の声だ。

「ホット珈琲ひとつ、お願いね。失礼な店員さん」

厭味と注文を同時に済ませ、余所行きの恰好をした母が、「ごめんね、待たせたかしら」と前の席に座った。

「気にしないで。そんなには待ってないから」

「でも、その割には退屈そうな顔をしてるわね」

「退屈っていうか、眠たいだけだよ」

「ああ、例の不眠症のせいで？」

「そう、例の不眠症のせいで」

母のエンジンが温まっていくのが、見て取れた。そろそろ攻勢が始まるか、とこちらが身構えたところで、店員がホット珈琲を運んでくる。

「ありがとう」

ムスッとした店員に礼を言い、スティックシュガーを破った母が、「お母さんが思うに、あなた、考え過ぎなのよ」と、戦の口火を切った。

そこからはもう、ずっと母のターンだ。

やれ、ハードな仕事なんだから体調を崩すのは当たり前だの、やれ、色々試行錯誤しながら外科医は自分のリズムを掴んでいくだの、長年、父を支えてきた経験をフル活用して、息子を詰めてくる。俺は黙って、「はいはい」と、鹿威しのように頷くだけだ。

しかし、「自律神経の整え方を教えてあげるわ」と彼女が言ったことで風向きが変わる。アドバイスをいくつも繰り出してくる母を前に、俺は「こいつマジか？」と呆れてしまった。

そんな素人の助言程度で治る病気だと、本気で思ってるのか？

母子という関係を考えれば、助言のひとつもしたくなる気持ちは理解できる。しかし、腐ってもこっちは医者だ。その程度のアドバイスを貰ったぐらいで治るような代物なら、とっくに自力で治している。

母への労りの心を、医師のプライドが破砕したところで、「そんなことも知らないで、睡眠医の仕事が務まると思う？」と俺は反論した。

いつもは従順な長男の反抗に、「え？」と、母は固まる。

「運動とか、睡眠具の新調とか、そんなのはもうとっくの昔に試してるんだよ。薬も飲んでるし、瞑想だってしてる。でも、眠れないんだ」

舌を転がり落ちるように、出てくる不満。意気揚々と続ける息子を、母はただ、心配そうな顔をして見ていた。しかし、「そもそも、眠れなくなったキッカケは」と言ったところで、俺は言い淀（よど）んでしまう。

不眠となったキッカケ、つまりは患者を死なせたトラウマを、母に聞かせたくはなかった。結果的に、俺の責任ではないと分かったものの、言葉に出せば、当時の心境も一緒に吐露してしまいそうで、怖かった。

結局、「とにかく、母さんには分からないだろうけど、おいそれと治るような病気じゃない」と、顔を背けて誤魔化（ごまか）すことにする。

拗（す）ねた長男を前に、フフッと笑う母。彼女は「そうね、普通なら簡単に理解なんてできないでしょうけど」と、ハンドバッグから本を一冊取り出す。

その表紙を見て、「それって」と俺は顔を歪めた。

「奈癒に聞いて、読ませてもらったわ」

母は言い、『今夜も愉快なインソムニア』をテーブルの上に置いた。俺は「あのバカ」と、ここにはいない妹に悪態をつく。

「面白かったわよ、治人の意外な一面も知れたし」

「言っとくけど、全部鵜呑（うの）みにしちゃダメだよ。実際の人物や話がモデルではあるけど、娯楽用にかなりデフォルメされてるんだから」

顔が熱くなるのを感じつつ、俺は言った。親に日記を読まれたようなむず痒（がゆ）さが、全身を駆け巡る。

「父さんには？」

「まだ、教えてない」

「じゃあ、そのまま黙ってて。あの頑固者がそれを読めば、きっと頭が爆発するだろうから」

母は「はいはい」と苦笑しながら、小説をバッグに仕舞った。そこでふと、妹の言葉を思い出す。

奈癒は「あの本を読めば、一発で伝わるのに」と言っていた。兄から口止めされていたにも拘わらず、母にあの小説を渡したのも、おそらく、その効果を狙ってのことだろう。しかし、母さんに変わった様子は見られない。妹の思惑は、外れてしまったのか？

「あれを読んだってことは、もうこっちの事情は大体分かってるってことだよね？」

息子に問い掛けられ、「ええ、あなたが言うデフォルメされてる部分は、奈癒に答え合わせしてもらったわ」と、母は頷く。

「じゃあさ、さっきのアドバイスは何なの？」

多少、刺のある言い方をしたせいだろうか、彼女は軽く溜め息をつき、「だから、考え過ぎなのよ」とこちらを見た。

「外科医の生活がハードなのは当たり前。お父さんや、その同僚だって、皆、何かしらの弊害を抱えているわ。でも、そんな自分の体調と向き合いながら、お仕事を続けているの。治人だけが大変じゃないのよ」

母に言われ、俺は眉間に皺を寄せる。独りよがりの悲劇の主人公と、そう言われたような気がした。

「でも、俺は遺伝的に夜行性体質で――」

反論しようとした息子の言葉を、「それだって、職場でショッキングなことが起こるまで、自覚してなかったじゃない」と牽制されてしまう。

「お父さんは早寝早起きだから、たぶん、その夜行性体質ではないんでしょうけど、それでも深夜に呼び出されれば、ちゃんと起きて手術をしにいくわ。あなたの場合は、その逆ってだけよ。別に、朝に弱くて夜に強い外科医がいたっていいじゃない」

その物言いは気に食わなかったが、不思議と反論する気になれなかった。今だって、週に一回、木曜日だけはその生活リズムで過ごしているわけだし、徐々に慣らしていけば、元の生活に戻れるのかもしれない。

しかし、それも自律神経に多大な負荷をかけつつ、大量の眠剤を内服すれば、の話だ。息子をそんな目に遭わせてまで、母は外科医の道へ戻したいのだろうか。

母子の意見が平行線を辿ったところで、テーブルの上をオスのチンチラが跳ねた。

「そろそろ、こっちの話をしてもいいんじゃないか、相棒」と、雑誌の上でピョンピョン飛び跳ねている。幻覚の言うことを聞くのは癪だが、たしかに、この話題なら良いカンフル剤となるかもしれないな。

テンを手で振り払ってから、「このこと、奈癒に聞いた？」と雑誌を手に取る。問い掛けられた母は、「アイキャンディー？」と小首を捻った。

もちろん、例の窃盗団の特集記事を母に見せるつもりはない。リサーチのついでに水城が見つけた、あるアーティストのインタビュー記事。それを母に見せようと、俺はページを捲った。

「ああ、これだこれ」

探し当てた記事を見せれば、「へえ、変わった絵ね」と、母が覗き込んでくる。

「その下の写真を見てよ」と、彼女の視線をページの下部へ誘導すれば、「あら、奈癒じゃない」と、母が雑誌を手に取った。

「凄いよね、アイツ。こんなインタビューを受けるくらいに、芸術家として名が売れてきてるんだよ」

「知らなかったわ。あの子、なんで教えてくれなかったんだろう」

呟いた母を「そりゃ、言わないよ」と俺は嘲笑う。

「どういう意味？」

「だって、母さんも父さんも、奈癒がなにをしようと、放ったらかしじゃないか。俺のことをとやかく言う暇があったらさ、もっと娘に構ってやりなよ」

さすがにこの言葉は彼女の胸に刺さったようで、母は下唇を噛んだ。これは怒ったときに彼女がよくやるクセのようなもので、昔なら「叩かれる」と俺も身構えるところだが、もう大人なので、軽く仰け反る程度で済ませた。

母はしばらく息子を睨みつけてから、再び雑誌へ視線を落とす。

「あの子も、頑張ってるのね」

寂しそうに言った母が、そっと雑誌を閉じた。そして、再び「やっぱり、あなたは考え過ぎなのよ」と、説教が始まる。

3

夜の七時過ぎ。俺は会社帰りのひとで賑わう恵比寿の辺りを、スマホ片手にうろついていた。

クリニックの開院時間までは、まだ三時間ある。いつもならこの時間は、まだ寝ているか、家でゆっくりと風呂にでも入ってる頃だ。

「それをいきなりデートだなんて、いったい、どういうつもりなんだろう」

独り言を零しつつ、地図アプリの案内に従って目的地へ向かう。なぜ俺が、いつもより少しお洒落な恰好でこの辺りをほっつき歩いているかと言えば、水城に誘われたからだ。

今日の夕方、俺が自宅で気持ち良く眠っていると、彼女から電話がかかってきた。なにか問題でも起きたかと思い、電話に出れば、「先生、デートに行きましょう」と、何の脈絡もなく言われる。

「俺と君は、そんな関係じゃないだろ」

「男女の関係なんて、一触即発。いつ化けてもおかしくないですよ」

「では、言い方を変えよう。君は、俺のタイプじゃない」

電話を切ろうとして、「ちょっと、待って！」と彼女に止められた。

「どうしても行きたいお店があるんですけど、ひとりじゃ雰囲気的に入りづらい場所なんですよ。お願いだから、先生も一緒に来てくれませんか？」

俺は嫌だと何度も断ったのだが、その度に「一生のお願い」とか、「前に助けてあげたでしょ」とか、縋ってきたり、恩を着せてきたりと、しつこい。どんどん面倒くさくなっていき、ついに俺は「行く」と言ってしまった。

「じゃあ、時間と場所はメールで送りますから、オシャレな恰好で来てくださいね」

「分かった分かった。で、そのデートとやらはいつなんだ？」

「いつって、今日に決まってるじゃないですか。思い立ったが吉日ですよ、先生」

そこで電話が切られ、俺は「決まってねえよ」と、ベッドへ倒れ込んだ。電話をかけ直したところで、水城は出ようともしない。

無視してやろうかとも思ったが、小心者の俺にはハードルが高かった。というわけで、仕方がなく、こうやって呼び出された店にノコノコと向かっているわけだ。

少し遅刻したところで、目的の店に到着する。そこは人通りの多い道に面した、広めのレストランで、壁際にたくさんの絵が飾られていた。

「うわ、見るからに高そうな店だな」

入り口を前にたじろいでいると、店内から女性がひとり出てくる。黒のピッタリとしたドレスに身を包んだ、目の醒（さ）めるような美女。それが水城だと気付くまで、数秒かかってしまった。

メイクと服で、こうも雰囲気が変わるものなのか。

「先生、なんで中に入らないの？」

露（あらわ）となった白い肌と、黒いドレスのコントラストにドギマギしつつ、「え、いや、ここで合ってるのかなって思って」としどろもどろになる。

「もう、ちゃんと店名もメールしたでしょ」

水城は不満そうに言い、高級そうな店内へと俺の腕を引っ張っていった。もう受付は済ませていたのか、店員が「こちらへどうぞ」と席まで案内してくれる。

奥のテーブルへ向かう途中、俺は店の雰囲気に違和感を覚えた。店内を歩き回っている客が、異様に多いのだ。もちろん、テーブルにつき、食事を楽しんでいるひともいるのだが、それ以上に、店内を彷徨いている客が目に付く。

「立食パーティーでもやってるのかな」

首を傾げた俺を見て、クスクスと水城が笑う。席につくと、メニューが三つ目の前に置かれた。

ひとつは食事について。ひとつはワインリスト。ここまでは普通なのだが、問題は三つ目のメニューだ。なぜか、最初のページに奈瘉の写真がでかでかと載っており、ページを捲れば、彼女の作品らしき絵の写真と、その解説が書かれている。

ただのデートじゃないな。そう覚った俺は、「なんだよ、これ」と不満たっぷりに水城へ問い掛けた。

「あれ、怒ってます？」

「そりゃ、騙されたわけだから、腹も立つだろ」鼻息荒く言い放ち、「それで、ここはなんの店なんだ？」と彼女に尋ねる。

「この『デイドリーム』っていうお店は、有名な画商がオーナーをしてるそうなんです。普通にお食事できるレストランでもあるんですけど、常に誰かの個展が開かれていて、店に飾られてる作品を購入できるって特徴があるんですよ」

なるほど、それで店内をぶらぶらしている客が多数いたわけか。展示されている絵を眺めたり、値踏みしてみたり。そんな美術館やアートギャラリーのような楽しみ方が、ここでは許されているらしい。

「で、今夜は奈癒の個展が開かれてるってこと？」

「そうですよ。というか、今週いっぱい、開かれているそうです。奈癒ちゃんから聞いてません？」

「いや、初耳だよ」

小首を振り、絵のメニューを開いてみる。すると、各作品の隣に、数字のようなものが並んでいた。五桁(けた)から六桁の数字が縦に並んでおり、下に行くにつれて、数字が大きくなっている。

「これは何の数字？」

メニューを指しながら水城に聞いてみれば、それはオークションで付けられた値段だと彼女は言う。このやり方はオープンオークションと言って、作品が欲しいと思ったら、その隣に思い思いの値段を書く。もっと高い値をつけてもいいぞ、という客が現れたら、その下に新しい値段を書き込むのだそうだ。

そうやって、最終日に一番高値を付けたひとのもとに作品が届けられる。そうすれば、個展開催中に店から飾る絵がなくなるという事態も防げるし、オークションが盛り上がれば、アーティストの報酬も増えるというわけだ。

「ここは兄の威厳を見せつけるためにも、ドカンと高い金額を書いたらどうです？」

水城に言われ、「そんな身内びいきみたいなことをすれば、妹が怒るよ」と、俺は苦笑いでメニューのページを捲る。すると、『意志』という作品が目に留まった。

妹の作風は独創的で、タイトルと作品が一致しないものばかりなのだが、なぜかその絵だけはしっくりと来た。白い炎のようなものを取り囲む闇。シンプルな構図だが、なぜか目を惹く。

「これなら、買ってもいいかも」

小声で呟き、オープンオークションで書き込まれた金額を見てみれば、予想以上の値がつけられていた。買えなくもないが、無理をする必要もないか。

俺は奈癒の作品集を閉じ、代わりに食事メニューの方を開く。

「なにを頼むか、もう決まってるの？」

水城に問い掛けてみるが、「いえ、特には」と、気の抜けた返事が返ってくる。楽しみにしてたんじゃないのか、と彼女の方を見てみれば、なにかを探すようにキョロキョロと辺りを見回していた。

心ここに在らず、というのがバレバレだ。

「まだ隠し事がありそうだな」

俺は目を細めて問い掛けた。すると、「いや、まあ、ハハハ」と、彼女は分かりやすく動揺する。

「大人しく白状しろ。怒らないから」

溜め息まじりに言えば、「実は、三河憲子がここに来るって聞いてて」と、しおらしい顔で言ってきた。

「三河憲子って、なんか聞いたことがあるな。芸能人だっけ？」

ミーハーな奴だなと思いつつ、尋ねてみれば「いえ、雑誌記者です。アイキャンディーの」と返ってくる。俺はちょうど水を口に含んだところだったので、それを噴き出しそうになった。

「まさか、まだペーパームーンのことを調べているのか？」

呆れと怒りを同時に出した上司に向かって、「だって、気になるんだもん」と水城は口を尖らせる。

「あれだけやめろと言ったのに、まだ首を突っ込むのか。その猪突猛進さに、いつか君自身が足をすくわれるぞ」と俺が説教モードに入ったところで、いきなり、ドンと背中を叩かれた。

驚いて振り返れば、「お兄ちゃん、来てくれたんだ」と、妹が満面の笑みを浮かべている。

「来てくれたんだって、おまえ、招待もしてないくせに、よくそんな喜べるな」

「だからこそ、嬉しいんじゃん」奈癒は俺の肩に手を乗せたまま、「涼ちゃんは来るって知ってたけど、お兄ちゃんはこういうの興味ないでしょ？　呼んだところで、絶対来ないと思ってた」と続けた。

来るわけない、とはじめから諦めていたからこそ、招待すらしなかったのか。罪悪感で、チクリと胸が痛んだ。

そういえば、奈癒が個展を開くのも、これが初めてじゃない。芸大生時代から、「暇なら見に来てよ」と幾度となく誘われてきたのに、その度に俺は多忙を理由に行かなかった。もし、奈癒が真っ当に招待してくれていたら、俺はこの店に来ただろうか？

答えの出ない疑問に頭を悩ませていると、「奈癒ちゃん、それどころじゃないよ。さっき作品のメニューを見ながら、どれを買おうかって、先生、悩んでたんだから」と、水城が口を挟んでくる。

「え、ホントに？」

肩をギュッと握られ、「うるさいな」と俺は赤面した。「っていうか、おまえらいつの間に、ちゃん付けで呼び合うような仲になったんだよ？」

「いつって、ねえ？」と妹が問いかけ、「ねえ？」と水城が笑う。この様子だけで、二人の仲の良さが透けて見える。

「まあ、どうでもいいけど、俺の陰口とかはやめてくれよ」

二人はフフッと笑うだけで、否定も肯定もしなかった。まったく、嫌な同盟が結ばれてしまったものだ。

俺が溜め息をついたところで、「そういえば、涼ちゃんの目的は三河さんだよね？」と、奈瘉が言ってくる。

「そうなの。もう来てる？」

「さっき、挨拶したよ。食事の前に鑑賞を済ませるって言ってたから」と妹は後ろを向き、「ほら、あそこにいるのがそうだよ」と、ひとりの女性を指差した。

「どうしよう、話しかけても大丈夫かな」

「食事を邪魔されるよりは、いいんじゃない？」

「そうだよね。先にトイレに行って、戻ってくる時に気付いたフリして話しかけてみよう」

三河らしき女性の向こうに洗面所があるのを目敏く見つけ、水城は「よし」と立ち上がる。

「お兄ちゃんは行かなくていいの？」

奈瘉に訊かれ、「男女で連れションなんてしねえだろ」と俺は顔を顰めた。「それに、俺はこの件に関してはノータッチで行きたい派なんだ」

空いた水城の席に座る妹。その顔を見て獅子村のことを思い出した俺は、「だいたいだな」と、続ける。「おまえさ、うちに患者を紹介してくれるのは別にいいけど、厄介な悩み事を抱えたひとはやめてくれよ」

「え、でも、それがお兄ちゃんの専門でしょ？」

「馬鹿なことを言うな。俺の専門は不眠症の治療であって、揉め事の解決じゃない」

「そうなの？」小首を捻った妹が、「あの小説を読んだ限り、嫌々ながらも厄介ごとに巻き込まれていくってスタンスなのかと思ってたけど」と、真面目な顔をして言ってきた。

「そんなわけないだろ。嫌々巻き込まれる、なんてスタンスはこの世に存在しない」

　俺はさらに腹の立つ事実を思い出して、「あとな、あれだけ言うなって釘を刺したのに、母さんに『今夜も愉快なインソムニア』のことを教えただろ」と、妹を睨みつけた。

「だって、ずっとお母さん、ぐちぐち言ってくるんだもん。これは、あの本を読んでもらった方が納得するかなって思って」彼女は悪怯れもせずに言い、「で、どう？　効果はあった？」と訊いてくる。

「いいや、まったく。この間も会ったけど、相変わらず『外科医に戻りなさい』の一辺倒だったよ」

　項垂れた兄を、「それは御愁傷様」と笑ったあと、奈癒が「でも、ちょっと嬉しいかも」と零した。

「そんなに兄の不幸が嬉しいか？」

「そうじゃないよ。でも、これまではずっとわたしがその扱いだったから」

寂しそうな顔で言った、妹。それを見て、こちらの怒りは消し飛ぶ。

もちろん、俺も両親も奈癒を愛している。彼女が怪我（けが）をしたと聞けば、一目散に駆けつけるし、なにか脅威が迫っているのなら、家族総出で妹を守るだろう。

しかし、医療家系の中に突如現れた異物、というイメージは、そう簡単に拭（ぬぐ）えない。芸術のげの字も解さない俺たちが、いったい何と声をかければいいのか。助言はもちろん、共感さえ示せないでいた。

そうやって手を拱（こまね）いているうちにも、妹はずんずんと我が道を進んでいく。てっきり、俺たちの応援なんて、奈癒には必要ないと思っていたが、兄である俺に針の筵（むしろ）となるターンが回ってきたことで、妹は気が楽になったと言う。

つまりはずっと、今の俺のような気持ちで生きてきたということだ。涙が出そうになって、俺は慌てて、目の前にあったメニューを手に取る。

「この『意志』ってやつ。これ、いいな。凄くカッコいいよ」

取り繕ったかのような、兄の賞賛。しかし、妹は別のことに夢中で、それを聞いていなかった。俺の後方を指差し、「あ、涼ちゃんが出てきたよ」と教えてくれる。

すかされた賞賛を、そっと胸に仕舞い込み、「じゃあ、ちょっと行ってくるよ」と俺は席を立った。

「頑張ってね」

妹の応援を背中で聞きつつ三河のもとへ向かえば、ちょうど水城が声をかけるタイミングに間に合う。

「あの」と、鼻息荒く声をかけられ、三河は「なに？」と訝し気に不審者から距離を取った。

「怪しい者じゃないんですけど、ちょっと三河さんに聞きたいことがあって」

軽く首を傾げた記者に、「ペーパームーンのことなんですけど」と水城が言えば、さらに一歩、三河は後退する。そこで、後ろに立っていた俺と打つかり、「なによ」と警戒を強めた。

「あ、すみません、挟み撃ちみたいになっちゃって」

苦笑しながら名刺を渡せば、「お医者さんが、わたしに何の用？」と訊かれる。

さて、この状況をどう説明したものか。俺が迷っていると、「だから、ペーパームーンのことですって」と、暴走ナースが横槍を入れてきた。どうやら、彼女は窃盗団のことに夢中で、マナーをどこかへ置き忘れてきたらしい。

「いきなりそんなことを言われても、困るだろ」と水城を宥めつつ、俺は三河に事情を打ち明けることにした。

もちろん、獅子村の詳細は伝えられない。こちらには守秘義務があるし、彼女は記者だ。

俺は言葉を選びつつ、有名な窃盗団から予告状が届いたのに、何の音沙汰もないことで逆に苦しんでいる患者がいる、とだけ彼女に伝えた。怪訝そうな顔をするも、最後まで話を聞いてくれた三河が、「それって、いつの話？」と訊いてくる。

「患者のもとに犯行予告が届いたのは、だいたい一ヶ月くらい前って言ってましたね」

彼女は少し考え込んでから、「それは画商？　それとも、美術館の人間？」と質問を続けた。

もしかして、被害者の素性を探ろうとしているのか？

俺は獅子村の情報が漏れるのを怖れ、「ちょっと、それは答えにくいですね。患者さんのプライバシーに関することなので」と明言を避けた。すると、三河はゆっくりと周りを見てから、「いずれにせよ、この場には似つかわしくない話題ね」と、立ち去ろうとする。

「あ、ちょっと」

引き止めようとした水城の眼前で、「また、こっちから連絡させてもらうわ」と、俺の渡した名刺を振り、彼女はそのまま店から出ていってしまった。

「なんか、出来る女って感じでしたね」

水城に言われ、「そうか？」と俺は首を傾げる。

「そうですよ。ただでさえ美人なうえに、着てる服もドレスともスーツとも言えない、お洒落なやつだったし。わたしもいつかああなれたらなって、つい、憧れちゃいましたよ」

たしかに、三河は美人と呼ばれる類の女性だろう。切れ長の目に、薄い茶色の虹彩。真っ赤な唇が印象的で、スラッとしたスタイルもモデルみたいだった。歳は俺より上だろうが、何歳かと聞かれても分からない。そんな魔性さが、彼女にはあった。

「でも、別に負けてないと思うよ」

つい、口を衝いて出てしまった言葉に「え?」と水城が反応する。「もしかして、わたしのことを言ってます?」

「いや、まあ、自信を持てって言いたかっただけさ」

急に気恥ずかしくなってきて、俺は自分たちのテーブルへ向かって歩きはじめた。その間も、ずっと後ろから「ねえ先生、わたしって美人?」と、まるで口裂け女のように訊き続けるので、いらないことを言ってしまったな、と俺は心底、後悔した。

4

川沿いを歩いてると、見えてくる看板。もう一度、メールで送られてきた店名と見比べてみようとスマホを出したところで、「合ってるわよ」と背後から声をかけられる。

振り向けば、パンツスーツ姿の美女がクスクス笑っていた。

「わたしもよくやるんです、ダブルチェック。情報はしっかり頭に入っているはずなのに、実物を見て確かめずにはいられない。どうやら、先生も同類のようね」

わずか数秒の観察で、こちらの人間性まで見抜かれたような気がして、俺は「いや、まあ、初めて訪れる場所って不安になりますから」と苦笑いで返す。

前は初対面ということもあって、警戒されている印象が強かったが、今日の三河憲子は、優し気な雰囲気を纏っていた。奈癒から「三河さんにお兄ちゃんのこと、色々聞かれて、答えておいたよ」と連絡があったが、そのおかげだろうか。

「とりあえず、入りましょうか」と、彼女が三階建てのビルの中へと足を踏み入れたので、俺もそのあとをついていく。

「失礼だとは思うんですけど、錦先生のこと、ちょっと調べさせて頂きました」

階段を先行していた記者に言われ、「ああ、妹に聞きました」と返せば、「彼女に勧められて、先生がモデルの小説、あれも読みましたよ」と言われた。

「あいつ、あれだけ広めるなって言ったのに、まだ懲りてないのか」

苛立(いらだ)ちのせいで、階段を踏む力が自然と強まる。そんな俺を振り返り、「奈癒さんが言ってましたよ、『あの小説は、兄の説明書みたいなものだ』って」と、三河は笑う。

「なるほど、説明書ですか。それで、俺はどういう評価になりました？」

二階に到着したところで三河に尋ねれば、「お人好(ひとよ)しな迷子」と笑い混じりに言われた。

手短で的を射た表現に、「ごもっとも」とこちらも笑ってしまう。

患者が死んだあの夜から、俺はずっと迷走している。太陽を失った世界で、夢も希望も放り出して彷徨う日々。それを迷子と表現したのは、さすがはアート関係の記者と言ったところか。

「ここです。もうお店のひとには話を通してあるので、中へどうぞ」

画廊らしき店の前で言い、まるで我が家のように店内へ入っていく三河。彼女に「顔馴染みの店なんですか?」と訊けば、「前にちょっと、助け舟を出したことがあって」と言われる。

「助け舟って?」

「まあ、それはおいおい」

記者は言い、店員に「どうも」と挨拶だけすると、つかつか奥へ進んでいった。受付を過ぎれば、がらりと店の雰囲気が変わる。

壁へ等間隔に飾られた絵画、飾り台の上に並ぶ彫刻。そこはまるで、小さな美術館のようだった。物珍しくて、店内に展示されている作品をもっと眺めていたかったのだが、三河がどんどん先へ進むので、仕方がなく、その背中を追う。

すると、ベンチがひとつ置かれただけの部屋に到着した。

ベンチの左側に座った三河が「先生も座って」と隣を叩く。しかし、ベンチは小さく、大人が二人座ればぎちぎちになるサイズだ。これじゃ、彼女と密着してしまう。

こちらが躊躇(ちゅうちょ)していると、「はい、これで大丈夫?」と、三河が数センチだけ、左に尻(しり)をずらした。もちろん、その程度でなんとかなるようなスペースではないのだが、いい大人がいつまでもモジモジしていられない。

俺は腹を決め、「失礼します」と腰を下ろした。やっぱり、ぎちぎちだ。二の腕から伝わる美女の体温にドギマギしていると、「わたしのお気に入りなんですよ、この空間」と彼女が天井を見上げた。

そこに絵でも飾られているのか、と俺も見上げてみるが、なにもない。広さでいえば三畳くらいの、四方を白い壁に囲まれた空間。天井は高いが、ただそれだけの小部屋だ。

「もしかして、この部屋自体が何らかのアート作品なんですか?」

部屋を見回しながら聞けば、記者が笑う。

「ここは、購入を迷ってる客が、作品と二人きりになれるよう、作られた空間なんです」

「ああ、なるほど。絵なんかをそこの壁に飾って、眺めるわけですか」俺は頷き、「でも、二人きりなんて、変な表現ですね」と返した。

「そうかしら。自宅に飾る芸術品なんだから、それはもうルームメイトを選ぶようなものじゃない?」

「いや、うちにはなにも飾ってないので」

「じゃあ、家具や家電を選ぶ時も、その機能性だけで選ぶのかしら」

「まあ、機能優先ではあるけど、たしかに見栄えも考慮しますね」

「でしょう？　美術品だって同じよ。難しく考える必要はない。見ていて心が弾むとか、和むとか、それで選んでいいの。まあ、あとはお財布と相談ね」

「その相談をスムーズにするために、この空間はあるってことですか」

「正解」と彼女が笑い、そこで会話が止んだ。

　三河の付けている香水だろうか。この狭い空間に花のような香りが充満していて、その匂いを嗅ぐたび、ああ、女性と密室で二人きりなんだな、と自覚させられる。

「息が荒いぞ、相棒」

　膝上のチンチラに注意されたせいで、一気に緊張が増した。胸をバカみたいに膨らませ深呼吸するテンに合わせて、俺も呼吸を落ち着けていく。もう三十にもなるというのに、これくらいのことで気が乱れるとは、情けない男だ。

　美女に気を取られるな、落ち着け。何度もそう己に命じ、やっと平静を取り戻したところで、「そろそろ、ペーパームーンの話が聞きたい？」と、まるで耳打ちするような距離で告げられる。

　心は再びバランスを崩し、「え、あ、はい。それはもう、是非、聞きたいです」と、俺はしどろもどろになった。

「実は、この画廊にも彼らの犯行予告が届いたの。半年くらい前の話かしら」

「へえ、そうなんですか」

俺は相槌を打つが、別に驚きはしない。窃盗団の話をしたい、と呼び出された先が画廊だった時点で、なんとなく予想はついていた。

「でも、三河さんの特集記事に、ここの店名は出てきてないですよね？」と、用意していた質問を飛ばす。

「そうよ。予告状は届いたけど、窃盗の被害はなかったの」

「もしかして、例の『助け舟』のおかげですか？」

記者はフフッと笑い、「正解」と頷く。「わたしの記事を読んでくれたのなら、ペーパームーンが利益目的で動かないというのは、もう知ってるわよね？」

「ええ、被害は贋作ばかり。つまり、偽物を売ろうとしているとか、展示してる人間を世に晒すのが、彼らの目的なんですよね」

「またまた、正解」

そう言った記者が、暑かったのか、ブラウスのボタンをひとつ外した。鎖骨の辺りが露となり、俺は忘れていた色香に翻弄される。

心臓の高鳴りを聞かれたくなくて、「それで、具体的にはどんな助言を？」と彼女に問い掛けた。

「簡単な話よ。わたしはここのオーナーに相談されて、『狙われた商品を取り下げなさい』とアドバイスしただけ」

「なるほど、窃盗団の目的は、贋作を世に蔓延(はびこ)らせないこと。なら、別に無理やり盗み出さなくとも、取り下げさせるだけで事足りるというわけですか」

「その通り。現にわたしがこの助言を広めたおかげで、ペーパームーンの被害件数は激減したわ。アドバイスに耳を貸さない頑固者は、その限りじゃないけどね」

「窃盗団の活動が休止したとか、そんな噂は?」

記者は小首を振り、「少なくとも、先月に一件、被害があったそうよ」と溜め息まじりに言う。

「まあ、ターゲットにされた画廊は業界の信用を落としたくないからって、警察に届けなかったみたいだけどね。鑑定書付きの贋作が見つかったから、言い逃れは出来ないわ」

俺は「またひとり、腹黒い頑固者がその恥をさらしたと、そういうわけですね」と肩をすくめつつ、少し情報を整理してみることにした。

窃盗団の目的は、贋作の排除。そして、彼らの送る犯行予告は、最終通告みたいなものだろう。

ターゲットに許された猶予期間は、一週間だけ。その間に偽物の売買、もしくは展示をやめればそこで終わりだが、取り下げないのなら、奴らはどんな堅牢(けんろう)な警備もかい潜(くぐ)って盗みに入る。そして、その罪を世に晒されるというわけだ。

ペーパームーンの手口については、それなりに把握できた。しかし、それでも疑問は晴れない。獅子村のケースが、どれにも当てはまらないからだ。

俺が頭を悩ませていると、コンコンとドアがノックされる。入ってきた画廊の店員らしき女性が、トレイに載せていた紙コップを渡してきた。

立ち上る珈琲の香りに顔を顰めていると、「そっちはわたしのね」と、三河が自分のコップと取り替える。

湯気に鼻をかざせば、柑橘系の香りが鼻腔を満たした。

「こっちはレモンティーですか」

「ね、リサーチ済みだって言ったでしょ？」

彼女は不敵に笑い、店員から封筒を受け取る。そして、再び二人きりになったのを見計らって、その封筒を俺に渡してきた。

「これは？」

「ここのオーナーに頼んで、犯行予告の実物を譲ってもらったの」

「へえ、わざわざ大事に取っておいたんですね」

俺が訝し気に封筒を眺めているのを見て、「もしもの時には証拠になるからって、捨てられなかったのよ」と言って、三河が紙コップを口元に寄せる。

フウフウと液面に息を吹きかけつつ、「たぶん、あなたの患者に届いたのは、偽物の犯行予告よ。じゃないと、辻褄（つじつま）が合わないわ」と彼女は続けた。

「つまり、この実物と見比べてみたら、なにか違いがあると？」

「またまた、正解」

俺はホットレモンティーを一口飲んでから床へ置き、封筒を鞄に仕舞う。

「それにしても、皮肉な話だ」

「あら、どういう意味かしら」

「だって、贋作を狙う連中の偽物が出たってことでしょう？　贋作窃盗団の贋作なんて、世も末だなと思って」

「贋作窃盗団の贋作か、面白いタイトルね。今度、うちの雑誌で特集でも組んでみようかしら」

三河に揶揄（からか）われ、「やめて下さいよ」と俺は苦笑した。

「もちろん、冗談よ。こんなことが明るみになったら、せっかく生まれた贋作売買への抑止力も減ってしまうもの。晒し者にされた連中だって、『うちに届いた犯行予告も偽物に違いない』なんて、騒ぎ出すに決まってるわ」

記者は真面目な顔をして、黒い液面を眺めている。その様子に違和感を覚え、「三河さんは、ペーパームーンの活動をどう思ってるんですか？」と問い掛けた。

義賊とはいえ、明らかな犯罪者を擁護する記事を書き、ここでの発言も窃盗団の方ではなく、その被害者たちを貶める意見ばかり。こうやって俺に協力しているのも、ペーパームーンの顔に泥を塗らないため、と認めたわけだ。

そんな彼女の思惑を知りたくて、俺は返答を待った。すると、「世に出てる芸術品の、贋作の割合って知ってる？」と訊かれる。

「いえ。一％くらいかな」

「一説には、およそ四割が贋作だと言われてるわ」

「え、そんなに？」

驚いた俺をクスクスと笑い、三河は「ここまで増えたのは、コモディティとして美術品が扱われるようになったせいね」と続けた。

彼女によれば、アート作品を購入する客層は、ここ二十年で随分と様変わりしたらしい。かつてはコレクターや愛好家の土俵だったが、その楽園を踏み荒らしたのが銀行家たちだ。

彼らが必要としたのはその価値のみであり、美を愛でるなどという感覚は皆無。まるで為替のように、金の亡者たちは投資や取引目的で美術品を売買するようになった。

そして、銀行家のあとに現れたのが、犯罪者たちだそうだ。

美術品の価値は流動的で、言ってしまえば、売る側と買う側が合意さえすれば、どんな値段を付けてもいい。作品の評価額より、多少高く売買されようが、安く売買されようが、それは当人たちの勝手なのだ。

そのせいで、マネーロンダリングや違法な資金提供、資産隠しなど、犯罪にアートを利用する風潮が生まれたという。

「そして、彼らは気付いてしまったのよ。別にこれが本物じゃなくてもいいんじゃないかって。結果として、美術業界に大量の贋作が流れ込んだわ。金で買った鑑定書つきのね」

「鑑定士までグルなのか。でも、そんな適当な仕事ばかりしてたら、さすがに怒られるんじゃ？」

「彼らもリスクを抱えているわけだし、露見した時に備えて、鑑定書に抜け道を用意してるの。『鑑定したあとにすり替えられたんだ』とか、『依頼料をケチられたから、必要な検査ができなかった』とか、言い逃れできるように」

「なるほど、悪知恵が回るんですね」

「そもそも、再鑑定を依頼する人間自体が稀なのよ」

三河は眉間へ皺を寄せ、「鑑定書と売買履歴があれば、それを偽物と指摘する人間は出てこないわ。そんなことをすれば、最後にその作品を買った人が馬鹿を見る。だから、みんな知らないフリをして、次のひとに売りつけるのよ」と、くだらなそうに語った。

「皆が仲良く騙されていれば、被害者はいないってことか」

短く嘆息した美人記者が、「まさにアート業界の闇ね」と、俺の肩に頭を乗せてくる。

唐突に甘えられて、「ど、どうしたんですか？」と、声がひっくり返ってしまった。

「こうすれば、わたしがペーパームーンのファンだって、吹聴されないかなって」

吐息のようなか細い声。それが耳に当たって、くすぐったかった。

しばらく続く、無言の時間。最初は気まずさでいっぱいだった俺の頭に、ある考えが浮かんだ。

贋作ばかりを狙う窃盗団、ペーパームーン。警察でさえ、その正体を暴けていないというのに、あまりにも彼女は知り過ぎているような気がする。

これまでの犯行歴に、その手口。そして、表沙汰になっていない被害者まで。いくら、記事を書くために彼らのリサーチを行ったとはいえ、ここまで把握できるものだろうか。

贋作の温床となった業界を疎むような発言。そこにも、部外者とは思えない熱量を感じた。

まさか、彼女こそがペーパームーンなのではないか？

それなら、獅子村に届いた犯行予告を「偽物だ」と断言したのも、頷ける。俺は直接訊くのも怖いので、「ペーパームーンの連中は、自分たちの偽物が出たと知ったら、どう思うでしょうね？」と問い掛けた。

「まず感じるのは、どうしようもない怒り」

「なるほど」

「そして、怒りが過ぎ去ったあとは、寂しくなる。自分のやってきたことが全部、無意味な気がして、誰かに甘えたくなるかも」

肩に彼女の重さを感じながら、俺は「なるほど、なるほど」と頷くことしか出来なかった。

5

白い壁に飾られた、一枚の絵画。その前で盛大に欠伸をすれば、「眠いんですか?」と水城に訊かれる。

「眠いに決まってるだろ。夜行性の俺にとって、この時間に行動してるのは、夜更かしみたいなもんなんだ」

「こんな名画を前にしても?」

「関係ないね。ここにゴッホやピカソの代表作なんてものが飾られていたとしても、同じように欠伸をしてるさ」

「信じられない」

水城は「夜の帳」を眺めながら溜め息をつき、「緻密(ちみつ)な色のバランスと、大胆なブラッシュストローク。そこから生み出される、この圧力みたいなものを感じないなんて、感性が乏しいにも程がありますね」と、ぼやいた。

失礼な奴だな、とは思うが、現になにも感じていないので、そこまで腹は立たない。自分が揶揄されたことより、いかにも「わたし、アート分かっちゃうんです」といった、彼女の自慢気な態度のほうが鼻につく。

「水城さんの作品は、こういう美術館に飾られたりしないの？」

馬鹿のフリをした反撃。それを睨みつけ、「わたしのは、別にいいんです。賞賛されたくて描いてるんじゃないんだから」と、彼女はそっぽを向いた。

ささやかな復讐の成功に満足し、俺は腕時計を見る。もうすぐ、十時半。開館直後に来たので、そろそろ三十分は待っている計算となる。

「それにしても、遅いな」

後ろを振り返るが、誰も来ない。妹は「わたしに任せて」と張り切っていたが、どうやら上司の説得に時間がかかっているようだ。

「まさか、奈癒ちゃんにも、似たようなことを言ってるんじゃないでしょうね？」

水城がムシケラを見るような目で訊いてきたので、「どういう意味？」と聞き返す。

「あの個展を見にいったあとに、ですよ。『なにも感じなかった』なんて、唐変木な感想を彼女に聞かせたのなら、わたしのクラヴマガが火を噴きますよ？」

冗談とは分かっているが、念のため、俺は一歩、彼女から距離を取った。徒手空拳でこの女に敵うわけがない。

「感想どころか、個展の話はまったくしてないな」

こちらが言えば、「は?」と、看護師が睨みつけてくる。

次いで、戦闘態勢を彼女が取り始めたので、「だからと言って、なにも感じなかったわけじゃないぞ。現に、出展されていた『意志』って絵を――」と、あたふた言い訳をしているところで、「おまたせ」と奈癒が声をかけてきた。

これで、殴られないで済む。俺はホッと胸を撫で下ろし、「仕事中に悪いな」と妹を労った。

「でも、理由も伝えられないから、館長、怒っちゃって」と、気まずそうに隣を見る奈癒。

その視線の先には、腕を組んだ大男が怒り心頭といった様子で、こちらを見下ろしていた。

「お久しぶりですね、獅子村さん」

俺は笑顔で挨拶するが、彼は応えようとせず、「ご用件は?」とだけ訊いてくる。

「もちろん、この絵の話です」

壁に飾られた名画を指せば、「勘弁してくださいよ」と彼は、今にも泣き出しそうな顔で言った。「この件で引っ掻き回すのは、やめてください。そんなことをすれば――」

取り乱す館長に「ペーパームーンに狙われた人間は、信用を失う?」とこちらが言えば、

「なぜそれを」と彼は目を見開いた。

「すみません。うちの看護師は、面白そうな事件に目がないもので。色々と調べてしまったんですよ」

俺は戒めのつもりで水城を睨みつけたが、彼女に悪怯れる様子など微塵(みじん)もなく、「調べちゃいました」と舌を出す。困った奴だ。

「もういいんですよ。私は先生の患者でもないんだし、放(ほう)っておいてくださいっ」

獅子村の大声が館内に響き、疎らな客の視線を集める。

深度を増した隈に、窪(くぼ)んだ目元。体重も減ったのか、前はピッチリと着こなしていたスーツが、今は多少、だぶついている。

「相変わらず、眠れていないようですね」

項垂れる獅子村の肩に手をやれば、「だって、贋作じゃないんですよ」と、彼は「夜の帳」を見上げた。

「鑑定も独自に？」

「ええ、違う業者も使って、何度も」

「その度に『本物だ』と鑑定されたんですね」

館長は大きく頷き、「でも、そんなことは関係ない。真実なんて、誰も気にしないんです。贋作ばかりを狙う窃盗団が犯行予告を送ってきた。もう、その時点で終わりなんだ」と、溜まった感情を吐き出す。

「展示をやめようと思ったことは？」

「もちろん、それも考慮しました。しかし、『夜の帳』はうちで一番の、看板なんです。展示をやめれば集客率が落ちるのは目に見えている。大枚を叩いて購入した作品なのに、そんなことになれば、結局、私はクビですよ」

身体の大きな男が目に涙を浮かべて、膝を折っている姿は痛々しかった。俺は一刻も早く楽にしてやろうと、「送られてきた犯行予告は保存してますか？」と、彼に問い掛ける。

「ええ、それはもちろん」

「見せて頂いても？」

「構いませんけど、なぜそんなことを？」

「実は、調査を進める中で、ある可能性に行き着きましてね」俺はグッと彼の肩を掴み、

「おそらく、獅子村さんのところへ来た予告状は、偽物です」と、彼の目を見て言った。

するとと、獅子村の瞳に光が宿る。

「偽物？」

「ええ、ペーパームーンに詳しい情報提供者を見つけましてね。彼女に聞いたところ、彼らがそのタイムスケジュールや手口を変えることは、ほとんど無いそうです。それに、先月も被害が出たようなので、活動を休止しているわけでもない」

「となると」

「ええ、模倣犯というやつですよ。まあ、まだ犯行は起きてないので、悪戯の可能性が高いと思いますけど」

大男は勢い良く立ち上がり、「ありがとう、先生！」と、俺に抱きついてきた。

凄い力だ。背骨が折れそうになりながら、「まだ喜ぶのは早いですよ」と俺は獅子村を引き剝がす。「確信を得るには、予告状を見比べてみないと」

悲鳴を上げた腰を伸ばしつつ、水城に目配せすれば、彼女がバッグから封筒を出してくる。

「あれは、ペーパームーンの被害者から借りてきた、本物の予告状です。警察もその詳細は公表してませんし、窃盗団は毎回、同じ書式のものを使うそうなので」

「なるほど、つまりうちに届けられたものと比べて違いがあれば、模倣犯の犯行というわけですね？」

興奮気味に獅子村は言い、「予告状は私のオフィスにあります。さっそく見にいきましょう！」と踵を返した。

「これで、事件解決ですね」

肘で突いてきた水城に、「そういうこと言うなよ。フラグってやつだぞ、それ」と顔をしかめれば、その様子を見ていた妹が笑う。

「それに、模倣犯と分かったところで、まだ終わりじゃない。獅子村さんを貶めようとした犯人。これが判明して、やっと解決なんだ」

6

かつては名画が飾られていた、白い壁。

時刻は夜の八時過ぎで、業務終了後にも拘わらず、美術館の職員たちは呼び戻され、壁の前に集められた。彼らは無残にも額の固定具だけとなった白壁を見て、口々に騒いでいる。

壁の周囲には、黄色いテープで区切られた空間が設けられていた。先ほどからその中で、紺色の帽子とツナギを着た女性が、パシャパシャと写真を撮っている。

これで舞台は整った。俺が合図すれば、館長が皆の前に一歩踏み出す。

「あれって警察?」とか、「『夜の帳』に、なにかあったのか」と心配する声。それを、「みんな、こんな時間にすまないな」と、獅子村の挨拶が切り裂いた。

「見てもらったら分かる通り、ここにあるはずの『夜の帳』が紛失している」

館長は悔しそうに顔を顰め、「今日の午後、閉館時の警備交代の隙(すき)を狙って、盗まれた可能性が高い」と続ける。

いったいなにごとか、と傾聴していた聴衆たちが、館長の発言で一気にざわめいた。まあ、当然だ。億超えの目玉展示品が盗まれたのだから、騒がない方がおかしい。

「みんな、静粛にっ、静かにしてくれ！」

大男の咆哮で、黙る職員たち。静けさを取り戻した閉館後の美術館で「みんなにとっては初耳だろうが、私は、ずっとこの日が来ることを覚悟していた。なにせ、以前から予告状が届いていたからな」と、獅子村の声が響き渡る。

とある窃盗団が送りつけてきた、犯行予告状。その襲撃に備え、警備は増強したつもりだったが、それでも足りなかったと、館長が涙まじりにこれまでの経緯を語った。途中、視線を向けられた警備員たちも、「不甲斐ない」と、悔しそうに下を向く。

唐突な窃盗報告に続き、上司の忸怩たる想いを聞かされ、美術館の職員たちは困惑しているようだ。ほとんどの者が、感極まった館長を腫れ物扱いするなか、ひとりのキュレーターが手を挙げる。

「さっきから、館長の隣にいるのは誰ですか？」と彼女に訊かれ、「ああ、そうだったな。その説明をしないと」と、獅子村が涙を拭った。

「彼は、今回の相談を受けて上野署の方から来てくれた、錦さんだ」

俺は「あら、珍しい。わたしと同じ名字だ」とちょうける質問者を無視して、「どうも、上野署の方から来ました、錦です」と、黒革の手帳を見せる。

すぐに手帳をしまって、「これはおそらく、有名な窃盗団、『ペーパームーン』による仕業でしょう」と白壁の方を向いた。

「奴らは、警備機器を無効化するため、いつも電磁パルス装置を使う。本日、停電騒ぎのようなことは起きませんでしたか？」

「ええ、閉館後に一度ありました。すぐに復旧したようですけど」

「いや、安心するのはまだ早い。電灯などの機器は復旧しているように見えても、おそらく館内の監視カメラは録画できていないはずです。電磁パルスの影響でね」

黄色いテープを前に続く、二人の会話劇。それを周りの職員たちは、固唾（かたず）を飲んで見守っていた。

「カメラの録画ができてないって、それは本当なのか？」

館長に尋ねられた警備員が、「はい、まだ復旧できてません」と、気まずそうに頷く。

「まさか、そんなことになってるなんて」

ガクッと肩を落とした館長が、「ペーパームーンという窃盗団については、私も存じ上げています。彼らは正体不明、神出鬼没。やっぱり、我々も泣き寝入りするしかないのでしょうか？」と、こちらに問い掛けてきた。

「ええ、今までなら、そうなっていたでしょう」

「というと？」

台本どおりに進める獅子村。どうやら、彼に役者の才能はないようだ。いちいち大げさな台詞（せりふ）回しにハラハラしつつ、俺は「届いた犯行予告は、保存してありますか?」と彼に問い掛ける。

「はい、それは私のオフィスに」大きく頷き、「ちゃんと誰の目にも触れないよう、デスクの右上の引き出しへ仕舞ってあります」と館長は続けた。

「それは、重畳（ちょうじょう）」

　こちらが笑みを浮かべたところで、「ちょっと、いいですか?」と、出しゃばりなキュレーターが再び手を挙げる。

「なんですか?」と非難の目で睨みつければ、「わたしもペーパームーンについて聞いたことがあるんですけど、彼らは予告状に指紋なんて残さないですよね?」と、妹が素知らぬ顔をして訊いてきた。

　それは、獅子村の台詞だ。まったく、目立ちたがり屋の奈癒を芝居に組み込んだのは、間違いだったな。

　俺は軽く嘆息してから、「ええ、奴らは指紋なんて残しません」と首肯する。

「じゃあ、予告状を調べても無駄なんじゃないですか?」

「最近、科学捜査の分野では、タッチDNAという検査法が開発されましてね。それを使えば、たとえ髪の毛や皮膚片がなくとも、犯人が触った際に残った油脂や、吹きかけた息だけで、個人を特定できるんです」

それまで、黙って写真撮影に興じていた鑑識風の女性が「画期的ですよね」と、無理くり会話に参加してきた。

「肌が触れさえすれば、いえ、息を吹きかけただけでも検知できるなんて、まさに科学技術の結晶ですよ。まあ、ＤＮＡが新鮮じゃないと、検査できないのが玉に瑕ですがね」

ノリノリで台本にない台詞を垂れ流す水城に、俺は苛立ちを抑えきれない。妹といい、こいつといい、本当に犯人を炙り出すつもりがあるのだろうか？

刑事役の俺は呆れながらも、「同僚が言ったように、この最新技術が使えるのは、付着して二ヶ月以内の新鮮なＤＮＡ片だけです」と軌道修正を図った。

「予告状が届いたのは？」と獅子村に問い掛ければ、「一ヶ月か、もう少し前ですね」と、打ち合わせ通り返ってくる。

「では、大丈夫でしょう。これまで届いた予告状では期限切れだったが、これで奴らの尻尾も摑める」

俺は館長の発言を受けて、グッと拳を握った。多少、わざとらしく映ったかもしれないが、犯人がこんなことで違和感を覚えるくらいなら、妹や水城の大根芝居の時点で、とっくにこちらの目論みは瓦解しているだろう。

とは言え、このままダラダラと三文芝居を続けるつもりもない。俺はさっそく、「皆さんにわざわざ集まって頂いたのには、理由があります」と、聴衆の方を向いた。

「もしかして、事情聴取でもされるんですか？」

調子に乗る妹に苦笑いしながら、「もちろん事情もお伺いしますが、それよりも、皆さんのＤＮＡを採取させて頂きたいんです」と返せば、職員らの間から響(どよ)めきが上がる。

「皆さんを疑っているわけではないですよ。ただ、容疑者以外を除外するために必要な作業でして」

　聴衆らを宥めていると、「でも私以外、予告状に触れた人間なんてここにはいないはずですよ」と、獅子村が声をかけてきた。

　手筈(てはず)通りの展開だ。俺はほくそ笑みつつ、館長を引き寄せる。

「獅子村さん、ここは黙って言う通りにしてくださいよ」

「しかし、うちのスタッフを容疑者扱いされるのは」

「我慢してください。この中に、奴らの協力者がいる可能性だってあるんですから」

　内緒話のふりをするため、俺たちは聴衆に背中を向けていた。しかし、声のボリュームはそこまで絞っていないので、前列の人間にはしっかりと聞こえただろう。

「なるほど。では、協力してもらいましょう」

　くるりと身を翻した獅子村が、「すまない、みんな。これも『夜の帳』を取り戻すためなんだ」と部下らに訴えかけた。次いで、警備員たちの方を向き、「君たちは、ここで展示品の監視を続けてくれ。監視カメラが機能していないとなれば、他の美術品が心配だからな」と指示を飛ばす。

「わかりました。職員さんたちのオフィスはどうしましょう？」

「それぞれの貴重品なんかもあるだろうが、後回しだ。今は展示品の方を優先しよう」

館長の号令で、散っていく警備員たち。その背中を見送りながら、俺は「どこか、お借りできるような部屋は？」と獅子村に問い掛ける。

「それでしたら、すぐ近くに会議室があるので、そこにしましょう。先に行って、準備してきます」

いそいそと離れていく、館長。それを後目に「では、皆さん」と、俺は聴衆の前で手を叩いた。「順次、名前を呼んでいきますので、それまではここで待機しててください。お手洗いなど、必要があれば、この場を離れても構いませんので」

まだ困惑気味の職員たちを残し、「おい、写真はもういいから、君も手伝ってくれ」と水城に声をかける。二人して会議室へ向かう道中、「うまくいきますかね？」と彼女が問い掛けてきた。

「まあ、もうここまで来たら、なるようにしかならないよ」

俺は肩を竦め、獅子村の待つ会議室の扉を開く。中には、館長と警備主任の姿があり、二人して液晶タブレットの画面を食い入るように見つめていた。

「いくらなんでも、そんなにすぐは動きませんよ」

半笑いで言いつつ、俺もタブレットを覗(のぞ)き込んだ。画面は四分割されており、四十人ほどの職員たちが集まる展示室の他に、廊下が二カ所と、あるオフィスの映像が映し出されている。

廊下とオフィスが無人であることを確認して、俺は「それにしても、疲れましたね」と椅子のひとつに腰を下ろした。ポットから珈琲を注ぎつつ、「私も緊張のせいか、さっきから首の辺りが痛いんですよ。筋をやっちゃったみたいで」と、獅子村がその紙コップを渡してくる。

普段なら絶対口にしない、カフェイン飲料の王様。しかし、昨日からまったく寝ていない俺は、その香ばしい誘惑に勝てず、珈琲を口へ運んだ。

口内へ広がる苦味を嚙み締めながら、「慣れないことは、するものじゃないですね」と、溜め息をついた。もちろん「慣れないこと」とは、先ほどの三文芝居のことだ。

今朝、美術館を訪れた俺たちは、窃盗団の偽物が出た可能性を獅子村に伝え、彼に届いた犯行予告状を見せてもらった。

〈夜の帳。世界を彩る綺羅星(きらぼし)の中に、あなたは相応(ふさわ)しくない〉とだけ書かれたシンプルな文面と、その隣に捺(お)された、三日月に座る女の子の判。これだけ見れば、本物の予告状とそう違いはない。

しかし二つを並べてみると、オリジナルの方は紙質がもっと高品質だし、判子の大きさも微妙に違った。三日月に座る女の子のイラストだって、オリジナルの方はショートカットなのに、偽物は三つ編みのお下げ髪だ。

模倣犯の仕業だと分かり獅子村は安心したが、俺には違う考えがあった。「これは、たしかに悪戯の範疇（はんちゅう）かもしれないが、悪意はある」と犯人探しを提案する俺に、「これ以上、騒ぎを大きくしないでくれ」と反論する館長。

結局、獅子村を納得させたのは、「もし身近に犯人が潜んでいるのなら、そいつは苦悩して窶（やつ）れていく獅子村さんを黙って眺めてたってことですよ？」という、水城の言葉だった。

ペーパームーンの偽物が外部の者なら、それでいい。しかし、内部犯の犯行なら、また同じようなことが起こるかもしれない。そう彼を説得して、俺は閉館後の美術館へスタッフを集めさせた。

そして、先ほどの三文芝居を彼らに見せつけたわけだ。

ただの悪戯、空虚な脅迫。館長が苦しめば、それでいい。そんなつもりでいた犯人が、さっきのショーを見せられて、どう思っただろう？

いきなり職場へ呼び戻されれば、予想外の大騒ぎ。冗談のつもりで出した予告が現実となり、億超えの美術品が消えた。そのうえ、犯人として警察に突き出される恐れまである。もし俺なら、パニックになっているところだ。そして疑心暗鬼に陥り、さらなる愚行を重ねるだろう。それを、俺たちは願っていた。監視カメラが機能していないという、餌まで用意して。

「さてさて、誰が釣れるのかな」

悪戯っぽく言った水城に、「面白がるのは、勘弁して下さいよ」と、獅子村が顔を顰める。「私はスタッフを疑ってませんからね。こんな真似をするのは、心が痛むんです」

胸を押さえる館長を横目に、「ホントだよ」と、俺は水城を睨みつけた。

「テンションが上がったのか知らないけど、君も奈癒も台本にないことばっか言い始めちゃってさ。もっと真面目にやってくれよ」

「渾身のアドリブだったのに」彼女は少し不貞腐れて、「それを言うなら、獅子村さんの演技の方が酷くないですか？」と、館長へ矛先を向けた。

「たしかにな」

こちらが同意したことで、「え、そんなに酷かったですか？」と大男が目を見開く。

「固いというか、大げさというか。ヘタクソな舞台俳優みたいでしたよ」

水城に追撃を入れられ、「そんな」と獅子村は悄気返った。

「まあ、ギリギリ及第点だったと思いますよ。違和感はありましたけど、そもそもが、緊急事態って設定ですし」

肩を落とした大男を励ましつつ、「それより、警備主任の演技力には驚かされましたね」と、タブレットの持ち主を見る。

「あ、それ、わたしも思いました。なんか、名脇役って感じで」

警備主任は褒められ慣れてないのか、「いや、出番も少なかったもんですから」と、照れ臭そうに頭を掻いた。

「なにはともあれ、あとは待つだけです」

俺が言えば、「じゃあ、実際のＤＮＡ検査とか事情聴取はどうします?」と水城が訊いてくる。「何の音沙汰もなく、ただあそこで待たせてたら、そのうち不審がられると思いますけど」

「とりあえず、準備に時間がかかってるっていう体で、このまま様子を見よう。あまりにも動きがなければ、綿棒で検査のフリでも――」

水城との会話中に、「動きました!」と警備主任が声を上げた。慌ててタブレットを覗き込んでみれば、ひとりの女性が廊下を歩いている。

「彼女が模倣犯?」

画面に映った小柄な女性を指差し、水城が首を傾げた。

「いや、まだそうと決まったわけじゃありませんよ。たまたま、この廊下を通っただけなのかもしれないし」

獅子村のフォローも虚しく、廊下から消えた女性が、また別の区画にその姿を現す。確実に、餌場へと向かっている証拠だ。その先には、獅子村のオフィスがある。

「このまま通り過ぎてしまえば——」

館長が願うように言ったところで、彼女は足を止めた。目の前には、館長のオフィス。指紋を残さないようにする為(ため)か、ジャケットの袖を伸ばして、彼女はドアノブを捻(ひね)った。

「万事休すか」

何故(なぜ)か失意に浸っている獅子村を余所(よそ)に、侵入者はまっすぐ彼の机へ向かい、右上の引き出しを引く。そして、中から封筒をひとつ取り出すと、その中身も確認せずに、シュレッダーにかけた。

言い逃れようのない、証拠隠滅の瞬間だ。もちろん、引き出しにあった封筒はダミーで、本物の予告状はここにある。そんなことも知らず、小柄な侵入者は満足そうな顔をして、上司のオフィスから出ていった。

「決定的瞬間を、ばっちり押さえました」

「さすがっ」

ハイタッチをする、水城と警備主任。その向こうで、当の被害者であるはずの館長が頭を抱えて、踞(うずくま)っていた。なにか、犯人の正体に思うところでもあったのだろうか。

俺はそれを聞き出そうと、「釣れた獲物が、気に入りませんでした？」と、彼に問い掛けた。

「彼女は、最近雇った私の秘書でして。しかも情けないことに、不倫相手でもあります」懺悔でもするように言った大男。それを取り囲みながら、俺たち三人は顔を見合わせ、「あちゃあ」と声を重ねた。

7

「なによ。結局、痴情の縺れってこと？」

舌平目のムニエルをナイフで切りながら、つまらなそうに母が訊いてくる。

現金なものだ。さっきまでは「それでそれで？」と野次馬根性丸出しで、話を急かしてきたくせに。

しかし、母の推測は正しい。

犯人は、館長と不倫の仲にあった秘書で、その動機は彼を苦しめることにあった。ただ、別に獅子村が憎くて、こんな事件を起こしたわけではない。

彼女が愛した男には、家庭があった。身体を重ねはしても、所詮は不倫。彼が優先するのは常に家族の都合で、そんな獅子村が不倫相手と時間を作るのは、決まって、仕事やプライベートで問題が起きたときだったらしい。

普通なら、ストレスの捌け口として利用されていると自覚するような状況だ。でも、困ったことがあるたび、子供のように甘えてくる獅子村が、彼女は愛おしかった。

彼がもっと苦しめば、この至福の時間が増えるのに。そんな考えに至った彼女は、かつての職場で起きた事件のことを思い出してしまう。

昔、彼女が勤めていた画廊。そこに届いた、一通の犯行予告。当時はまだペーパームーンの恐ろしさが業界に広まっていなかったため、「どうだ、漫画みたいだろ？」と、まるで悪い冗談のように、上司は予告状を社員へ見せびらかしていたらしい。

しかし、予告された通り商品は盗み出され、後日、贋作の鑑定書とともに警察へ届けられることになる。信用を失った上司は、それでも生き残ろうと足掻いたが、結局、すべてを失った。

自分が職を失ったキッカケでもある、この事件。当時の上司の狼狽ぶりを思い出した彼女は、「彼もあんな目に遭えば、もっとわたしを頼るに違いない」と、犯行に及んだそうだ。

痴情の縺れ、と一言で済ませられるようなドラマじゃない。しかし、その辺りの事情をわざわざ母に説明するのも億劫なので、「まあ、そういうことだね」と、俺は相槌を打つだけに留めておいた。

「あなたの前でこんなこと言うのもなんだけど、男って本当にバカね」

母が咀嚼しながら、眉間へ皺を寄せる。これはさすがに聞き流せないので、俺は「そう？」と聞き返した。「むしろ、『女は怖い』って教訓の話だと思うけど」

「女性はね、怖いんじゃなくて賢いのよ。それに比べて、男って生き物は矛盾だらけね。よく分からない窃盗団なんかに怯えるくせに、身近な脅威には無頓着。小心者のくせに、やることは派手で大胆」

父となにかあったのか、と疑うほどに、男性批判を始めた母。その矛先が「あなただって、そうよ」とこちらに向けられた。

「え、俺も？」

「たかが不倫相手の悪戯を炙り出すために色んなひとを巻き込んで、そんな下手なお芝居みたいなことまでやっちゃって。たまたま、事が上手く運んだからいいけれど、失敗してたらどう責任をとるつもりだったの？」

「いや、身内に犯人がいないと分かれば、患者さんも安心するかなって思っただけで」

「そういうところが考えなしなのよ。逆上した犯人が包丁とか持ち出して、あなたの患者が刺されでもしたら、どうするわけ？」

母は問いかけ、その返答も待たずに盛大な溜め息を漏らした。

なぜ、こんな目に遭っているのだろう。俺としては、転職後の手柄話を母にしただけなのに、いつのまにやら説教を受けている。やはり、いつまで経っても、母と息子の関係というのは変わらないらしい。

「刑事のフリまでして」説教の途中で母は言い、「知ってるの？　それってれっきとした犯罪なのよ？」と息子を詰めてくる。

「知ってるよ。だから、ちゃんと対策はしたさ」

あの場で、俺は一度も刑事だと名乗っていない。「上野署の方から来た」と言っただけで、来た方角を示したに過ぎず、それを勝手に彼らが勘違いしただけだ。この絡繰りを説明したところ、「詐欺師の言い訳みたいね」と母に言われてしまう。

これは、もう無理だな。食事が終わるまで、大人しくしておこう。俺はそう心に決め、母の愚痴を聞き流しつつ、コース料理が終わるのを待った。

デザートを半分ほど食べた辺りで、「そういえば、なにか用事があったんじゃないの？」と母が訊いてくる。「わざわざ、日にちまで指定して呼び出したんだから、なにか一大決心でもあるのかと思ったけど」

こちらを覗き込む、期待に満ちた顔。おそらくは、外科医に戻る決心がついた、とでも言うのを待っているのだろう。

「期待を裏切って悪いけど、今日は俺の未来の話をしたくて呼び出したんじゃないんだ」

母は「なによ、それ。がっかりだわ」と、失意を露にした。彼女の正直さに多少の怒りを覚えつつ、俺はぐっと反論を堪える。

「こんな高級そうな店をわざわざ予約までして、さっきの窃盗団の話がしたかったの？」

呆れた様子で訊いてくる母に、「この店って、どう思う？」と問い掛けた。すると、「どうもこうも、料理は美味しかったわよ」と、首を捻られる。

「食事の内容じゃなくて、雰囲気とかはどう？」

怪訝そうな顔をしながら、店内を見回す母。自分への攻撃が止んだことを喜びつつ、俺は残りのチーズケーキを平らげた。

「そうね、わたしは、あんまりこういうお店に来ないから分からないけど、上品な割に、飾ってある絵が独特かしら」

「独特って、悪い意味で？」

「いや、嫌いじゃないわよ。アートとかあんまり詳しくないけど、目を惹くというか、ずっと見ていたくなる絵よね」

俺たちの座っているテーブル、その傍に展示されていた「意志」という作品を眺めながら、母は言う。まさか、ここにある全作品が娘の手懸けたものだとは、思いもしてないのだろう。

そろそろ母の驚く顔が見たいと思い、「実は、この『デイドリーム』って店は、アートギャラリーのような催しもしていてね」と、俺は種明かしを始める。

「へえ、個展をレストランでって、変わってるわね」

「それで、今夜ここに展示されてるのは、すべて新進気鋭の若手アーティスト、錦奈癒が手懸けた作品なんだよ」

まったく予想していなかったのか、妹の名前を聞き、「えっ」と母は声を上げた。

「凄いよな、あいつ。あの雑誌の記事もそうだけど、こんな個展まで開けるくらい、名が売れてきてるんだよ」

俺は誇らしい気持ちで続けたが、母は聞いてもいない。店内を彩る、色取り取りの絵画。それを、ただ唖然と見回していた。

「これを全部、あの子が」

絶句した母を余所に、会計がテーブルに届けられる。そこで店員が、「錦様、購入された作品を、お持ちしても？」と訊いてくる。

「閉店時間までまだ少しありますが、大丈夫ですか？」

「構いませんよ、オーナーに話は通してありますので」

そんな店員とのやり取りを黙って眺めていた母が、「なに、あんた。奈癒の絵を買ったの？」と尋ねた。

「ああ、この絵をね」

隣の壁を指差して言えば、「あら、あなたもこれが気に入ったのね」と、嬉しそうに絵の方を見る。

水城とこの店を訪れた際、俺はメニュー表を見て、この「意志」の隣に数字を書き込んだ。絵の作風が気に入ったというのもあったが、それよりも、妹に対するこれまでの仕打ち、その罪悪感をなんとかしたかった。

しかし、「意志」に値をつけたのは、俺で四、五番目。個展の開催期間もまだ数日あったし、まさか自分がそのまま競り落とすとは夢にも思っていなかった。なので、昨夜、〈おめでとうございます〉とデイドリームからメールが送られてきたときは、心底、驚いたものだ。

振込などのやり取りをデイドリームのスタッフとするなか、オープンオークションの締め切りは昨日で終わったが、個展自体は今夜まで開かれていると知り、俺は母を食事に誘うことにした。まあ、軽い意趣返しのようなものだ。

娘の情熱は腫れ物のように扱い、息子の苦難を「根性なし」と蔑む母親。その愚かさを説いてやろうと、何の前情報も与えずに個展最終日のデイドリームへ連れてきた。

医療だけが、人命救助の道じゃない。妹だって、素晴らしいアートを通して、人々を癒している。そのような論説を突破口に、俺の睡眠医としての活躍も捻じ込んでやろうと息巻いていたのだが、今の母を見ていると、そんな気も失せてきた。

俺の冒険譚はともかく、奈癒の偉業は彼女にとって劇薬だったようだ。娘の個展だと知ってから、母はあんぐりと口を開けたまま、奈癒の作品に釘付けとなっている。

壁から作品を下ろし、店員が梱包のために「意志」をどこかへ持っていく間も、ずっと母はその絵に見蕩れていた。

「ねえ、治人」

少し潤んだ目でこちらを見て、「あの絵、わたしに譲ってくれない？」と問い掛けてくる。よっぽど気に入ったのだな、と笑いつつ、俺は「ダメだね」と頭を振った。

「なんでよ？」

「あれは俺も一目惚れだったんだ。母さんは母さんのお気に入りを見つけなよ。ここに展示されてるのは、もう売約済みのやつばっかりだけど、あいつはこれからも描き続けるんだからさ」

少し哀し気な表情を浮かべた母が、また店内を見回す。

「そうね。今度の個展はいつかしら？　お父さんも誘って、また見に来なきゃ」

第四章　殺人鬼の夢を見るイラストレーター

1

予約患者の途切れた時間。俺は白衣を脱ぎ、ノクターナル・カフェのブース席でノートパソコンと格闘していた。

「なんか、ハッスルしてますね」

前の席に座って原稿を書いていた烏丸が、声をかけてくる。

「ハッスルってなんだよ」

笑いながら返せば、「いや、憤慨してるって感じでもないし、かと言って、作業を楽しんでいるようにも見えないなと思って」と、首を傾げてきた。

「今度、学会で研究発表をすることになってね。その資料作りに四苦八苦してるんだ」

「学会というと、不眠治療の？」

「いや、外科の方」

小首を振りながら答えれば、「まだ、未練があるんですか」と、溜め息をつかれてしまう。「まあ、それもそうか。外勤とか言って、あっちの世界に片足突っ込んだままだしね。もしかして、先生って恋愛の方も未練タラタラだったりします？　別れてからも、ずっと引き摺ってる、みたいな感じの暗いやつ」

相変わらず、デリカシーのない男だ。体質のせいで外科医を続けられなくなったと知っているくせに、平気でその辺りを腐してくる。

なんでこんな奴に、俺は借りを作ってしまったのだろうか。その右手首の辺りを一瞥すれば、まだ薄らと火傷の痕が残っていた。あれさえなければ、あんな小説を書かれることもなかったのに。

「もしかして、図星でした？」

黙り込んだ主治医の顔を、ニヤニヤしながら小説家が覗き込んでくる。

「煩いな、ほっとけよ」と俺は舌打ちをしてから、「そんなことより、例の小説の調子はどうなんだ？」と話題を変えた。

「いや、それが、土蓋さんのブログも期待したほど効果はなかったみたいで」苦笑した烏丸が、「あんまり、売れてないみたいです」と肩を落とす。

「それは残念だったな」

ほくそ笑みつつこちらが言えば、「あ、土蓋さんと言えば、あっちの話はどうなったんですか?」と、小説家が顔を上げた。

「あっちって、どっち?」

「ほら、あのシスコン刑事と交わした交換条件ですよ。妹さんの恋模様を探って、報告する約束だったでしょ?」

虚を突かれ、「そんなことまで、おまえに話したっけ?」と俺は顔を逸らす。

「いや、水城さんに聞きました。なんか、そのことで先生が悩んでるって」

あいつの軽口にも困ったものだ。そのうち、重大な情報漏洩でも犯しそうで怖い。

「君に話す義理なんてない」俺は腕を組み、「第一、前作の売り上げが悪ければ、続刊は出ないんだろ? じゃあ、取材しても無駄じゃないか」と、小説家を睨みつけた。

すると、烏丸は「あ、痛いな。なんか、急に手首が痛くなってきたぞ」と、火傷の辺りを擦りはじめる。

卑怯な奴だ。そうすればこちらが抗えないと知って、平気で脅迫してくるのだから、手に負えない。

「俺はちゃんと探りを入れたよ。でも、まだ報告はしてない」

渋々答えれば、「え、なんで?」と、烏丸が前のめりになって訊いてくる。

「蛍の気になってる男っていうのが、少し厄介でな。俺の友達というか、一緒に入局した同期なんだよ」

「ってことは、元カレのツレに手を出そうとしてるんですか？」

下世話な言い方をした小説家を「おい」と注意してから、「でもまあ、間違っちゃいない」と俺は認めた。最近は疎遠になってしまっているが、あの二人が付き合うと気まずい、という事実は変わらない。

「あっちもその辺りの事情を気にしてるみたいで、両想いっぽいのに、まだ付き合ってないらしい」

「なるほど。ただでさえ繊細な関係なのに、そこへシスコン兄貴が絡んできたら、大惨事になると先生は危惧してるんですね」

「ああ。だから渡部さんから電話がかかってきても、その度に俺は誤魔化してるんだ」

作業の手を止め二人で話し込んでいると、「先生」と水城に呼ばれた。どうやら、予定外の患者が来たようだ。

「また結果がどうなったか、教えてくださいね」

大げさに手首を擦りながら言われ、「そんなに痛むのなら、そろそろ火傷の専門家でも紹介してやろうか？」と、俺はブース席を離れた。

診察室に戻ったところで、「先生を名指しの紹介なんて、珍しいですね」と、水城から紹介状を手渡される。しかも、送ってきたのが俺の古巣である都立医大の外科医局というのだから、驚いた。

気になって紹介医師の名を確認してみれば、差出人は中上輝となっている。「こんな偶然もあるんだな」と呟いたところで、「お知り合いですか？」と看護師に訊かれた。

「知り合いっていうか、研修医時代からの同期だよ。一緒に入局した、元同僚」

まさに、さっき烏丸と話していた蛍の思い人というのが、この中上だ。噂をすれば影がさす、というやつだろうか。

「さっき、問診を渡してきたんですけど、すっごい若い子でしたよ。しかも、なんかビクビクしてて」

「若いは若いけど、そこまでじゃないだろ。紹介状には二十一歳って書いてあるし」

「え、てっきり中学生くらいかと思ってました」

水城が紹介状を覗き込んできて、「見えないなあ」と首を捻る。どうやら、患者は酷く幼い見た目をしているらしい。

「問診書けてるか、見てきて」と彼女に頼み、俺は紹介状の内容に目を通す。

患者の名前は鳶羽紗季、二十一歳。彼女は先天性の心疾患を患っており、幼い頃から入退院を繰り返していたそうだ。

約一年前に都立医大で心臓移植を受け、手術は成功。重篤な合併症も見られず、術後の経過は順調だったが、最近になって、不眠症に苦しみ始めたらしい。

ここまで読んで、俺は「なんでまた、うちに？」と首を傾げた。

医大にだって精神科はある。すべて院内で賄った方が患者の状況把握も楽だろうに、なぜ、うちに紹介してきたのだろうか。俺はその理由を手紙の中に探してみたが、とくに見当たらなかった。ただ、〈睡眠医による診断、治療を〉と書かれているだけだ。

紹介状に記されている症状も、〈睡眠障害の疑い〉だけ。つまり、治療どころか、診断もまだ付けられていないということだ。院内の精神科医に一度も患者を診せず外に紹介するなど、普通じゃありえない。

俺の場合は醜聞が広まるのを怖れて、職場での診療を避けたわけだが、この鳶羽という女性にも似たような事情があるのだろうか？

診察室に戻ってきた水城が「先生、問診票を預かってきたんですけど」と、困り顔でクリップボードを渡してくる。

その歯抜けな問診票を見て「これは酷いな」と俺は眉間に皺を寄せた。とくに、症状についての項目はスカスカで、ほぼ手付かずの状態だ。名前や住所など、個人情報欄は埋められているので、字が書けないというわけでもないだろう。

「こっちに教えたくない事情でも、あるのかな？」

「わたしも訊いてみたんですけど、怯えちゃって、答えてくれなかったんです」

苦笑しながら、「たしかに水城さんは怖いひとだけど」と冗談を言えば、「変なこと言わないでください。多分、彼女は病院が怖いだけですよ」と、看護師は口を尖らせた。

「それも、どうなんだろう。心臓のことで病院通いも年季が入ってるみたいだし、いまさらクリニックの診察を怖がる理由なんてないと思うけどね」

二人して首を傾げ合ったが、このまま話していても埒が明かない。俺は「とりあえず、話を聞いてみるか」と、水城に患者を呼び入れるよう指示を出した。

「了解しました」と、診察室を出た看護師。彼女はすぐに戻ってきたが、肝心の患者がなかなか姿を現さない。

まるで臆病な動物でも呼び込むように、水城が「鳶羽さん」と呼びかけると、ドアの陰から少しずつ、女性が姿を現し始めた。髪の一部、頭、顔の輪郭と続き、右目の辺りが見えたところで、ついに我慢できなくなって、「どうも」と、こちらから声をかける。

すると、鳶羽はビクッと身体を揺らし、再びドアの陰に隠れてしまった。臆病にも程がある。いったい、彼女は何をそこまで怖れているのだろうか。

「大丈夫ですよ、嫌なことなんてしませんよ、お話しするだけですよ」

柔らかいトーンで辛抱強く呼び掛ける水城。俺は一度、失敗しているので、もう声すら掛けなかった。

警戒心を露に、少しずつ侵入してくる患者。彼女は、盾のようにタブレットを顔の前で構え、俺と少し目が合うだけで、その歩みを止めてしまう。

肩まで伸ばした黒髪と、青白い肌。背が低く線の細い身体に、猜疑心たっぷりな表情。隈などは見当たらないが、鳶羽は見るからに病弱で、幼い風貌をしていた。

　看護師の懸命な呼びかけにより、やっと患者が椅子に座る。

　俺は出来るだけ怖がらせないよう、軽く咳払いしてから、「どうも、医師の錦です」と、笑みを浮かべた。彼女はビクッと身体を弾ませたものの、逃げはせず、「鳶羽です」と、か細い声で返してくる。

　さて、どこから始めたものか。普段なら症状の詳細から訊くところだが、檻に入れられた小動物の如く怯えている彼女に、いきなり本題を切り出すのも憚られる。

　俺が攻めあぐねていると、「なあ、相棒」と幻覚が声をかけてきた。

「この無言の時間の方が、怖くないか？」

　鳶羽の方を見てみれば、たしかにテンの言う通り、その表情は悪化している。真っ青な顔に、震える身体。

「なんにせよ、話してみないことには始まらねえよ」

　オスのチンチラに言われ、「それもそうだな」と、俺は嘆息する。

　びくりと身体を震わせた患者に、「そんなに、怖い？」と問い掛けてみた。すると、彼女は素直に「うん」と頷く。

「なにが怖いのかな？」

この質問には答えてくれなかった。無言のまま、突き出したタブレットの向こうから、こちらの様子を窺っている。まるで注射を怖がる子供だな、と思った瞬間、俺はアプローチの方法を変えることにした。

「じゃあ、まずは約束から始めよう」

唐突に提案したことで、「約束？」と鳶羽が首を傾げる。

「そう、約束だ。先生は絶対に嘘をつかないって、この場で約束するよ」

困惑気味の患者を前に、俺は真剣な表情を崩さない。すると、「ホントに？」と、彼女が警戒を緩めた。

「ああ、約束する。検査や治療が必要なときは、ちゃんと説明するし、騙すような真似はしない」

大人なら、こんな口約束程度で安心しないだろう。しかし、鳶羽の身体からは力が抜け、顔の前に構えていたタブレットもその胸元まで下がった。

相手が子供だと「難しいことを言っても無駄だから」とその場を適当にごまかし、検査や治療を強行する医師が多い。その結果、子供の心に残るのは「むりやり針を刺された」という記憶だけで、この不信感こそが、注射の恐怖を増幅させるのだ。

まずはそれを払拭するため、俺は「嘘をつかない」と幼い患者に約束することにしていた。注射の痛みを取り除くことは出来ないが、それが必要な行為だと教えることは出来る。

そうやって真摯に対応してやれば、子供でもちゃんと理解してくれるものだ。

厳密には、鳶羽は子供ではないが、その精神はかなり幼いように思えた。書類上はれっきとした成人女性でも、その口調や態度は子供そのもの。精神遅滞というよりは、おそらく、かなり過保護な環境下で育ったのだろう。

まあ、先天性の重病を抱えた子供には、よくあることだ。

「閉じ込めたりしない?」

奇妙な問い掛けに、「閉じ込める?」と思わず、彼女に聞き返した。患者はこくりと頷き、「精神科の先生は、気に入らない患者を閉じ込めるんでしょ?」と、泣きそうな顔で続ける。「病院には牢屋があって、悪い子はそこに閉じ込められるの」

鳶羽は言うが、院内に牢獄などあるはずもなく、おそらくは措置入院させる際の病室のことを言っているのだ、と察する。おかげで、先ほどからの怯え様にも納得できた。どこかで精神科医には強制的に患者を入院させる力があると聞き、彼女は今日の受診を怖れていたのだ。

「君は、自分の身体を傷つけたいと思う?」と問い掛ければ、鳶羽が小首を振る。

「じゃあ、他人を傷つけるのはどう?」

先ほどよりも大きく頭を振った患者が、「そんなことしないよ」と、こちらを見た。

「じゃあ、大丈夫。先生はここで働いてるけど、厳密には精神科医じゃないんだ。中上先生と同じで、外科医の資格しか持ってないよ」

「精神科の先生じゃないの？」

「そうだよ。眠れなくなる病気に詳しいからここで働いてるけど、患者を閉じ込める力なんて持ってない」

「ホントに？」

「嘘はつかないって、さっき約束したじゃないか」

精神科医ではないと知り、完全に彼女の警戒心が解けた。笑みを浮かべ「中上先生の言ってたことは、ホントだったんだ」と、安堵(あんど)の息をつく。

「中上からも、そうやって聞いてたの？」

「うん、精神科の先生はイヤだって言ったら、『じゃあ精神科で働いてるけど、精神科じゃない先生を紹介してあげる』って」

なるほど、それで俺を名指ししてきたわけか。当初の疑問が解けたところで、どっと疲れた。

そんな事情があるのなら、ちゃんと紹介状にも書いておけよ。かつての同僚に腹を立てつつ、「それで、いつ頃(ごろ)から眠れなくなったのかな？」と、診察に取りかかる。

「今年に入ってから」

となると、三ヶ月前からか。電子カルテに情報を打ち込みつつ、「それは、眠たいのに眠れないのかな？　それとも、寝てたのに途中で起きちゃう感じかな？」と訊けば、「うーん」と彼女は答えに悩んだ。

「前は途中で飛び起きちゃう感じだったんだけど、今は最初から眠れない」

「中途覚醒型で始まり、入眠障害に移行したんだね」

呟きながらキーボードを打っていると、「眠りたくないの。寝たら、怖い夢を見ちゃうから」と、患者がか細い声で訴えてきた。

「もしかして、最初のうちは、その怖い夢のせいで飛び起きてたのかな？」

「そう、同じ夢ばっかり見るの」

鳶羽は言い、ただでさえ血色の悪かった彼女の顔から、さらに血の気が引いていく。

「その夢っていうのは――」

内容を聞こうとした俺の言葉を、「イヤッ」と悲鳴が切り裂いた。「話したくないっ、聞かないで！」

急に大声で喚き出した患者に、看護師が駆け寄る。

「大丈夫、大丈夫。錦先生はイヤなことしないから」

母性本能をくすぐられたのか、患者の頭を抱え、子供をあやすように宥める水城。その様子を見て、俺は夢の内容が訊けなくなった。

まあ、それで良かったのかもしれない。これ以上刺激して、せっかく開きかけた心を閉ざされても困る。顔合わせも済んだことだし、次回はもっと話しやすくなっているはずだ。

「今日はこの辺りにして、また来週くらいに来てもらおうか」

俺は溜め息まじりに言い、睡眠ノートの説明を始めた。

2

「へえ、ファミレスの中に診療所があるって噂は、本当だったんだな」

ノクターナル・カフェの店内を物珍しそうに見回しながら、中上輝は言う。

「ファミレスじゃなくて、カフェな」

俺は溜め息まじりに言い、ドリンクバーへと彼を案内した。久しぶりに会う元同僚は、何も変わっていない。背は俺より少し高くて、彫りの深い顔にセンター分け。何かにつけてよく笑う、気のいい奴だ。

「好きなものを飲んでいいから」

中上に言えば、「え、金は？」と返ってくる。

「いいよ、別に。まだ開店前で自動会計の機械もオフのままだし」

ニコッと笑った中上が「じゃあ、お言葉に甘えて」と、ホット珈琲(コーヒー)をコップに注いだ。

俺は紅茶のティーバッグをお湯に沈める。

「それにしても、聞いてた通りだな。変わった職場だ」

「聞いたって、誰に？」

　まさか、こいつもあの小説を読んだのではないだろうな。俺は警戒したが、どうやら違ったようだ。彼は「渡部さんだよ」と、困ったように笑う。

「そうか、おまえら付き合ってんだもんな」

「いや、まだ付き合ってはない。その前段階というか、交渉中というか」

　ゴニョゴニョと言葉を濁す元同僚に、「もしかして、俺のことを気にして手が出せてないとか？」と尋ねれば、「まあ、そんなところだ」と素直に認めた。

　俺はあからさまな溜め息をつき、「いいか、中上」と彼の肩を摑む。「俺たちが付き合ってたのなんて、たった数日。それも、もう何年も前の話だ。いい加減、忘れろ」

「あれ、背中を押してくれるのか？」

「そういうこと」俺は言い、「ただ」と言葉を止める。

「ただ？」

「動くなら早くした方がいい」

「まさか、他に言い寄る男でもいるのか？」

「いや、それは知らないけど、邪魔しようとしてる奴はいる」

「誰だよ、そいつ」

中上は真剣な顔で訊いてくるが、それを無視して近くのブース席へ向かえば、ホット珈琲片手に、中上も慌ててあとを追いかけてきた。

「なあ、誰なんだよ。教えてくれって」

同じ問い掛けに辟易するも、俺に答える気はなかった。重度のシスコンを患った兄の存在など、まだ知らない方がいい。

「とにかく、蛍もおまえのことを想ってるみたいだから、とっとと話を進めろ。分かったな？」

無理矢理押し切ると、「分かったよ」と、中上は顎を引いた。

「そんなことより、本題だ」

俺は紅茶を一口だけ飲んで、ブース席に置いてあった鳶羽の紹介状を手に取る。中々、心を開きそうにない、難儀な患者。今日はそんな彼女のことを詳しく聞こうと、紹介元でもある中上を呼び出したのだ。

しかし、呼び出したはいいが、中上は一緒に入局した、かつてのライバル。そんな彼に今の情けない姿を見られるのは、正直、苦痛だった。

こんな気まずい時間は、とっとと終わらせよう。俺は紹介状を広げながら、「なんだよ、これ。情報を省き過ぎだろ」と苦言から始める。

「ああ、例の精神科医恐怖症のことな。それは、悪いことをしたよ」

「なんで、詳しく書かなかったんだ？」

「これといった理由もないんだが、どこまで書いていいか分からなくてさ」

猫舌の彼は、フウフウと珈琲に息を吹きかけながら、「紗季ちゃんとは、どこまで話せた？」と訊いてくる。

「おまえが事前情報をばっさり省いてくれたおかげで、まだ序の口も序の口。おそらく、悪夢が原因で眠れなくなったのかなって、それくらいしか聞けてないよ」

「そうか。じゃあ、俺が知ってる話でも」と言ったところで、中上がクンクンと鼻を鳴らした。

「さっきから、なんか臭くないか？」

問い掛けられて思い出す、恥ずかしい上司の存在。俺の元同僚が訪ねてくると知ってから、院長はずっと、厨房(ちゅうぼう)にこもっている。

「しまったな。俺もついさっきまで異変は感じていたはずなのに、すっかり鼻が麻痺(まひ)してて、忘れてた」

項垂(うなだ)れる俺に「いったい、なんの話？」と元同僚が訊いてきた。

「実は、俺を拾ってくれた院長なんだけど、色々あって、彼がいまハマってるのが――」

説明の途中で厨房から現れた上司が、ラーメン鉢を二つテーブルの上に置きながら、

「君が中上先生だね。狩宿といいます、よろしく」と挨拶(あいさつ)してくる。

「あ、錦の同期の中上です。お世話になります」

中上も立派な社会人なので、しっかりと挨拶は返した。しかし、彼の視線はテーブルに置かれた謎のラーメン鉢に注がれている。

「あの、これは？」

「うん、今日は錦くんの元同僚が来ると聞いていたからね。これはおもてなしのひとつでもしないとなって、朝から準備してたんだ」

満足げな顔で言った狩宿が、「ラーメンは好きかい？」と訊いてくる。

「ええ、ああ、はい。嫌いじゃないですけど」

歯切れの悪い中川。まあ、その理由は明白だ。狩宿の出してきた料理、これがどう見ても既存のラーメンじゃないからこそ、彼は戸惑っているのだろう。

いや、薄らと共通点はある。器はラーメン鉢だし、熱そうなスープに麺が沈んでいるという点では、ラーメンにカテゴライズされる料理なのかもしれない。

しかし、その構成は異様で、緑がかったスープにオレンジ色の麺。普通ならメンマやチャーシューでも添えられている場所には、薄切りの生ハムが鎮座している。そして、なんと言っても気になるのは、この匂いだ。

草の香り、土の匂い。そこに混ざり合う、家畜小屋のような強烈な異臭。

こんなゲテモノを出してきて、「なにがおもてなしだよ」と俺は呆れた。しかし、さすがは中上だ。社交スキルの高さが災いしたのか、彼は勧められるがまま、得体の知れない料理へと手を伸ばす。

レンゲでスープを掬い、口へ運ぶ。次いで、麺を啜った。

俺は顔を歪めながら「どう?」とだけ、彼に訊く。すると、「なんか、不思議な味」と元同僚は首を傾げた。

狩宿は「豚骨ベースに、ペースト状にしたバジルと春菊を混ぜたんだ。人参を練り込んだ手打ち麺との相性は抜群だろ?」と、その成功を一ミリも疑っていない。しかし、「味見は?」と尋ねれば、「してないよ」と返してくる。

それだけ未知の組み合わせに挑んでおいて、味見もしないとは。俺は一口も食べずに、ラーメン鉢を遠ざけた。

「すまないな、変なものを食わせて」

俺は中上に謝るが、驚いたことに、彼は二口目を啜る。その様子を見ていた院長が、「ほら、意外にマッチするんだって」と、鬼の首を取ったかのように言ってきた。

「いや、マッチというか、今まで生きてきて一度も味わったことのない現象が、口の中で起きてるんです」

不思議そうな顔をして咀嚼する、元同僚。彼に「美味いの? 不味いの?」と訊いても、明確な答えは返ってこない。

「気になるんなら、錦くんも食べてみなよ」

俺が押しのけた鉢を再び押し返しながら、狩宿が言う。もちろん、こちらに食う気などあるはずもなく、「そんなに自信があるのなら、まずは院長が食べてくださいよ」と、ラーメン鉢を彼の方へ押しやった。

「もちろん、食べるさ。久しぶりに会うって言うから、長居するのも悪いかと思って、自分の分は厨房に置いてきたんだよ」

恩着せがましく言い、狩宿が割り箸を割る。そして、立ったまま、勢い良く麺を啜った。てっきり、俺は不味いと吐き出すと思っていたのだが、院長に変化は見られない。ただ黙って咀嚼を続け、口内のものを全部飲み込んでから、「たしかに、これは不思議だな」と呟いた。

「どう不思議なんですか？」

訊かれた狩宿が、そのまま「これはどういうことなのかな、中上先生？」と、バトンを渡す。

「おそらくですけど、いろんな食材の味が相殺し合って、まったくの無味になってるんだと思います。強烈な匂いはあるのに、味がしない。それで、脳がバグってるんだ」

「なるほど、そういうことか」

狩宿は頷き、彼も二口目を食べた。いい大人が二人して小首を捻りつつ、もぐもぐと顎を動かしている。なんとも奇妙な光景だ。

「けっして、美味くはないんですけどね」

「そうだね、けっして美味くはない」

彼らは言うが、言葉とは裏腹に箸は止まらない。ラーメンを食うよう催眠でもかけられたみたいに、惚（ほう）けた顔で麵を啜るだけだ。

よく考えてみれば、一番の被害者は俺かもしれない。その不思議な体験とやらは出来ず、異臭を嗅（か）がされながら、ただただゲテモノを食べる二人の姿を見せられているのだから。

「そういえば、おめでとうって言い忘れてたな」

紅茶の湯気で嗅覚をリセットしつつ、元同僚に声をかければ、「なんの話？」と聞き返された。

「心外（しんげ）への移動だよ。しかも、移植班だなんて、ずいぶんな出世じゃないか」

一口に外科医と言っても、内臓の数だけ、その専門畑は細分化されるものだ。うちの医局では若手の間に各班を廻（まわ）り、最終的に医局の意志で、終（つい）の住処（すみか）となる領域が決められる。つまり、必ずしも本人の希望が通るわけではないということだ。

各自の能力と、その希望。これを擦り合わせて、専門領域が決まる。とりわけ人気なのが移植を担当する部門であり、中でも花形と呼ばれるのは、心臓外科の移植班だろう。

心外の移植班に属するのは、エースの証（あかし）。その序列に若くして名を連ねた中上は、同期の出世株というわけだ。

しかし、「おまえに言われるのは、なんか違うだろ」と、中上は居心地が悪そうな顔をして、箸を置いてしまった。

その理由に、こちらも遅れて気付く。

都立医大の心外移植班、次代のエースとも呼ばれるその席には、本来、俺が座る予定だった。あの忌まわしい事故が起こらなければ、歩んでいた道。それを、今は彼が歩いているわけだ。

バカな奴だな、気にすることはないのに。そう思うも、俺はどう声をかけていいか分からない。そこで、気まずい沈黙を打ち破るかのように、狩宿がズズッと麺を啜った。

オレンジ色の麺で口をいっぱいにして、「結局、患者の話は聞けたのかい？」と院長が尋ねてくる。

「いや、まだですね。本題に入ろうとしたところで、ゲテモノ料理を出されてしまったので」

「ゲテモノとは失礼だな、錦くん。これは美味くもないが、けっして不味くもないんだよ？」

変な虚勢を張る院長を無視して、俺は「そろそろ、鳶羽さんの話をしてくれ」と元同僚の方を向いた。

院長とのバカな掛け合いを見て、少しは気分が軽くなったのか、「分かったよ」と、旧友の顔にいつもの笑みが戻る。

「俺が心外の移植班に移動して、最初に担当したのが彼女のオペだ。って言っても、所詮は下っ端だから、術場ではただの器具出し。メインで任されたのは、術後の病棟管理だったよ」

一般的に、医局で偉くなればなるほど、回診で患者のもとを廻る頻度は減り、日々の管理は各班の若手が担当するものだ。その立場にあった中上は鳶羽と接する機会も多く、随分と仲良くなったらしい。

術後経過は安定。危惧していた合併症も起きず、彼女は無事退院したのだが、先月行われたルーティーン検査で異常が見つかり、検査のため、数日ほど再入院することになった。

「その日は当直当番で、真夜中に救患がきたせいで、俺は外来に呼び出された。それで、当直室に戻ろうとしたら、病棟の外で彼女を見かけたんだ」

「病棟から抜け出してたってこと？」

「ほら、医局と病棟の間に、自販機があるだろ？　あの辺りをフラフラと歩いてたんだよ」

病棟の出入りは詰め所の看護師が目を光らせているはずだが、夜中は人員も少ない。他の病室に目が向いていれば、その隙を突いて患者が抜け出すぐらいは可能だろう。

「さっきも言ったように、彼女とは知らない仲じゃないからさ。『どうしたの?』って、声をかけてみたんだよ。でも、こっちのことが認識できてなかったみたいで、『当直ですか、ご苦労様です』なんて言ってくるんだ」

俺は初診時に見た鳶羽の様子を思い返しつつ、「たとえ、おまえのことを覚えてなかったとしても、あの子がそんな大人っぽい挨拶するかな」と首を傾げた。

「だろ? 俺も違和感があったんだけど、そのまま『ちょっと、呼ばれてまして』なんて言って、どっかに行こうとするもんだから、慌てて止めたんだ」

「それで?」

「次の日に回診がてら、そのことを彼女に聞いてみたんだよ。そしたら、急に怯え出しちゃってな。泣くわ喚くわで、もう大変だったよ」

当時のことを思い出したのか、旧友は苦笑いで溜め息をつく。そして、「悪夢のせいで眠れてないって言うからさ。誰にも話さないって約束で、俺はその悪夢の内容をちょこっと教えてもらったんだ」と続けた。

これから本題というところで、なぜか再びラーメンを啜り出す中上。その挙動にイラつきつつ、「で、その内容ってのは?」と、俺は語気を強めた。

「紗季ちゃんがイラストレーターを目指してるって、知ってたか?」

「いや、初耳だ」

「あの子は生まれてからずっと入退院を繰り返してきて、まあ、病院で育ったようなもんだ。で、入院先もコロコロ変わるし、友達も出来ない。することも無いから、独りでお絵描きばかりしていたそうなんだけど、そのせいか、かなり絵が上手くてさ」

姪っ子の自慢話でもするように、ダラダラと垂れ流す元同僚。俺はすぐに耐えきれなくなって、「それがどう悪夢の話に関わってくるんだ？」と、結論を急かした。すると、中上がスマホを出して、その画面を見せてくる。

画面には一枚の絵が表示されていた。木々の間を走る、女性の後ろ姿。他はすべて白黒なのに、その女性の髪にだけ、色がつけられていた。

安いブリーチでも買って、自分で染めたような明るい栗色。そのセミロングの髪を振り乱しながら、彼女は何かから逃げている。そんな感じの背中だった。

「なんか、怖い絵だな」と画面を覗き込んでいると、中上がスワイプして、また別の絵を見せてくる。

今度は、女性の正面から描かれており、その顔は恐怖に歪んでいた。相変わらず、彼女の髪だけが鮮やかな色で塗られていて、顔やその他はモノクロのまま。その背景から、女性が草むらへ押し付けられているのが分かる。

「馬乗りになった誰かの視点で描かれているのかな」

俺が小首を捻ったところで、さらにスワイプ。今度のは、もっと強烈だ。両手で首を絞められ、白目を剝いている女性の顔。何の背景もなく、ただその苦痛だけがアップで描かれていた。

「なんだよ、これ」

「紗季ちゃんが描いた、悪夢の絵だよ」

「こんな夢を、あの子が？」

歳の割に、幼い精神と言動。少女のような鳶羽が、ここまでビビッドな殺人の光景を描くなど、俄には信じ難い。

「こりゃあ、眠れなくもなるな」

俺がスマホを返しながらボヤけば、「しかも、この悪夢が見え始めたのは一年前から。術後すぐらしいぞ」と、中上は言う。

「でも、不眠が始まったのは、今年に入ってからって話だったけど？」

「はじめはここまでハッキリ見えなかったらしい。何度も夢で繰り返し見るうちに、女性の悲鳴が聞こえたり、走る息遣いが聞こえたりと、徐々に情報が増えていったんだって」

ゲテモノラーメンを啜りながら、「再入院のキッカケとなった、一過性の頻脈。おそらくあれも、パニック発作のようなものだと俺は疑ってるよ」と、元同僚はこちらを見る。

「なのに、精神科に診てもらおうにも、肝心の本人が精神科医嫌い。それで、うちに紹介したってわけか」

「その通り。しかも秘密を守るため、上司にも相談せず、俺の独断でな」

主治医が確認する可能性もあるので、鳶羽紗季との約束を守ろうと思えば、紹介状にその詳細は書けない。かと言って、縁も所縁（ゆかり）もない相手に押し付けるのも気が引ける。そこで、俺に白羽の矢が立ったというわけだ。

「単なる患者との口約束だっていうのに、義理堅いやつだな」

呆（あき）れて言えば、「約束は約束だから」と、彼は笑った。同性ながら、その屈託のない笑顔に絆（ほだ）されそうになる。

こいつには、是非とも幸せになってほしいものだ。そんな考えが頭に浮かび、急に照れ臭くなった俺は、「さて、不眠の原因は分かったものの、その解決法についてはまた別問題だな」と視線を逸らした。

そこへ、「悪夢が始まったのは、心臓を移植されてすぐ?」と、狩宿が中上に声をかける。ずっと無言でニンジン麺を啜っていたというのに、興味を惹（ひ）かれたのだろうか。

「ええ、そうらしいです。正確には術後すぐじゃなくて、点滴が抜けたぐらいから、見え始めたそうですけど」

咀嚼（そしゃく）しながら、「それは興味深い」と漏らした院長に、その真意を尋ねてみれば、「記憶転移という現象を、君たちは聞いたことがあるかい?」と、逆に訊かれた。

中上と顔を見合わせてから、俺が代表して「初耳ですね」と答える。

「臓器移植に伴って、ドナーの記憶までがレシピエントに移植されるというオカルト現象のことさ。科学的に実証はされていないが、実例は山ほど報告されているよ」

そこまで聞いて、「ああ、なんかテレビ番組でやってたな」と、元同僚が頷いた。「術前と趣味嗜好が変わったり、会ったこともないひとに親近感が湧いたりってやつですよね？」

「そう。とくに心臓移植で起こるケースが多くてね。記憶転移の報告は多岐に亘るんだけど、中には不思議な夢を見るようになった患者もいるそうだよ」

「不思議な夢って、なんか矛盾してませんか。夢なんて、だいたい不思議なもんでしょう」

俺が言えば、「たしかに」と狩宿は笑う。「でも、記憶転移の報告例では、さらに変わった夢を見るそうだよ」

「たとえば、どんな？」

「他の誰かの記憶を、自分が追体験するような内容らしい」

院長は言い、ラーメン鉢の縁に箸を置いた。

「場面はバラバラで、自分が子供だったり、大人だったりするんだけど、そこには会ったこともない人たちが出てきて、術後にドナーの家族や友達に会いに行ったら、その人たちだったたって。僕が聞いたのは、そんな感じのやつかな」

つまりは臓器のドナーとなったひとの記憶を、夢として見ていたわけか。まあ、院長もオカルト現象と呼んでいるし、どこまで信用できる情報なのかは定かではない。

しかし、もしそんな現象が本当にあるのだとしたら。そう考えると、寒気がした。

「まさか、紗季ちゃんに心臓を提供したドナーっていうのが、人殺しってことですか？」

中上が真っ青な顔をして、訊いてくる。

「ドナーの情報は？」

「いや、詳しくは知らないよ。オペに必要なデータは貰ってるけど、それ以外の個人情報なんかは、伏せられるのが通例だから」

「それもそうか」

俺が相槌を打ったところで、静かになる。

俺たちは医師、つまりは学者の端くれだ。根拠のないオカルト話を簡単に信じるような人種じゃない。しかし、先ほどのイラストを見てしまった手前、怖気を感じずにはいられなかった。

「まあ、記憶転移が原因と決まったわけでもないですしね」

中上が笑い混じりに言い、「もちろんさ。ただ、そんな話もあったなって思い出しただけだよ」と、それに狩宿が応える。しかし、二人とも表情は硬い。

「念のため、調べられるだけでいいからさ、そのドナーの情報っていうのを集めてくれよ」

俺は元同僚に頼んだが、そこでふと、院長の方を見た。

「もし、不眠の原因が記憶転移なら、その治療法ってどうなるんですか？」

狩宿は、ほぼ空となったラーメン鉢を回収しつつ、「さあ、どうだろう。僕にとっても、未知の領域だよ」と、肩を竦めた。

3

開店直後のサンセット。客も疎らな店内で、俺は待ち合わせ相手の到着を待ちながら、スマホを眺めていた。

時間潰しに見ているのは、イラストレーターの卵、鳶羽紗季の作品だ。

元同僚との再会を経て、迎えた二度目の受診時。俺は彼女からさらに情報を引き出そうと、粘り強くカウンセリングを行った。その結果、鳶羽本人の口から悪夢の話を聞けたし、こうして、彼女が描いたイラストをメールで送ってもらうことに成功する。

「あの女のひとは獲物なの。わたしはハンター。わざと逃がして、追いかけっこを楽しんでたみたい」

そんな風に、鳶羽は例の悪夢を評した。夢を見ているときは恐怖心などなく、ただ受動的に身体を動かしているだけ。しかし、目を覚ませば、途端に怖くなるそうだ。

彼女がいつも抱えているタブレットには大量のイラストが保管されていて、そのテイストによって、色々とフォルダ分けされている。その中に、〈あのひと〉、とだけ題されたフォルダがあり、俺が今眺めているのが、まさにその〈あのひと〉シリーズのイラストだ。

中上が見せてくれた、三枚の絵。鳶羽が描いたのは、それだけじゃなかった。百点近い作品群は、どれもタッチが暗く、おぞましい内容で、登場人物はいつも同じ女性だ。

逃げる女性、捕まる女性、殺される女性。そして、最もおぞましいのが紐で手足を――

「お代わり要りませんか？」

唐突に声をかけられ、俺はびくりと身体を揺らした。振り返ると、後ろに立っていたのはいつもの男性店員で、その手にはコーヒーポットが握られている。

「要らないよ。そもそも、俺が頼んだのはレモンティーだし」

眉を顰めて言えば、「そうですか。もしなにかあれば、遠慮なく声をかけてくださいね」と、男は厨房へ引っ込んでいった。

「いつもと違って、随分と愛想が良いな。あいかわらず、ポンコツだけど」

独り言を漏らしたところで、「お嬢ちゃんのイラストでも、覗き見してたんじゃないか？」と、ダンディーな声が聞こえてくる。

テーブルの上に転がるシュガースティック。それを枕にしながら寝そべったオスのチンチラが、「その内容はともかく、絵のセンスは抜群だからな」と続けた。

「おまえになにが分かるんだよ」

芸術を見る目もない、俺の分身。そんなテンに絵のセンスがどうのと言われても、説得力がない。

「それにしても、記憶の移植なんて、面白そうな話だと思わないか？」

灰色のチンチラに訊かれ、「適当なことを抜かすな」と俺は溜め息を落とした。

まだ鳶羽の悪夢が、記憶転移によるものと決まったわけじゃない。むしろ、心の底では、そうではないことを望んでいた。

誘拐や傷害など、強烈な体験によって精神に負う重度のトラウマ。そのせいでパニック発作を起こしたり、不眠症や鬱病を発症するなど、様々な後遺症に悩む患者は多い。

一般的にＰＴＳＤと呼ばれる現象だが、残念ながら、明確な治療法というのはまだ見つかっていない。もし鳶羽の症状が、記憶転移に起因するＰＴＳＤなら、お手上げだ。根気強く、何年もカウンセリングを続けるくらいしか、俺に出来ることはない。

心臓病の呪縛から解き放たれ、やっと自由になった少女。彼女にそれを求めるのは、あまりにも酷だ。

「相棒の夜行性体質と同じで、不治の病みたいなもんか」

「そうだ。治療法がなくて泣き寝入りだなんて、あまりにも可哀想じゃないか」

鳶羽のイラストを眺めながらボヤけば「泣き寝入り？」と、背後から問い掛けられた。

また、アイツか。

「覗き見なんてダサい真似、やめろよ」

語気を強め、後ろを振り返れば、そこに立っていたのは例の男性店員ではなかった。

「あ？」と、刑事が睨みつけてくる。

しまった、怒る相手を間違えた。ただでさえ、のらりくらりと例の交換条件、妹の恋愛事情についての報告を躱してきたのに、「ダサい真似をするなよ」なんて、癇に障る言い方をしてしまうとは。

俺は慌てて、「すみません、別のひとかと勘違いしてて」と言い訳を始めたが、兜の表情は険しいままだ。なにやら、様子がおかしい。その熱視線は俺の顔ではなく、こちらの手元に注がれていた。

「ちょっと、貸せっ」と、強引に俺のスマホを奪った刑事。彼は何の了承も得ずに、画面をスワイプしはじめる。

「この絵は、なんだ？」

ドスの利いた兜の問いかけに「いや、なんだと言われても」と、俺はしどろもどろになる。

「これをどこで手に入れた？　誰が描いたんだ？　まさか、おまえか？」

席にも着かず尋問を始めた刑事に、「モタモタしてねえで、さっさと答えろっ」と、怒鳴られてしまう。

この剣幕を相手に、煙に巻くのは難しいな。そう思い、こちらも腹を決めた。

「言えません。守秘義務がありますから」

「ということは、またおまえの患者か」

兜はこちらを睨みつけたまま、前の席に座る。しかし、まだスマホは返してくれない。画面をスワイプしたり、ピンチアウトしながら、店員を呼びつけ、「ホット」とだけ注文する。俺はその様子を眺めながら、このひとがこうも食い付くとは、なにか理由があるな、と考え始めた。

たしかに、鳶羽の絵は凄惨なものだ。しかし、殺人をテーマとした漫画にアニメ。この世は、そんなもので溢れている。実際の映像ならともかく、ただのイラストにここまで態度を豹変させるのは、どう考えてもおかしい。

そう推察したところで、兜の所作が変わったことに気付いた。画像を吟味していた先ほどまでと違い、タップするような動作が続く。まさかと思い、俺は「返してくださいよ」と強引にスマホを取り戻した。

画面を見てみれば、メールアプリが開かれている。危なく、画像の送信者を割り出される寸前だった。

「勝手に他人のメールを見るなんて、アンタに常識はないのか？」

呆れて言えば、「知ってるか？　殺人者を匿うのは、立派な犯罪なんだぞ？」と、彼は右の口角を上げる。

「ええ、そうでしょう。でも、本人の了承も得ずにメールを見ることだって、おそらく犯罪ですよ」

互いに睨み合い、無言が続いた。そこへ、刑事の注文したホット珈琲が運ばれてくる。珈琲カップをテーブルに置きながら、「あれ？」と、男性店員が首を傾げた。

「刑事さん、もうマリオネット事件の絵は見終わったんですか？」

問い掛けられ、兜はチッと舌を鳴らす。

「余計なことを言いやがって、この野郎」

強面の刑事にギロリと睨まれ、店員は苦笑いを浮かべる。そして、誰にも呼ばれていないのに、「あ、はい」と厨房へ向かって返事をし、すごすごと戻っていった。

「マリオネット事件？」

こちらが眉を上げて聞き返せば、「一昔前に、都内で話題になった連続殺人事件の通称だよ」と渋々、答えてくれる。

「被害者の女性は皆、ロープで樹から吊るされていた。肘、手首、腰に膝と、関節を固定されるような形でな。その様子が操り人形に似てるから、マリオネット殺人事件と呼ばれるようになったんだ」

その猟奇的な光景を頭に思い浮かべ、俺は思わず顔を顰めた。

「年に一度くらいのペースで、少なくとも四人の女性が殺されたんだが、最後に被害者が出たのは、もう十年前だ。大した手掛かりも得られず、そのまま迷宮入りしたよ」

「未解決事件というやつですか」

言われてみれば、どことなく聞き覚えはあった。

十年前というと、俺はまだ二十歳そこそこ。医大で剣道に熱中していた頃だが、〈公園で宙吊りの他殺体を発見〉という見出しを、新聞かどこかで見たような気がする。

珈琲を一口飲み、「さっきの絵を、もう一度見せてみろ」と、兜が要求してきた。

「え、なんで?」

「いいから、見せろよ。もう、無理やり奪ったりしねえから」

刑事が見たがったのは、中上も持っていた三枚目のイラスト、女性の顔がアップになった絵だった。この男の口約束など、信用できるわけがない。俺は再び奪われないよう、スマホを両手で保持しつつ、要求されたイラストを彼に見せた。

すると、「やっぱり、そうだ」と、兜は顎を引く。今度は自分のスマホを操作し始め、「ほら」と、ある女性の証明写真を見せてくる。

パサついた茶髪といい、少し生意気そうな顔立ちといい、それはまさに、鳶羽の悪夢に出てきた女性と瓜二つだった。俺は何度も写真とイラストを見比べながら、「この女性は？」と、彼に問い掛ける。

「山根麻美子、十七歳。マリオネット事件、最後の被害者だよ」

刑事に言われ、ゾクッと肌が粟立った。

心臓とともに、人殺しの記憶まで移植されてしまった女の子。それはこれまで、信憑性のない、ただのオカルト話にしか過ぎなかった。しかし、悪夢の登場人物が実在する女性、しかも、実際の殺人事件の被害者となれば、話は変わってくる。

「その山根という女性の死因は、扼殺ですか？」

「ああ」刑事は頷き、「だが面白いことに、凶器はロープじゃない。被害者が樹から吊るされてるんだから、誰だって、そのロープを使って首を絞めたと思うよな。でも――」

「手で直接、絞められてたんですよね」

先に言われ、「なぜ、それを知ってる？」と、兜が睨みつけてくる。しかし、そんな質問に答える余裕など、俺にはなかった。

「服装は？」

「あ？」

「殺された時に、その山根麻美子が着ていた服ですよ。もしかして、Ｔシャツに膝ぐらいの丈のスカートですか？　足は裸足でした？」

「なんで、そんなことを」とブツブツ言いながらも、刑事は情報を調べてくれる。そして、

「当たりだよ。無地の黒いTシャツに膝丈の赤いスカート。靴下は履いておらず、サンダルを着用していたらしい」と、スマホを仕舞った。

兜が、じっとこちらの顔を見つめてくる。俺はその視線を無視して、自分のスマホで例の画像ファイルを開いた。

イラストはほぼモノクロなので、赤だの黒だの、服装の色が正しいかどうかは定かじゃない。しかし、丈の長さや、彼女が素足である点は完全に一致していた。しかも、〈あのひと〉ファイルの中には、彼女が樹から吊るされる描写まであるのだ。

やはり、心臓の元の持ち主が殺人鬼だったのだろうか？

こちらがパニック状態になっているところへ「そろそろ、絡繰りを教えろよ」と、刑事が声を掛けてくる。

この訝し気な表情には、見覚えがあった。以前、殺人事件の犯人だと疑われた際に、散々見た顔だ。

「まさか、また俺を殺人鬼扱いするつもりですか？」

溜め息まじりに訊けば、「可能性はゼロじゃない」などと言われてしまう。

「なるほど。じゃあ、俺が十年も前に逃げ切った事件の模様を、わざわざイラストに起こして刑事さんに見せつけたと、そう疑ってるってことですね」

その馬鹿馬鹿しさを強調するため、わざと煽るような口調で言ったのだが、「『逮捕できるもんならやってみろ』って、警察を挑発したがる輩もいるからな」と、刑事は怯まない。

「はいはい、分かりました。アンタはどうあっても、俺を殺人鬼に仕立て上げたいんだな」

「それが嫌なら、疑われるような真似はやめろ」

先ほどまでニヤついていた顔が、急に冷たさを増した。捜査一課の刑事らしい威圧感を身に纏い、「とっとと吐け。そのイラストの作者は誰だ?」と、凍てついた視線でこちらを刺してくる。

「だから、さっきも言ったじゃないですか。守秘義務が——」

「シリアルキラーを守る義務なんて、この国にはねえんだよ。新たな被害者が出たらどうするつもりだ?」

「でも、最後の被害者が出たのは十年も前だって」

「ああ、そうだ。しかし、衝動を完全に抑え込める殺人鬼なんて、この世にいると思うか?」

兜はこちらの返答も待たずに、「いねえよ」と言い切った。

「我慢に我慢を重ねたところで、いずれ爆発するもんさ。そして、失った時間を取り戻すように、殺しまくる。この惨劇を事前に止められたかもしれないのに、それでも先生は犯人を匿うんだな？」

まるで、それが確定事項かのように刑事は語る。しかし、彼は知らないのだ。

どんな化け物でも、心臓を失っては生きていけない。記憶転移の話が本当だとすれば、彼の危惧する殺人鬼はとっくにこの世を去っている。

この事実を告げれば、兜も大人しくしてくれるかもしれない。しかし、記憶転移などというオカルト話を、この頭の固い刑事が信じてくれるかどうかは、賭けだ。そして、ギャンブルに負ければ、この男は鳶羽を容赦なく尋問するだろう。

ただでさえ幼く弱い、俺の患者。彼女のメンタルヘルスを考えれば、下手に情報を漏らすべきじゃない。

俺は覚悟を決め、「これじゃ、話にならないな」と席を立った。

「逃げるのか？」

「仕方ないでしょ。匿うとか匿わないとか、そんな思考回路しか持たないアンタに、ヒポクラテスの誓いなんて唱えたところで無駄でしょうから」と、俺は財布から取り出した千円札を、テーブルの上へ投げる。

「じゃあ、質問を変えよう」刑事は言い、「逃がすと思うか？」と、こちらを睨みつけた。

「やっぱり、何を言っても無駄だな」

俺は溜め息を落とし、出口に向かう。そこへ「おい」と呼びかけてきたので、「いい加減にしてください。患者のことは話せませんって」と返せば、「マリオネットの話じゃない」と言われる。

「そっちは、まあ、今は措いておこう。それよりも、妹の報告がまだだぞ」

真面目な顔をして言う刑事。それを無視して、俺はサンセットをあとにした。

4

「それにしても、大丈夫なんですか？」

運転手席から、唐突に水城が問い掛けてきた。主語を飛ばして話すなよと思いつつ、「なにが？」と俺は聞き返す。

「今から行く、病院のことですよ。相模原市民病院でしたっけ？」

「それがどうした」

「アポも取ってないんですよね？　いくらこっちが医療関係者だからって、いきなり行って大丈夫なのかな」

水城は心配そうに言う。まあ、その気持ちも分からないでもない。

わざわざ休みの日に、レンタカーを借りて神奈川まで向かい、その結果が門前払いだなんて、誰だって避けたい結末だろう。俺は少しでも彼女の不安を和らげようと、「大丈夫だよ。相模原市民病院で働いてる知り合いに、ちゃんと話は通してあるから」と答えた。

「その知り合いって？」

水城に訊かれ、「誰だっていいだろ。それよりも、運転に集中しろよ」と、俺はそっぽを向く。

そこで、ダッシュボードの上にいたチンチラと目が合った。どこから持ってきたのか、玩具（おもちゃ）のようなビーチベッドに寝そべり、小さなサングラスまでかけている。

「日光浴気取りかよ」

小声で言えば、「はい？」と水城が反応してしまった。

「なんでもない、ただの独り言だ」

運転手に取り繕ったところで、「嬢ちゃんにも、事情を話しておいた方が良いんじゃないか、相棒？」と、テンが訊いてくる。

こいつが言っている「事情」とは、うちの父親のことだ。相模原市民病院は、ベテラン外科医である父の職場。つまり、さっき言った知り合いというのは、錦直久（なおひさ）のことになる。

「勝手に外科医を辞めたせいで、親父さんとはバチバチ。だから、急に職場を案内しろなんて言っても、アポが取れるとは思ってなかったんだよな？」

フロントガラスから差し込む陽（ひ）で日光浴を楽しみながら、チンチラは言う。毛むくじゃらのくせに日焼けなんてしないだろ、と冷ややかな視線を向けつつ、俺は軽く首肯した。

渡部兜との白熱したやり取りから数週間が経ち、その間、通院している鳶羽とは何度も診察を重ねたが、睡眠指導を行っても、眠剤を試してみても、効果は見られない。従来のやり方では、彼女の悪夢を防げなかったのだ。

眠ると現れる過去の亡霊。なんとかそれを退治してやろうと、退行催眠なども試してみたが、空振り。残された手段がどんどんと枯渇していき、途方に暮れていた俺のもとに、元同僚から連絡が入る。

助間直敏。それが、中上が関係者を当たって見つけ出した、ドナーの名前だそうだ。

彼は一年前、三十六歳という若さで、突然、この世を去った。死因は脳梗塞で、ドナー登録をしていたため、その心臓は若い女性へと移植されることになる。

鳶羽の新しい心臓。その元の持ち主であり、もし記憶転移という現象が現実に起きているのならば、悪夢を植え付けた人物でもある。つまりは、マリオネット連続殺人事件の真犯人ということだ。

鳶羽の治療は頭打ち。ならば、ドナーの情報に解決の糸口があるのかも。そう考えた俺たちは、この助間というドナーの調査を始めた。生前、彼が医師だったという事実にも驚いたが、それ以上に刮目させられたのは、その職場だ。

相模原市民病院、つまりは父の主戦場である病院に、この男も勤めていたのである。父は二十年近く相模原市民病院で働いているので、院内での影響力もそれなりにあるだろう。

協力してもらえるのなら、これ以上のコネはない。

しかし、俺が外科医の頃ならまだしも、反目し合っている現状で父は手を貸してくれるだろうか。恐る恐る、送ったメール。頭の固い父さんは理解しないだろうと、記憶転移の話はぼやかしたが、〈患者の治療のため、相模原市民病院の人間と話がしたい〉という旨は伝えた。

すると、意外にも〈わかった、話は通しておく〉と返事がくる。〈今日中に〉という息子の無茶な注文にも、〈なら昼過ぎに来い〉とすんなり応えてくれたのだが、どこまで本気で動いてくれたのかは分からない。

「長い回想だったな、相棒」と揶揄ってきたテンが、サングラスを上にずらし、運転席の方を見る。「嬢ちゃんも、心配そうにチラチラ見てるぞ?」

「そうだな。そろそろ話しておこうか」

彼女から見れば、ただの独り言。それに水城が「わたしに言ってます?」と訊いてきた。

「実は、さっき言ってた知り合いってのが、うちの父親なんだ。それで――」

事情をあらかた話し終えた頃、レンタカーが目的の降り口を降りていく。

「なにはともあれ、ここまで来たんですから。あとはお父さんがちゃんとセッティングしてくれたと信じて、行ってみましょうよ」

「そうだな。いまさら気を揉んだところで、結果が変わるわけじゃないし」

諦めにも似た返事を返し、俺は窓の外を眺めた。寂れた田舎道というほどじゃないが、やはり都内と比べれば多少の場末感がある。

そんな地元らしい風景を眺めていると、すぐに目的地が見えてきた。

相模原市民病院に到着した俺たちは、駐車場にレンタカーを停め、さっそくその総合受付へ向かう。父に教えられた事務員の名を伝えれば、すぐに頭髪の薄い中年男が受付に降りてきた。

挨拶もそこそこに、「さあさあ、こちらへ」と二階へ連れていかれ、応接間のような部屋に通される。予定よりも早く到着したせいか、まだ準備が整っていないのだろう。

「金梶先生の手が空いたら、また迎えにきますので。それまで、こちらでお待ちくださ い」

ヘコヘコしながら、出ていった事務員。その様を見た水城が「先生のお父さんって、よっぽどの大物なんですね」と言ってくる。

「まあ、腐っても外科部長だからな」

俺は言い、テーブルの上に用意された菓子をひとつ、手に取った。

「ところで、カネカジ先生って、誰のことですか?」

「金梶由宇って、精神科の先生だよ」

「なるほど」出された珈琲を一口飲み、「それにしても、驚きですよね。まさか、世間を騒がせた殺人鬼の正体が、精神科の先生だったなんて」と続ける。

「おい、大きな声でそんなこと言うなよ」

「でも、先生だってそうだと踏んでるから、わざわざこうやって神奈川まで聞き込みに来たんでしょう?」

「だからって、ここの関係者に聞かれたら、どうするんだ」

「もう、誰も聞き耳なんて立ててませんって」軽く不貞腐(ふてくさ)れた水城が、「やっぱり、紗季ちゃんの精神科嫌いは、心臓のせいなんですかね?」と、性懲りもなく話を続けた。

俺は呆れつつ、「かもな」と、会話に付き合ってしまう。

「夢に出てくる殺人精神科医なんて、まるでホラー映画みたい」

水城が身を震わせたところで、ガチャリと部屋の扉が開く。てっきり、さっきの事務員が顔を覗かすと思っていたが、現れたのは白衣姿の女性だった。

五十前後の医師。黒髪を後ろで纏め、笑顔ではあるが、少しこちらを警戒しているようにも見える。そんな彼女が「お待たせしました、金梶です」と会釈した。

こちらも立ち上がり、「錦です」と名刺を渡す。すると、「もしかして、外科部長の関係者かしら?」と訊かれた。

「ええ、その息子です」

「なるほど、その縁で」とだけ言って、彼女は名刺をポケットに仕舞う。

おそらく、あの事務員からは何も詳しい事情を聞かされていないのだろう。外科部長め、面倒ごとを押し付けやがって、と思っているのが、彼女の表情に表れていた。

「なんでも、患者のことで質問があるとか？」

金梶に問い掛けられ、「まあ、はい」と、俺は曖昧(あいまい)に返した。本来の目的はかつての職員、助間の情報収集だが、そう直球では尋ねられない。

「では、うちの医局に移動しましょう。ここだと、電子カルテの端末もないので」

彼女は言い、俺たちを精神科病棟のある地下階へと案内してくれた。おそらく、そこに医局室もあるのだろう。

「地下の病棟なんて、珍しいですね」

俺が世間話ついでに言えば、「うちには病棟が二つあるんです。ひとつは軽症の患者さんが入る病棟で、そちらは別棟に」と金梶は言う。

「ということは、こちらには重症の患者が？」

問い掛けたところで、エレベーターが地下に到着した。開いた扉の向こうに現れたのは、一目で分かる閉鎖病棟だ。

出入り口は常時施錠されており、病院のスタッフに頼まない限り、中の人間が出られない仕組みになっている。つまり、ここは措置入院や医療保護入院など、拘束が必要な精神疾患を取り扱う施設なのだろう。

まさに、鳶羽の怖れていた牢獄のような場所。その脇に、精神科医局はあった。とくに病棟の説明などはせず、「どうぞ」と、金梶が医局の扉を開く。中では、研修医くらいの若者がひとり、ノートパソコンで作業を行っていた。彼には声もかけず、「あそこのソファーで話しましょう」と言う彼女に誘導されるまま、腰を下ろす。

「それで、話とは？」

腕も脚も組み、金梶はテーブルの向こうから問い掛けてきた。余所行きの笑みを浮かべてはいるものの、彼女の警戒心が見て取れる。

それもそのはずで、他施設に患者の情報を求める際は、手紙でやり取りするのが本来のやり方だ。そっちの方が圧倒的に楽だし、わざわざ先方まで足を延ばす者なんて、普通はいない。

目的も告げず、父親というコネまで使って、時間を作らせた。それは、これからデリケートな話題を扱う、と宣言しているようなものだ。

「実は、うちのクリニックに通院している患者のことで、お話を伺いたくて」

こちらが切り出すと、金梶は先ほど俺が渡した名刺を、ポケットから取り出した。それをまじまじと見ながら、「元は我々が診ていた患者で、その情報が欲しいということでしょうか？」と、尋ねてくる。

「いえ、彼女にこちらの受診歴はないと思います」

あてが外れ、小首を捻る医師。「では、なぜうちに？」と、その警戒心が増す。

「ちょっと詳細までは伝えられないんですが、以前、こちらに勤めていたある医師と、なにか問題があったようで」

用意していた設定を語れば、金梶は眉間に皺を寄せた。

「あなた、本当に錦部長の息子さん？」

不祥事のスクープでも狙（ねら）っている記者、もしくは捜査機関の人間だとでも、思われたのだろうか。彼女は「たしか、息子さんも外科医の道に進んだと、以前、本人の口から聞いたことがあるんですけどね」と、猜疑心に満ちた視線を送ってくる。

「嘘はついてません。私の父は錦直久ですよ」

溜め息まじりに言い、「たしかに、以前は外科医をやっていました。でも、今は睡眠医です。色々あって、転科したんですよ」と、俺は続けた。

社会人の嗜（たしな）みなのか、「色々あって」の部分に彼女は踏み込んでこない。代わりに「その、患者と問題があった医師というのは？」と、訊いてきた。

「助間直敏さんです」

「ああ、助間先生なら去年――」

「亡くなられたんですよね？」

言葉尻（ことばじり）を奪われた金梶が、「ええ」と、怪訝（けげん）そうに頷く。

「正直、故人について色々と穿り返すのはどうかなと思うんですよ。でも、患者さんから気になる話を聞かされまして、心苦しいながらも、こうして、お話を聞きにきたという次第で」

「ちなみに、その『気になる話』というのは？」

「その前に、助間先生がどんな方だったか、教えてもらえませんか？」

質問に質問で返すのは心苦しかったが、構わず、俺は尋ねた。こちらの事情は、なるべく知られない方がいい。

少し不満そうにしたものの、金梶は「そうね、真面目で患者想いの良い医師でしたよ」と答えてくれる。

彼女によれば、助間の性格は温和で、口数は控えめ。人当たりも良く、残業を自ら買って出ることも珍しくなかったそうだ。

「助間くんが誰かと揉めているところなんて、わたしは見たことがありません。患者はもちろん、スタッフとも関係は良好でした」

「なるほど、なるほど」と俺は相槌を打ちつつ、水城と顔を見合わせる。予想していたような悪評が聞けなかったのは、意外だった。

こちらだって、「彼は危険人物でしたよ」などと、ハッキリ言われるとは思っていない。それでも、助間にはどこか擁護しきれない部分がある、と踏んでいた。しかし、金梶から聞けたのは、少なくとも、女性を殺して樹に吊るすような男の人物評ではない。

「なにか引っかかるというか、気になる性格や素行はありませんでした？」

こちらが食い下がったせいで、金梶に「何を疑ってるの？」と訊かれてしまう。

「いや、我々が聞いていた話とはずれがあるなと、思いまして」

「それは、その患者さんの方が嘘をついているんじゃないですかね」

溜め息まじりに言われ、俺は「いやあ」と苦笑するしかなかった。せっかく、断腸の思いで父と連絡を取り、相模原まで来たのに、このままでは無駄足確定だ。

俺たちが諦めかけた頃、金梶のＰＨＳが鳴った。

「はい――え？　――分かった。じゃあ、今から行くわ」

短い会話で電話を切り、「すみません、ちょっと外来の患者さんのことで呼ばれちゃって」と彼女は言う。いかにも、とっとと帰れという圧力が伝わってきたが、「では、ここで待たせてもらっても？」と、俺は踏ん張った。

「長くなるかもしれませんよ？」

「大丈夫です。予定は空けてきましたから」

「分かりました。では、少し中座させて頂きますね」金梶は立ち上がり、「小黒（こぐろ）くん、ちょっとお客さんの相手を頼める？」と、医局にいた若い男に声をかける。

「はーい」と部下の返事を聞いてから、金梶由字は医局を出ていった。

周りにひとがいなくなったのをいいことに、「なんか、ワイドショーで聞く『アレ』みたいでしたね」と、水城が耳打ちしてくる。

「アレってなんだよ」

「ほら、よく犯人が捕まると、そのお隣さんとかにインタビューするじゃないですか。そこで近所のひとはみんな、こう言うんですよ。『普段は大人しい方でしたよ』とか、『まさか、そんなひとだったなんて』ってね」

得意顔で言う水城。そのフクロウのような横顔を眺めながら、「たしかに、そんなシーンをテレビで見たことがあるな」と頷く。「でも、金梶さんは精神科医だぞ？」

常日頃から、ひとの内面ばかりを観察している集団。それが精神科医だ。殺人鬼が近くに潜んでいたとして、彼ら全員がその仮面に騙されるとも思えない。

「一般人ならともかく、彼女なら、そんなファサードも見抜けるんじゃないかな」

「先生こそ、お忘れですか？」

探偵気取りの看護師が、チッチッと人差し指を振る。

「たしかに精神科医というのは、人間の本性を見抜けるよう、特殊なトレーニングを受けているはずです。普通なら、彼らを騙すのは難しいでしょう。でも、この場合は当てはまらないんですよ」

「その心は？」

「だって、助間直敏も同じトレーニングを受けてたわけじゃないですか」

「なるほど、騙す方もプロなら、騙される方もプロ。そんなせめぎ合いの中で、助間の方が一枚上手だったと、そう言いたいんだな」

「それに、精神科の先生たちだって、患者さんならともかく、同僚にまでずっと気を張ってるわけじゃないですよ。ほら、うちの院長だって、見抜けなかったじゃないですか」

彼女の言っているのは、かつて患者として狩宿クリニックに通っていた、あるシリアルキラーのことだ。たしかに、彼の本性を狩宿は見破ることが出来なかった。

「いくら精神科医でも、過信は禁物。他人の目を信じ過ぎるのは、危険だってことだな」

こちらが呟けば、「偉そうに言ってますけど、忘れてませんか？　先生だって見抜けてなかったんですからね」と、水城が目を細める。

「ああ。そして、君もな」

返す刀で言うと、彼女は笑った。俺も釣られて、フッと笑いを零す。そこへ「あの」と、背後から声をかけられた。

「うわっ」と驚き、振り返れば、すぐ後ろに小黒が立っている。

黒ぶちメガネに、うねった茶髪。遠くから見たときは、まだ研修医かなと思ったが、近くで見るとそこまで若そうにも見えない。少なくとも、俺と同世代くらいだろう。

あんぐりと口を開け、固まったままの俺たちを余所に、彼はソファーを回り込む。そして、さっきまで金梶が座っていたあたりに腰を下ろした。

「助間先生のことについて、聞き込みにきたんですよね？」

男に問われ、「まあ、はい」と頷く。「聞き込み」と言われてしまうと、なにやら刑事のフリでもしているような気分になるが、間違ってはいない。

「小黒先生も、彼と一緒に働いていたんですか？」

「はい。と言っても、一年くらいですが」

メガネの位置を直しつつ、小黒はその小さな瞳でこちらを見た。なにか、伝えたいことでもあるのだろうか。そう思い、「どんな方でした？」と、彼に尋ねてみる。

「ええ、概ね、さっき金梶先生が言ってた感じの印象です。でも、ちょっと気になることもあって」

彼は言い、医局の扉の方を見た。突然、金梶が帰ってくるのではないか、と不安なのかもしれない。

「どんなことでもいいので、教えてください。うちの患者さんを助けると思って」

俺が頼み込むと、小黒は視線をそのままに「実はうちにね、ある患者さんが長期入院してまして。それが、助間先生の関係者なんですよ」と教えてくれた。

「関係者というのは、家族かなにかで？」

「ええ、奥さんです」

俺と水城の「え」という声が重なる。夫が直接、自分の妻を診ていたなんて、他科ならともかく、精神科では珍しい対応のように思えた。

「精神科って、私情が入るのは厳禁みたいな印象があるんですけど、そういうのって、ありなんですか？」

怖いもの知らずの水城が、グイッと踏み込む。その度胸を面白いと思ったのか、「ちょっと薬を出すくらいのことはありますが、入院後の管理までやるのは、さすがに珍しいかな」と、小黒は笑顔で答えた。

「それが、さっき言われていた『気になること』ってやつですか？」

「ええ。しかも、スタートが措置入院ですからね」

再び、「え」と、俺たちの声が重なる。

「まさか、入院を決めたのは夫である助間直敏じゃないですよね？」

「その『まさか』です」

さすがにそれは禁じ手だろう。措置入院、つまりは夫が妻を強制的に入院させたということだ。いくら精神科医とはいえ、そんなことが法律上、許されているのだろうか。

「もしかして、出会いの場が診察室だったとか？」

俗に言う、患者に手を出した、というやつだ。

道徳的にどうかと思うものの、その奥さんというのが元から精神疾患を抱えた患者で、当時から助間がその主治医だったのなら、結婚後も同じ関係が続いていても不思議じゃない。そう考えて俺は尋ねたのだが、「違います」と、小黒に首を振られてしまう。

「なんの既往もなく、二十代後半で発症した破瓜型の統合失調症。その珍しさもあって、当時も助間先生に同情するひとは大勢いましたね」

女性の場合、統合失調の平均的な発症年齢は、二十歳から三十歳前後と言われているが、それは妄想型や緊張型と呼ばれるタイプで、破瓜型というのは少し毛色が違う。多くは、十代の若い男女に見られる病型であり、成人女性に発症するのは稀だ。

症状は苛烈で、治療は困難。精神疾患の既往もなかった奥さんが突然、そんな病に見舞われれば、誰だって同情するだろう。

「会いに行きますか？」

唐突な小黒の提案に、俺と水城は顔を見合わせた。

「そんなことをして、大丈夫なんですか」

「金梶先生に見つからなければ」

返事を待たずに小黒は立ち上がり、案内を始める。しかし、反対する理由もないので、俺たちも黙ってそのあとをついていった。

医局を出て、施錠された入り口を通り、閉鎖病棟に入る。その廊下を先導しながら、

「助間先生が亡くなる、少し前くらいにね、僕はこの病室のひとつに泊まったことがある

んですよ」と、小黒が言ってきた。

「それは、患者としてですか？」

「いやいや」案内人は苦笑いで否定してから、「当時は論文の執筆に行き詰まってまして、ここなら集中できるかなって、空いてた病室をこっそり利用したんですよ」と、部屋のひとつを覗き込む。

強化ガラスの張られた、丸い窓。俺たちも釣られて覗き込めば、中の患者と目が合った。白いクッション素材で覆われた壁と床。その中央に、全裸の男性が立っている。彼は直立不動で、ずっとこちらを見つめていた。

「あーあ、また脱いじゃったか」

冗談っぽく言い、小黒はまた歩きはじめる。

「でも、こういう病室って内側から鍵が開かないんですよね」

「患者さんには開けられませんけど、僕らはほら」と、小黒が白衣のポケットから鍵束を出してきた。

「なるほど、それもそうか」

「でも、執筆の途中で眠たくなっちゃって。その日は、ベッドで仮眠を取ってるうちに、深夜まで寝過ごしてしまいました。それがちょうど、彼女の隣の部屋でしてね」

足を止めた小黒が、再び病室の窓を覗き込んだ。

「あれが、助間直敏の奥さんですか？」

奥の壁際に座る、長い黒髪の女性を指して訊けば、「ええ、助間知佳さんです」と、彼が頷く。

彼女はこちらに背を向けているので、その顔までは見えない。代わりに、唄のようなものが聞こえてきた。

「ああして、ずっと鼻歌を口遊んでいるんですよ。一日中ね」

「これは『通りゃんせ』かな」

呟いた水城に、「メロディーはね。でも、歌詞はオリジナルみたいですよ」と小黒が言うので、俺も耳を澄ませてみる。

ゆっくりとした調べに乗り、扉のこちら側まで流れてくる、不気味な替え歌。俺はゾッとして、思わずドアから一歩、後退ってしまった。

「気持ち悪いな」

つい、口を衝いて出てしまった本音。それをハハッと笑い、「ここからだと聞き取り辛いけど、隣の病室からはもっとハッキリ聞こえるんですよ。あの夜も、僕はこれを子守唄代わりに聞きながら、眠ってしまったんだ」と、小黒が続ける。

「目を覚まし、時計を見てみれば、もう深夜。今夜の当直当番は誰かな、なんて思っていたところで、隣から助間先生の声が聞こえてきたんです。その頃には彼女の唄も、もう止んでいて、『ああ、当直中に奥さんを診にきたのか』と」

「そこで、二人の会話を盗み聞きしようと考えたんですね」

水城がなんの悪気もなさそうに毒を吐いたので、俺は「おい」と彼女を肘で小突く。

「構いませんよ。なにせ、その通りなんですから」

小黒は苦笑いで言い、「単純に興味があったんですよね。精神科医と精神疾患患者の夫婦、そんな関係の彼らが、二人っきりで何を話すのかなって」と続けた。

「それで、二人はどんな会話を？」

「正直、当時から知佳さんはあんな感じだったので、ちゃんとした会話にはなっていませんでしたね。彼女はほとんどなにも言わず、たまに『ウッ』とか『ヒッ』とか、悲鳴のようなものを漏らすだけで」

「まさか、殴ってたとか？」

「いや、さすがにそれはないと思いますよ。他の医師やスタッフも彼女の診察はするわけですから、殴られた痕なんかがあれば、分かります」

「じゃあ、なぜ悲鳴を？」

「分かりません。でも、それよりも僕が驚いたのは、助間先生の声の方でして」

小黒は言い、腕を組む。「話してる内容は『心配要らない』とか、『君は完璧（かんぺき）なんだ』とか、愛する妻に向けられるようなものだったんですけど、その声色にね、何とも言えない圧力のようなものがあって」

「怒ってるような声ですか？」

「いや、そうじゃないんです。でも、声を張っていないのにも拘(かか)わらず、迫力があって、僕はそれを怖いと思ってしまった。助間先生が病室を去り、再び、知佳さんの唄が聞こえてくるまで、ずっと息を殺してやり過ごすほどにね」

彼は再び病室を覗き込んだのだが、その目には同情心が表れていた。そこへ、また、助間知佳の歌声が聞こえてくる。

赤いレンガと、黒い土。

ここは楽園の物陰、人形たちの躾(しつけ)の場。

この血も涙も汗さえも、全部飲み込む樫(かし)の木が。

墓標になるのはいつの日か。

寒気のするような歌詞に、「相変わらず、怖い唄だな」と、小黒が笑った。

5

「良かったんですか？」

運転しながら、またもや、水城が主語のない質問を投げかけてきた。

「なにが？」

「お父さんのことに決まってるじゃないですか」運転手はあからさまな溜め息をつき、「色々とセッティングしてくれたのに、本当に会わなくてよかったんですか？」と、こちらを見る。

「いいんだよ、あっちも忙しいだろうし。それに、今はこっちの方が先決だろ」と、俺は手に持っていたスマホを揺すった。画面には、とある連絡網の写真が表示されている。

恐怖の閉鎖病棟ツアーの終わりに、「他に知ってることは？」と尋ねたところ、小黒が教えてくれた最後の情報。それがこの、連絡網に記された住所と電話番号だ。「すみません」とだけ断りを入れ、俺はその写真をスマホに収めた。

どうやら助間夫婦は、病院近くの一軒家に住んでいたらしい。金梶の帰還を待たず、逃げるように病院をあとにした俺たちは、いま、その情報を元に、彼らの自宅へ向かっている。

いないだろう。

小黒によれば、助間夫妻に子供や同居家族はおらず、二人で暮らしていたそうだ。夫は一年前にこの世を去り、妻は長期入院中。訪ねたところで、インターホンに答える人間はいないだろう。

念のため、自宅の固定電話らしき番号にもかけてみたのだが、繋がらなかった。

「しかし、家が売却された可能性だってある。その場合は、新たな住人に入れてもらえるかもしれないだろ？」

「こんな怪しい連中、わたしだったら絶対、家に入れないけどな」

運転手が士気の下がるようなことを呟いたところで、ナビが「目的地、周辺です」と告げてくる。

「あの、屋根が赤い家かな」

水城は言いながら、その家の前にレンタカーを停めた。閑静な住宅街の一角に路駐し、俺たちは車を降りる。建物を見上げ、「これが、殺人鬼の住むような家か？」とぼやけば、水城も「なんか、普通ですね」と頷いた。

何の変哲もない、一軒家だ。二人で住むには少し大きいような気もするが、違和感を覚えるほどじゃない。

茶色がかった赤い屋根に、クリーム色の壁。家の軒先に、屋根だけの駐車場があり、その脇をコンクリートで舗装された小道が、玄関からゲートまで繋げていた。

「表札は『助間』のままだな」

俺が敷地内を覗き込んでいる隣で、「ここでグダグダ言ってても、埒が明きませんよ」と、水城がインターホンを押す。ピンポーンと二回聞こえたが、返答はなかった。

「やっぱり留守のようだな」

「留守っていうか、空き家でしょ」彼女は言い、今度は郵便受けを覗き込もうと、その弁になってる部分を押し込んだ。「あれ、開かないな。中で郵便物が引っかかってるみたい」

「今も現役で誰かが住んでたら、そんなに郵便物も溜まらないはずだがな」

やはり、ただ留守にしているというよりは、空き家の可能性が高そうだ。かと言って、売りに出されているような雰囲気もない。

「これは、完全に手詰まりだな」と諦めようとしたところで、ゲートの把っ手を摑んだ水城が、ガチャリとそれを回した。鍵はかかっていなかったようで、ギギッと錆びた音と共にゲートが開いていく。

「おい、まさかとは思うが、やめておけよ」

同僚の忠告も虚しく、敷地内に大きく一歩踏み出した水城。彼女は、「いいじゃないですか、誰も見てませんって」と、悪戯っぽい顔でこちらを振り返った。

「こんな真っ昼間から不法侵入かよ」

俺が頭を抱えている間にも、暴走ナースはずんずん奥へと進んでいく。「いいか、建物の中には入るなよ？　庭だけだからな？」と妥協案を出しつつ、そのあとを追いかける。

駐車場脇の小道を渡り、玄関前に到着した水城が、何の躊躇（ちゅうちょ）もなく、そのドアノブに手をかけた。まるでお笑い芸人のフリとオチだな。俺は嘆息しつつ、後ろからその様子を眺めていたが、ありがたいことに扉はガチャンッと音を鳴らし、水城の侵入を防いでくれた。

「チッ、こっちはちゃんと施錠してたか」

暴走ナースは残念そうに言って、今度は建物を回り込みはじめる。しかし、裏庭に出たところで、彼女は急に足を止めた。近隣住民の目を気にしながら進んでいた俺は、前を見ていなかったせいで彼女の背中にぶつかってしまう。

「急に止まるなよ、ビックリするだろ」

文句を言いつつ裏庭を見ると、彼女が急停止した理由が分かった。

想像していたような、小さな庭じゃない。家の敷地面積と同じ、いや、それ以上はありそうな、広い庭園。そこには、様々な植物が鬱蒼（うっそう）と生い茂っていた。

庭の左右は三メートルほどありそうな背の高い生け垣に挟まれていて、奥は完全な森と化している。裏庭というより、庭がそのまま裏手の山と繋がっているような感じだ。

庭の左手は小さな藤棚みたいになっていて、その下に椅子やテーブルが置かれていた。

庭の右手は、手前にプランターが並んだ棚があって、その奥は野放しの藪と化している。

「圧巻だな。まるで緑の楽園だ」

「廃棄された植物園って感じですね」

時期が春先とあって、まだ植物たちには元気がない。もうちょっと外気が暖かくなれば、庭を緑が埋め尽くし、足の踏み場もなかっただろう。

庭の手前でしゃがみ込んだ水城が、何を思ったのか、素手で地面を払いはじめる。すると、地面にレンガが埋め込まれていた。雑草と泥に覆われていたせいで、ぱっと見では分からなかったが、レンガ敷の小道が、蛇行しながら庭の奥まで続いているようだ。

そこで「通りゃんせ」のメロディーを口遊みはじめる、水城。脳裏に、閉鎖病棟で見た助間知佳の後ろ姿が浮かぶ。

「怖いから、やめろよ」

俺が顔を顰めていると、「ねえ、先生。あれって、樫の木ですかね」と、水城が奥の森を指差した。森の中でも、頭ひとつ抜き出た一本の大木。おそらく、それについて彼女は訊いているのだろう。

「さあ、どうだろう。木の違いなんて、俺には分からないよ」

「ですよね。わたしも、園芸は趣味の範疇外なので、分かりません」

そう言うと彼女は立ち上がり、泥に覆われた小道を歩き始めた。もちろん、俺も後に続くしかない。

「なあ、急に無言でどうしたんだよ」

「歌ですよ、知佳さんの」と水城は言い、再び「通りゃんせ」の替え歌を聞かせてきた。

赤いレンガと、黒い土。ここは楽園の物陰、人形たちの躾の場。この血も涙も汗さえも、全部飲み込む樫の木が。墓標になるのはいつの日か。

歌い終わると、「この『赤いレンガ』と『黒い土』って、たぶん、ここのことじゃないかな」と、こちらを見る。

なるほど、たしかに小道に敷かれたレンガは赤色だし、土は黒っぽい。それに気付いて、助間知佳の唄と照らし合わせたのか。

「じゃあ、この庭が『楽園』ってこと？」

「ええ。そして、一番、陽当たりの悪そうな奥の部分が、その『物陰』かなって」

俺たちは答え合わせをしながら、庭の奥へと進んでいく。

「『人形たちの躾』ってのは、やっぱりあれのことかな？」

「ですよね。わたしも、知佳さんの唄を聞いて、すぐにあれだってピンときましたもん」

俺たちがあえて伏せながら話している「あれ」とは、当然、マリオネット殺人事件のことだ。犯人は、殺した被害者をロープで樹から吊るし、操り人形のようにポーズを取らせていた。これを「人形たちの躾」と呼ぶひとがいても、不思議じゃない。

このフレーズが彼の妻から聞けた時点で、俺たちの中では「助間が黒」と決まったようなものだ。

「となると、この奥が『躾の場』になるのか」

背の高い樹々に囲まれているせいで、まだ昼間だというのに辺りは暗い。そんな夜の森のような庭の奥で、ついに例の大木がその姿を現した。ひび割れた樹皮に、太い幹。俺たちのような素人でも、それがかなりの樹齢だと分かる。

「先生、あれって」と彼女が指差した辺りに、蛇のようなものが枝からぶら下がっていた。近づいてよく見てみると、それは縄の切れ端で、幹と太い枝の境に、その結び目が残されている。

「千切れたロープか」と、漏らした声が思わず震えた。

もちろん、これだけでは証拠不十分。もしも、助間がこの場にいて、「ブランコを作ろうとしたんだけど、ロープが切れちゃってさ。その残骸が残ってるだけだよ」なんて言われれば、それ以上の追及なんて出来ない。

しかし、彼の壊れた妻。そしてあの歌詞を合わせれば、彼女が置かれていた惨状が目に浮かぶ。水城が木の幹に手を置き、「この血も涙も汗さえも、全部飲み込む樫の木が。墓標になるのはいつの日か」と、歌詞の後半を口遊んだ。

「この間、兜さんが言ってたんだ。衝動を完全に抑え込める殺人鬼なんていないって。でも、代わりの発散方法を見つけたのなら、話は変わってくるよな」

十年前に止まった、マリオネットキラーの凶行。どれだけの間、犯人が我慢できたのかは知る由もないが、小黒によれば、助間夫妻が結婚したのもその頃だそうだ。

この十年の間に、彼女は何度、この樹から吊るされたのだろう？

夫の衝動を抑える生け贄、身代わりの人形。そんな虐待を繰り返されていれば、心が壊れたって不思議じゃない。

「知佳さんは、殺されはしなかった。でも、死ぬよりも酷い仕打ちをここで受けていたんだな」

そんな呟きが、春風に吹かれて消えていく。俺たちは不法侵入中であることも忘れ、そのまましばらく、墓標と呼ばれた大木を眺めた。

6

朝の三時過ぎ。もうそろそろ夜から朝へと移行する時間帯に、俺は診察室を離れ、カフェの厨房に来ていた。

患者の予約も途切れ、足を延ばすついでの暇つぶし。そのフリをして、狩宿らが仕事をさぼっていないかの抜き打ちチェックを密かに実行したのだ。案の定、また不気味な料理作りに勤しんでいた二人を叱り、俺の監視下で電子カルテへの移行作業を再開させる。

作業中の世間話は、次第に鳶羽紗季のコンサルトへと変化していき、相模原での顛末を聞いた狩宿が「なるほどねえ、記憶転移は本当だったか」と、唸るように言った。

「この場合、治療ってどうなるんでしょう」

「いや、前にも言ったように、僕にとっても未知の領域だからね」

医師同士で、ああでもないこうでもないと意見を交わしていると、電子カルテの打ち込み作業を担当していた島袋モモが、「そんなに難しいことなのかな」と、ぼやいた。

「だって、結局は他人の記憶なわけでしょ？　そんなの、気にしなければ済む話じゃん」

素人の無邪気な意見に、「あのね、モモちゃん」と狩宿が答える。

「移植された記憶だと自覚したところで、その記憶が消えるわけじゃないんだ。言ってみれば、自分が殺人鬼役のスナッフフィルムを、強制的に何度も見せられるようなものだよ。君なら、そんな拷問に耐えられるかい？」

「っていうか、スナッフフィルムって何？」と事務員が聞き返したところで、俺のスマホが震え始める。画面を見れば、渡部兜からの着信だった。

「こんな時間に、一体何の用だろう」

嫌な予感がして、俺は「もしもし」と出てみる。すると、開口一番で「おまえ、いまどこだ？」と訊かれた。

「どこって、クリニックですよ。まだ診療時間なので」

「一晩中、そこにいたのか？」

「ええ」と、こちらは正直に答えただけなのに、舌打ちが聞こえてくる。刑事の反応に、俺は不安になった。早朝からこの剣幕は、ただ事ではなさそうだ。

「なにかあったんですか？」

「出たんだよ、マリオネット事件の新たな被害者が」

はっきりと聞き取れたはずなのに、「え？」と聞き返してしまう。

「しかも、SNSで写真を拡散しやがった。完全な愉快犯だよ。大々的に、カムバックを宣言したんだ」

助間直敏は、すでに死んでいる。カムバックなんて、したくてもできないはずだ。なのに、十年振りのマリオネットが発見されたなんて、意味が分からない。

俺が口元を押さえ戦いていると、会話を盗み聞いた島袋モモが、その場でネット検索を始めてしまう。検索画面に〈マリオネット事件　写真〉と書き込めば、すぐに兜の言っていた写真が表示された。

樹から吊るされた、スカート姿の女性。その目はうつろで、生気がない。死体は、欧米人がするカーテシーのようなポーズを取らされていた。

まさに操り人形といった、その奇妙な構図に、俺は「うっ」と声を漏らす。

「写真を見たのか？」

「はい」

「なら、次に聞きたいことは、もう分かってるな？」

刑事に言われ、「患者の情報ですか」と返す。

「俺が危惧してた通りの展開になっちまったんだ。もう、見逃せねえよ」

兜に「さあ、吐け」と問い詰められ、言葉に詰まる。患者の個人情報を漏らすのは気が引けるが、そんなことを言っている場合じゃないというのも理解できた。

俺は逡巡（しゅんじゅん）の末、「渡部さん、信じてください。彼女が犯人だなんて、そんなのはありえないんですよ」と返す。

「彼女ってことは、女なのか？」

「そうです。しかも、二十一歳ですよ？　十年前、まだ十一歳だった女の子に、そんな真似が出来ますか」

記憶転移の情報は隠し、俺は刑事に訴えかけた。しかし、それだけでは、頑固な刑事の考えを変えられない。「たしかに、過去の犯行は無理だろう。でも、模倣犯の可能性は否定できない」と言われてしまう。

「無理ですって。彼女は成人しているとはいえ、病弱で体力もない。ひとを吊るすなんて、やろうと思っても出来っこありません」

「それを判断するのが、俺たちの仕事だ。大体な、あんな絵を描いてた奴がいて、偶然、その後に新たな被害者が出ました、なんて信じられるわけねえだろ」

「いや、でも」

「いいか、断言してやる。おまえの患者は、必ず事件と繋がってるんだ。犯人かどうかは別としてな」

そこまで言われて、俺は閉口してしまう。反論しようにも、言葉が出てこない。移植された記憶が、鳶羽の精神を乗っ取り、この世に殺人鬼を蘇(よみがえ)らせてしまったのだろうか？

「ちょっと、考える時間を下さい」

「分かった。しかし、長くは待てねえぞ」

刑事は言って、電話を切る。俺はスマホを手にしたまま、「本当に、彼女がこんなことをやったんでしょうか？」と、狩宿の方を向いた。画面に映し出された生々しい写真を見ながら、「まずは彼女と話すことが先決だね」と、院長は冷静に導いてくれる。

そこで再びスマホが振動を始めたので、俺は怒りに任せて「さすがに、短すぎるでしょ！」と、画面も見ずに電話に出た。

「なにをそんなに怒ってるんだよ」

受話器から聞こえてきた、兜とは違う声。画面を確認してみれば、着信の主は〈中上輝〉と表示されている。

「なんだ、中上か。どうしたんだよ、こんな時間に」

「それが、紗季ちゃんのことなんだけどな。彼女、そっちにいたりしないか？」

心配そうな元同僚の声に、「まさか、行方不明なのか？」と聞き返した。

「ああ、彼女の両親が、一晩中帰ってこないからって、あちこち探しまわってるみたいでさ。俺のとこにも連絡が回ってきたんだよ。錦のクリニックには例のカフェもあるし、そこにお邪魔してるんじゃないかと思ったんだけど」

聞いているうちに、悪寒が走る。十年振りに再開された、マリオネット事件。その犯人の記憶を移植された少女が、事件当夜に失踪したとなれば、嫌な予感しかしなかった。

「中上、彼女の両親は今どこにいる？」

7

相模原に向けて、深夜の高速道路を疾走する銀色のエコカー。その運転席で「大丈夫かな、紗季ちゃん」と、水城が心配そうに漏らした。

真っ暗な森が、窓の外に広がっている。それを高速道路の上から見下ろしながら、「まあ、まだあっちにいると決まったわけじゃないけどな」と、俺は溜め息をついた。

「でも、なにか確信があったから、お父さんにも連絡を取ったんでしょう？」

「確信というか、予感だな。俺が彼女なら、そこに向かうような気がしたんだ」

紗季の両親によれば、彼女が自宅を飛び出したのは深夜過ぎ。ちょうど、例の写真がSNSで拡散され始めた頃だ。

力なく、紐で吊るされた女性の死体。そのうつろな目を、おそらく彼女は見てしまったのだろう。そして、居ても立ってもいられなくなって、家を飛び出した。そう考えれば、辻褄は合う。

ずっと、悪夢だと思い込んでいた映像。それが現実と重なった瞬間、鳶羽紗季の中で何かが弾けたのだ。

「だからって、なんで紗季ちゃんが相模原市民病院に？」

「そういえば、君は車に待機してたから、彼女の両親の話をまだ聞いてなかったな」

俺は言いながら、ポケットから写真を一枚取り出した。女子高生くらいの女性と、もっと幼い少女のツーショット写真だ。その少女の方を指差しながら「こっちは、小ちゃい頃の紗季ちゃんですよね」と水城が言ってくる。

「もうひとりの方も、どこか見覚えがないか？」

運転しながら何度か写真を見て、「あ」と彼女は声を上げた。「まさか、あのイラストに出てくる女性ですか？」

「その通り。彼女が十年前に殺されたマリオネット殺人事件最後の被害者、山根麻美子さんだよ」

「そのひとと知り合いだったってこと？　でも、紗季ちゃんは夢の女性について知らないって言ってたのに」

困惑気味の水城を見て、俺も最初にこの話を聞かされたときはパニック寸前だったな、と思い返す。

「諸々の事情を鳶羽夫妻に話したときに、紗季ちゃんの描いたイラストも見せたんだよ。そうしたら、なんか見覚えがあるって言い出してさ」

最近、彼らは娘の移植手術成功一周年を祝って、フォトアルバムを製作していたそうで、イラストの女性に見覚えがあると妻の方がそのアルバムを引っ張り出してきて、「ほら、やっぱり『かくれんぼのお姉ちゃん』だよ」と夫に言ったのだ。

気になるワードに、「かくれんぼのお姉ちゃんって？」と訊けば、紗季が幼少の頃、長期入院をしていた際によく遊んでくれていた少女のことらしい。彼女も入院患者で、名前こそ教えてもらえなかったものの、こうして写真を撮るほどには仲が良かったそうだ。

つまり、その殺害直前、山根麻美子は紗季と同じ病院の患者であったということ。しかも、二人の間には確かな交友関係まであったのだ。

「じゃあ、なんで紗季ちゃんは教えてくれなかったんだろう」

寂しそうに呟く水城を無視して、「しかも、その長期入院してた病院っていうのが」とこちらが言ったところで、「まさか、相模原市民?」と、彼女が食い気味に訊いてくる。

俺はゆっくりと頷き、「鳶羽紗季、山根麻美子、そして助間直敏。十年前の相模原市民病院でなにが起きたかは謎だが、この三人の人生は交差してたんだ」と、写真を仕舞った。

「だから、先生は紗季ちゃんが病院にいると推測したわけですか」

「まあ、あくまでも俺の勘だけどね。でも、ただじっと連絡を待っているよりは、動いていた方が気も紛れるだろ」

「それは、そうかも」水城は言って、さらにアクセルを踏み込む。「どこか、暖かいところにいてくれればいいんですけど」

彼女の不安も当然だ。いくら春先とはいえ、まだまだ夜間は冷え込む。そんな寒空の下を、あの病弱な少女がうろついていると思えば、誰だって心配になるだろう。

俺は同僚の気を紛らわせようと、「それにしても、よくこんな時間にレンタカーが借りられたな」と、話題を変えた。

「ああ、これ実はレンタカーじゃないんですよ」

「え?」

「言ってなかったんですけど、わたしのマイカーなんです」

思いもよらぬ返答に俺は首を捻りつつ、「レンタルするうちに、気に入っちゃって買ったってこと?」と聞き返す。

「違いますよ。前から、わたしの車です。レンタカーなんて、最後に借りたのは学生の頃じゃないかな」

「じゃあ、なんで俺に嘘を？」

「いやあ、なんとなく、わざわざレンタルしたって言った方が、感謝されるかなって」

照れ笑いをした運転手に、腹が立つ。そういえば、「車を借りるのも楽じゃないんですからね」などと恩着せがましいことを言っては、俺から感謝の言葉を引き出していた。

まさか、「ありがとう」の回数を増やすために、レンタカーだと偽っていたとは。金は払うとこちらが言っても、メンバーシップに入ってるからどうのこうのと、高速料金やガソリン代しか受け取らなかったのも、そのせいか。

これは説教だな。俺が「おまえな」と口を開いたところで、「あ、そろそろ着きそうですよ。あの夜間入り口ってところに入れたらいいんですかね？」と、先制されてしまう。

運転席を睨みつけながら、「だと思うよ」と返せば、銀色のエコカーが病院の敷地内へ入っていった。

「あれ、誰か外にいますよ」

水城に言われ、顔を上げれば、駐車場の先に白衣姿の父が立っている。おおよその到着予定時刻は伝えていたが、まさか外で到着を待ってくれているとは思わなかった。俺たちは急いで車を降り、父のもとへ向かう。

挨拶や感謝の言葉も飛ばし、「どう?」とだけ問い掛ければ、「ダメだ」と父は頭(かぶり)を振った。「警備員や休憩中のスタッフにも協力を頼んでるんだが、まだ見つからなくてな。監視カメラの映像もチェックしてもらったけど、少なくとも、建物の中にはいないようだ」

父には、「精神状態の不安定な患者が相模原市民病院にいるかもしれないので、探してほしい」とだけ、頼んであった。我ながら言葉足らずだと思ったが、それでも父は動いてくれたようだ。

非番の日に、こんな深夜とも早朝ともつかない時間から病院のスタッフを叩(たた)き起こし、敷地内の捜索までさせているのだ。これで、ただの勘違いでした、なんて結果になれば、息子として立つ瀬がない。

俺が冷や汗を拭(ぬぐ)ったところで、水城が「お父さんにも、紗季ちゃんのイラストを見てもらったらどうですか?」と提案してくる。

なるほど、もし鳶羽の失踪が悪夢にインスパイアされたものなら、〈あのひと〉シリーズの中に、居場所のヒントがあるかもしれない。俺は彼女に言われるがまま、「ちょっと、これを見てくれ」と、スマホに例のイラストを出して父に見せた。

「なんだ、この絵は」

目を丸くする父に、「この女性のことは、今はいい。それよりも、こういう場所に見覚えはない?」と、背景の林部分を指して尋ねる。すると、「隣の公園かな」と父が首を捻った。

「公園？」

「ああ、病院の奥が広い市民公園に繋がっているんだ。うちの患者さんも、リハビリ代わりにそこを散歩してたりするよ」

俺は水城の方を見て、「その公園に行ってみよう」と足を踏み出す。後ろから、「あの中庭をそのまま突っ切れ」と、父の声だけが追いかけてきた。どうやら、彼はこの場に残って、院内の捜索を続けるようだ。

俺たちは言われた通り、中庭を抜け、裏の門を潜る。するとすぐに公園の入り口が目に入ってきた。

「門の鍵が開きっぱなしだなんて、不用心な病院ですね」と、走りながら水城が声をかけてくる。

「ああ。これなら、夜中にこっそりと病室を抜け出した子供たちが、公園でかくれんぼをしていても不思議じゃないな」

息を切らしながら言ったところで、見覚えのある場所に到着した。雑木林に挟まれた、アスファルト地の小道。イラストの中で、山根麻美子が逃げていた道だ。

木々の間を抜けると、道はそのまま大きく右に蛇行していて、正面には草原が広がっている。その中央辺りまで進んで、俺は足を止めた。何かが引っかかる。

「紗季ちゃん、見つかりましたか？」

水城の問いかけを無視して、俺は違和感の正体を探ることにした。真っ暗闇の中、しゃがんで芝生を撫でていると、視線の先にオスのチンチラが姿を現す。

「どうした、相棒？」

「俺が思うに、記憶転移なんて嘘だ」と独り言のフリをして、テンに返す。「悪夢の正体は、移植された殺人鬼の記憶なんかじゃない」

「いいぞ、そのまま言語化してみろ」

「おそらく、彼女は目撃者だ。深夜の公園で、お姉ちゃんとのかくれんぼ。その最中、何者かに山根麻美子は襲われたんだろう」

俺が幻覚と話していると、「その何者かって」と、水城が会話に入ってきた。

「十年前、助間は患者である山根麻美子に目を付けた。理由は分からないが、たぶん、秘密を嗅ぎ付けられたとか、単純に彼女がタイプだったとか、そんな感じで。そして、深夜の公園に獲物が一人でいると勘違いして、襲ったんだろう」

俺は考えを纏めながら、スマホの画面をスワイプしていく。大半のイラストは犯人目線で描かれていたが、その中に一枚だけ、変わった構図のものを見つけた。

樹々の隙間から覗く、無人の草原。一見すると、何の特徴もないただの風景画だが、よく見てみれば、その原っぱの中央で影が揺れていた。第三者の視点からでなければ、捉えられない構図だ。

「こういう場面を描こうと思ったら」と、俺は立ち上がり、ぐるりと周囲を確認した。

時刻は、五時を回ったところ。夜が白み始めたおかげで、無限に続いているように思えた公園の全体像が見えてくる。

「たぶん、あの辺りだ」と、草原を囲う林を指した。

「紗季ちゃんの話ですか？」

俺は答える代わりに、指差した方角へ向かって走りはじめる。外は、大の男でも震えるような寒さだ。彼女がどれだけ厚着をして家を出たかは知らないが、もうそろそろ時間的にも限界だろう。

草木を掻き分けながら「鳶羽さん！」と、声をかけて探した。あとを追いかけてきた困惑気味のナースとテンも、「紗季ちゃんっ」「お嬢ちゃん！」と、声をかけて回っている。しばらく捜索していると、「あっ、先生！　上です、木の上っ」と、水城が騒ぎ始めた。見上げれば、雑木林の中でも一際、大きな木の上に白い影が見つかる。高い枝の上に、白のダウンジャケットを着た少女が踞っていた。

目はうつろで、顔はここから見ても青ざめているのが分かる。それもそのはずで、コートを着ているとは言っても、下は短めのスカートと踝までのブーツを履いているだけ。あんな恰好で、この寒さに耐えられるはずがない。

「紗季ちゃんっ、はやくそんなところから降りて、暖かいところにいこう！」

水城が必死で呼びかけるが、少女に反応はない。

茫然自失、放心状態、カタトニックと、色んな言葉が頭に浮かぶ。俺がどう説得しようかと迷っていたところで、彼女が動いた。しかし、木を下りるためではない。何かを、首から掛けたのだ。

よく見れば、それは輪っか状のロープで、その先は鳶羽の背後、木の幹に括り付けられている。

「まさか、首を吊るつもり？」と、看護師の叫びが林にこだました。

「わたしは、わたしじゃないの。勝手に身体が動いて、またひとを殺しちゃうから」

頭上から降ってくる、か細い声。その内容に、悪い予感が当たったと俺は察した。

もう迷っている暇はない。俺は大声で「鳶羽さんっ、君は乗っ取られてない！　ひとなんて、ひとりも殺しちゃいないよっ」と、訴えかけた。

そのうつろな目がこちらを見下ろし、「なんで嘘をつくの？」と訊いてくる。

「先生は嘘をつかないって、約束しただろっ」

しばらく、生気のない瞳でこちらを見たあと、「わたし、耐えきれなくなって寝ちゃったの。今日のお昼から何時間も」と、少女が語りかけてくる。

「起きたら外は真っ暗で、でも、身体は疲れてて。二度寝でもしようかなって、ベッドの上でスマホを見てたの。そしたら、あの写真が出てきて」

言っている途中で彼女の瞳から涙が零れた。それが俺の手に当たり、パシャッと弾ける。

「先生も、見たんでしょ？　もう、あんなことはイヤなの。わたしが生きてたら、また酷い目に遭うひとが出てくる」

「さっきも言ったように、君はひとりだって殺しちゃいないよ」

「嘘だっ」

信じようとしない鳶羽に、「かくれんぼのお姉ちゃん」とだけ、投げかけてみる。すると、彼女の目に光が宿った。

「なんでお姉ちゃんのことを知ってるの？」

「先生が、君の悪夢の正体を暴いたからさ」俺は笑みを浮かべ、両親から預かってきた写真をポケットから出す。「君はお姉ちゃんと一緒に、この公園でかくれんぼをしてたんだろ？　夜中にこっそり、病院を抜け出して」

鳶羽が枝の上から身を乗り出してきて、その弾みで木から落ちやしないかと俺はハラハラしつつ、「精神科医が怖いと、君に教えたのも彼女じゃないかい？」と説得を続ける。

「うん、そう。一緒に遊んでるのがアイツにバレたら、二人とも牢屋へ閉じ込められるって、お姉ちゃんが言ってた」

やはり山根は精神科の患者だったのか。おそらく、そこで助間に目を付けられたのだ。

　俺が答え合わせをしていた矢先、「なんで、今までお姉ちゃんのことを忘れてたんだろう。毎晩のように、夢で見てたのに。もしかして、わたしがお姉ちゃんを殺したの？」と鳶羽は両手で頭を抱えた。

　パニック状態の患者に、「それは違う」と、俺は強く否定する。「当時、まだ十歳そこそこの子供に、そんなことできるわけがない」

「じゃあ、なんであんな夢を？」

「それは、お姉ちゃんが殺されたところを、幼い君が目撃してしまったからだよ」

　それだけ言って、俺は「ここからは先生の推測だが、聞いてくれるかい？」と彼女に問い掛けた。すると、コクリと紗季は頷く。

「その夜も、君たちはこの公園でかくれんぼをしていたんだろう。そして、君が隠れているときに、悪い奴が来てしまった。その男は前からお姉ちゃんを狙っていて、君がそこで隠れているのも知らず、彼女を襲ったんだ」

　言っている最中に、ハッとした顔をして、鳶羽が草原の方を見た。おそらく、脳裏に封じられていた記憶が蘇ったのだろう。

「見つかったら、牢屋に閉じ込められる。そうお姉ちゃんから聞かされていた君は、このことを誰にも告げられず、忘れようとした。でも、忘れられなかったんだよ」

「それで、あんな悪夢を？」

「忘れたいのに、忘れられない。そういう記憶をトラウマと呼ぶんだ」

俺は言いつつ、彼女の胸で鼓動しているのが、助間の心臓であることまでは話さなかった。友達を殺した犯人のおかげで生きられていると知れば、また新たなトラウマとなりかねない。

「じゃあ、わたしは人殺しじゃないのね」

鳶羽は言い、涙まじりの笑みを浮かべた。これで、大団円。そう、こちらが油断したところで、彼女の身体から力が抜ける。

気を失い、枝から落下した鳶羽を俺は慌てて受け止めた。両腕に走る、凄まじい衝撃。折れたかと思うほどに、骨が軋んでいる。

出来れば、そのまま少女の身体を放り出したかったが、そうも出来ない事情があった。まだ、彼女の首にはロープが巻かれているのだ。ここで手を放せば、ピンと張った縄が鳶羽を窒息させてしまう。

「水城さん、ロープ外して」

なぜか傍観者に徹しているナースに、俺は息んだ声で呼びかけた。唖然としていた水城が、「あ、ホントだ」と慌てて駆け寄ってくる。

彼女は首の輪を広げようと頑張ったが、ロープに遊びが無いせいで、いくらやっても輪が広がらなかった。痺れを切らした水城が、「先生、もっと持ち上げてよ」と指示してくる。

俺だってそうしたいが、落下のダメージで腕が痺れていて、手放さないのがやっとだ。

「これ以上、力が入らないんだ。何とかしてくれ」

「こんな子ひとり、持ち上げられないの？」と呆れた同僚が、コートの下に着ていた白衣のポケットから、鋏（はさみ）を取り出す。その刃を縄に当て、ギコギコと動かすのだが、当然、そう簡単には切れない。

「こんなことなら、普段からナイフの一本でも持ち歩いとけば良かった」

愚痴を零す水城を余所（よそ）に、俺はすぐにギブアップしようとする身体を、ただただ意志の力だけで抑えつけていた。さっきから「早くしろ」「今やってる」と、水城と罵倒（ばとう）を応酬しているのだが、少女は一向に目覚めない。

安心しきったその寝顔を見て、彼女は今、どんな夢を見ているのだろうか、と俺は思った。しかし、腕の痛みのせいで、余計な考えはあっさりと朝露に消える。

「早くしてくれないと、もう腕が折れちゃうよ！」

俺の情けない悲鳴が、早朝の公園にこだました。

第五章　古巣からのラブコール

1

深夜のノクターナル・カフェ。そのブース席で「なんだか、盛り上がりに欠ける展開ですね」と、小説家が頭を掻く。

「そっちが聞きたがったから、話しただけだろ？　盛り上がりとか言われても、困るよ」

ホットレモンティーを飲みつつ、「それとも、なんだ？　小説家先生としては、彼女が助からなかった方が良かったのか？」とこちらが訊けば、「いやいや、そこまでは」と烏丸は小首を振った。

「紗季ちゃんが無事だったのは、僕だって嬉しいです。でもね、物語の探偵役としてはですよ、この記事に載るくらい、がっつり殺人鬼と対峙してほしかったなって」

彼は言い、持っていた週刊誌をポンとテーブルの上に投げた。表紙に〈模倣犯の登場で判明した、マリオネット殺人事件の真犯人〉と書かれた雑誌を手に取り、「ここに鳶羽さんの名前が出てこなくて、本当に良かった」と、俺はそのページを捲る。

「十年前の事件の犯人、それと今回の模倣犯だって、先生がその正体を暴いたようなものでしょう？　なのに、なんでこの記事の中に錦治人の名前が出てこないんですか」

不満たっぷりに言う小説家を前に、思わず笑いが込み上げてくる。

「なにが可笑しいんですか」

「いや、その様子だと、例の小説の売れ行きが相当、悪いんだろうなと思ってね」

ニヤニヤしながら言えば、図星を突かれた烏丸が顔をかっと赤らめた。少しでも『今夜も愉快なインソムニア』のことが記事に出ていれば、宣伝になったのに。そう悔しがっているのが、彼の赤面した顔に表れている。

「でも、先生が捜査に協力したのは本当でしょう？」

「十年前の真犯人についてはな」

一年前に亡くなった精神科医、助間直敏。彼こそがマリオネット事件の真犯人だと伝えたところ、渡部は捜査令状を取得して、助間の自宅を調べた。その結果、被害者のＤＮＡが染み付いた革の手袋に、女性の死体写真で埋め尽くされたスクラップブック。そして、大量にストックされた縄の束が見つかったそうだ。

「しかし、模倣犯についてはキッカケを与えたに過ぎないよ」

　俺が言えば、「キッカケって?」と烏丸はメモを構える。どうやら、彼が望んでいた展開ではないものの、興味はあるようだ。

「本当に、たいしたことはしてないよ。ただ、刑事さんと俺とで事件のことを話していて、『さすがにすべて偶然だとは思えないな』って、お互い思ったんだ」

「たしかに、奇妙ですよね。過去の目撃者が描いた事件のイラスト。これが表に出た途端、模倣犯が事件を起こすなんて」

「だろ?」俺はレモンティーを一口飲み、「おそらく、模倣犯はどこかであのイラストを目にしたはずだって、渡部さんと互いの情報を擦り合わせてみたんだ」と続ける。

「ほうほう、それで?」とペンを走らせる小説家。

「渡部さんはああいう性格だから、『絶対おまえの関係者に模倣犯がいるはずだ』って譲らなくてな。そんなわけはないって、こっちが主張し続けてたら、突然『アイツか!』って声を上げてね」

「それが、この大学生だったわけですか」と、烏丸が週刊誌を開いて見せてくる。誌面に載せられていたのは、両脇(りょうわき)を刑事に抱えられ、フードを被(かぶ)った男が連行されている写真だった。

「俺が刑事さんと会う際に、決まって利用していた喫茶店があるんだけど、こいつはそこの店員だったんだよ」と、俺はそのモノクロ写真を指先で突く。

模倣犯の正体は、サンセットで事ある毎に絡んできた鬱陶しいバイト店員だった。

彼は大学で犯罪心理学を専攻しており、特に異常犯罪について、以前から並々ならぬ興味を抱いていたらしい。そのため、捜査一課の刑事である渡部兜が来店する際は、逐一、その会話を盗み聞きしていたそうだ。

「例のイラストに出てくる女性の顔が、マリオネット殺人事件の被害者だって気付いたのも、きっかけはその店員なんだよ。店で俺のスマホを覗き見した彼が、渡部さんに指摘したんだ」

「だからってシリアルキラーの真似事を？」

「それさえも、ただのキッカケに過ぎないよ。『あの様子だと、たとえイラストを見てなくても、いずれ手を汚していたな』って、刑事さんも言ってたし」

小説家は「なるほど、なるほど」と頷きながら、メモを置いた。そして、「ちょっと気になることがあるんで、僕にも紗季ちゃんのイラストを見せてもらえませんか？」と気味の悪い上目遣いで、お願いしてくる。

もちろん、こっちにそんな義理はない。倫理的にも、情報漏洩などしたくはなかったのだが、薄らと手首に残る火傷の痕を見せながら小説家が脅迫してくるので、渋々、見せてやることにした。

〈あのひと〉と題されたファイルを開き、スマホを彼に渡せば、「やっぱり変ですよ、これ」と、画面をスワイプしながら烏丸が首を捻る。

「そりゃ、変だろ。抑圧されたトラウマが見せた、悪夢のイラストなんだから」

「でも、これを先生は、紗季ちゃんが子供の頃に目撃した光景だと考えているんですよね。それにしては、犯人目線の絵が多くないですか？」

烏丸は言い、「これも、ほらこれも」と、俺の眼前でスワイプしていく。

「まあ、結局は夢だからな。記憶をそのまま見せるとも限らない」

俺はその先の推測が聞きたくなくて、スマホを奪い返そうとした。しかし、それをひらりと避け、「一番の疑問は、これですよ」と、烏丸があるイラストを見せてくる。

それは、樹から吊るされた山根麻美子のイラストだった。操り手を失ったマリオネットのように、奇妙なポーズを取ったまま、動かない彼女。

イラストを見せながら、「この特集記事によると、十年前に被害者が発見されたのは、都内の公園なんですよね？」と小説家が詰めてきた。

「ああ、八王子のな」

「でも、紗季ちゃんの記憶によれば、彼女が殺されたのは相模原市民病院の隣にある自然公園。つまり、殺害してから犯人が遺体を都内の公園まで動かしたと」

「そうだよ。おそらく、職場の近くで遺体が見つかるのを避けるため、助間が都内へ移したんだろうな」

「紗季ちゃんが当時、入院していた病院の裏の公園で遊んでいて、たまたま、事件を目撃してしまったという状況は理解できます。でも、この最終形態とでもいいましょうか、被害者が樹から吊るされた光景まで目撃したというのは、ちょっと無理があるんじゃないですか？」

純粋そうな顔をして、訊いてくる小説家。彼から視線を外し、「どうだろうな」と俺は返事を誤魔化した。その思考を辿(たど)ってしまえば、辿り着きたくない目的地に出てしまう。犯人の視点から描かれた、凶行の様子。犯人しか知り得ない、遺体遺棄時の状況。鳶羽紗季のイラストが示すこれらの矛盾を、「彼女は目撃者だから」の一点張りだけで論破するのは難しい。

行き着くのは、記憶転移というオカルト現象だ。しかし、俺はこの事実を認めたくなかった。このまま目を背けていれば、大団円で終われる。変に引っ掻き回して、鳶羽やその両親の安心まで取り除きたくない。

「もう終わったことだ。頼むから、これ以上の詮索(せんさく)はやめてくれよ」

俺は小説家に告げ、祈るような気持ちで自動受付の方へ目を向ける。すると、タイミングのいいことに、スーツ姿の男が受付機にカードを通していた。

「新規の患者が来たみたいだな」

声を弾ませながら言えば、「あれ、あのひとって」と、烏丸が首を傾(かし)げる。

「なんだ、知り合いか？」

「ええ、たしか公星さんっていう、ここの常連だったひとですよ。転職して眠れるようになったとかで、ここ一年くらい見かけてなかったけど」

烏丸が言い終わる前に俺は立ち上がり、診察室へ向かった。

あの患者が初診だろうが、久々の再診だろうが、別にどうでもいい。そんなことよりも、平気で主治医を脅迫してくるようなモラリティーに欠けた小説家に、これ以上、餌を与えるのは危険だ。

今はただ、少女の安寧を願いながら、自分の小さな勝利を祝おうじゃないか。鳶羽紗季の悪夢が再燃するようなら、そのときにまた頭を悩ませればいい。

2

「発表は以上となります。ご清聴ありがとうございました」

モニターの前で頭を下げたが、拍手のひとつも起きない。俺は気まずい思いで、会議室に集まった面々の顔を見た。

医局員が学会発表まで至るには、三つの段階を経なければいけない。指導医と一対一の擦り合わせ、研究部での発表練習、そして最後に、医局員のほとんどが招集される月に一度の大会議での発表練習。これらをクリアして初めて、学会に臨めるのだ。

今日はその二段階目、大学院生や研究に携わるスタッフを集めた研究部での発表練習に参加するため、俺は久しぶりに都立医大までやってきた。

自分では上手(うま)く出来たつもりだったが、研究員たちの表情は固い。こそこそと耳打ちしながら、時折、こちらに向けてくる非難の視線に、俺の身体(からだ)はどんどん縮んでいった。

針の筵(むしろ)と化したモニター前で縮こまっていると、「なあ、錦」と、やっと聴衆のひとりが口を開いた。外科医局のナンバー2、寝隈教授の右腕でもある准教授の古世手義久が「おまえ、手を抜いただろ?」と問い掛けてくる。

「いや、そんなことは」

「じゃあ、ただの実力不足か」溜(た)め息(いき)まじりに言い、「そもそも、この研究の根幹から分かってないようだな。論文のテーマを言ってみろ」と、古世手の怒声が会議室に響き渡った。

「えっと、あの、血管内皮の再生機構を検証するため――」

「それは狭義の目的だ。俺が聞いてるのは、もっと広義のもの。テーマだよ、テーマ」

若い院生たちの前で吊るし上げられ、俺は「分かりません」と下を向いた。

「転科前で心を病んでいたのは知っていたが、まさか研究の意義も理解せず、手を動かしていただけだとはな。それじゃ、まるで指示を聞くだけのゾンビじゃないか」

会議室にクスクスと嘲笑が広がる。胸中に広がる恥ずかしさと、情けなさ。しかし、それと同じくらいに、俺は怒りを覚えていた。

たしかに当時の俺は、不眠症から来る強烈な睡魔のなかで働いていた。まさに彼の言うゾンビ状態だったわけで、研究の記憶なんて、ほとんど残っていない。

しかし、腹が立つのはそこじゃなかった。俺はこの腹黒准教授の悪意に、怒りを覚えているのだ。

本来なら、この練習会の前に行われていたはずの、指導医との擦り合わせ。スライドを古世手にチェックしてもらったうえで、改善点を聞き、修正してから発表に臨むはずだった。なのに、多忙を理由にドタキャンしたのは古世手の方だ。

それを「直すところなどない」という意味かと受け取り、俺はまんまとこの公開処刑の場に躍り出てしまった。すべては准教授の仕掛けた罠、大勢の前で転科した裏切り者を吊るし上げるための裏工作だったというのに、我ながら馬鹿な過信をしたものだ。

俺が失意と怒りに震えている間も、「研究の肝が分かっていない」とか、「大事なところで声が小さくなる」と、古世手のダメ出しは続いた。それに文句も言えず、「はい、すみません、すぐ直します」と繰り返しているうちに、会議は終わる。

ゾロゾロと帰っていく院生たち。その先頭で古世手が足を止め、「今は見る影も無いが、錦、おまえは『若手のホープ』とまで言われていた男だ。その名に恥じないよう、次の大会議までに、少しはマシなものを用意しとけよ」と、捨て台詞を吐く。

「はい、すみません、すぐ直します」

彼が部屋から出ていったのを見計らい、俺は溜め息をついた。病気のせいで、彼にも色々と迷惑をかけていたのは分かる。しかし、ここまで嫌われているとは思っていなかった。

「やっぱり、ここはもう俺の居場所じゃないんだな」

ひとり呟いたところで、後ろからポンと肩を叩かれる。振り返れば相手は寝隈教授で、「錦くん、このあと予定はある？」と訊かれた。

今日は木曜、俺にとっては週に一度の外勤日だ。クリニックは狩宿に任せてあるので、夜の予定はない。

「なら良かった。久しぶりに、飯でも食いにいこう」

教授に肩を抱かれ、そのまま会議室から連れ出される。久しぶりもなにも、入局以来、食事に誘われたことなんてないぞ、と首を捻りつつ、俺は病院の外まで連行されていった。

他愛もない世間話を交わしながら、都立医大の正門からしばらく歩いたところで「ここが行きつけでね」と、教授がお洒落な店に入る。

カウンターの奥に蝶ネクタイを付けた白シャツの男性店員。その後ろには、酒瓶が飾られた棚が壁一面を埋め尽くしていた。

店に一歩入って、「ここって、もしかしてバーですか？」と、俺は寝隈に問い掛ける。

「ああ、でも心配は要らないよ。ここはサイドメニューも充実してるから」

彼は席につくとすぐに、生ビールとウイスキーのロック、それとカツサンドを二つ注文した。てっきり自分の分も頼んでくれたのかと思っていたが、「錦くんも好きなのを頼みなさい」とメニューを渡されたことで、さっきの注文が全部、教授だけのものだと知る。

ビールとウイスキーを同時に頼んだのにも驚いたが、カツサンドを二つも食べるのか。五十代の胃袋じゃないな、と思いつつ、「じゃあ、俺もカツサンドと生ビールで」と店員に告げた。

すぐに出てきたビールで乾杯し、おつまみのピーナッツを摘む。すると早速、「今日の古世手くんは怖かったな」と寝隈が笑った。

やっぱりこれは、元部下を慰めるための誘いだったか。俺はその優しさに相好を崩しつつ、「ですね」とだけ、返した。

「でもまあ、期待の表れだと思うよ」

遅れて出てきたウイスキーを教授が傾け、カランと氷が鳴く。俺はそのあからさまな嘘に「あれのどこが『期待の表れ』なんですか」と苦笑し、「ただの公開処刑ですよ」とビールを呷った。

「そんなことはない。アレはアレで不器用な男だからね、叱咤激励のつもりなんだろう。

ほら、錦くんのことを『若手のホープ』って呼んでたじゃないか」

「ただの皮肉でしょ」

俺が呆れて言ったところで、注文していたカツサンドが出てくる。しかし、想像していたようなおつまみサイズのサンドイッチじゃなかった。パンも分厚いが、それ以上にカツが分厚い。

「こんなのを、二つも？」

俺が戦いたところで、寝隈の方を見れば、すでに皿がひとつ空いていた。半分ほど齧られたサンドイッチの残骸を両手に持ち、教授の頬はリスのように膨らんでいる。

大食いの上、早食いでもあるのか。俺はあんぐりと口を開けたまま、彼がカツサンドを平らげる様を眺めた。

「今日は午前中のオペが長引いたせいか、腹が減ってるな」

そう呟くと、教授がビールのお代わりとともに、さらにもう一皿、カツサンドを注文する。メニューには他にも色々と料理名が並んでいるのだが、どうやら寝隈はカツサンドにしか興味がないようだ。

唖然とする俺の方を見て、「錦くんも食べてみなさい。美味しいから」と、寝隈が笑みを浮かべる。よく分からないプレッシャーを受けながら、「はい」と俺も目の前の皿に手を伸ばした。

一口で頬張るのも憚られる厚み。それを無理やり、口の中に押し込む。思った以上に柔らかいカツと、表面はカリカリ、中はもちもちのパン。たしかに美味い。美味いけど、これを三つも食おうなんて、部活帰りの高校生でも思わないだろう。

俺が巨大カツサンドに悪戦苦闘している隣で、教授が二皿目を平らげる。ビールに至ってはお代わり分も一気に飲み干してしまい、三杯目だ。

なんというか、己の欲に正直な人だな。感心しつつ、口の中のものを飲み込んだところで、「錦くん」と名前を呼ばれた。

「君は自分の将来について、どう考えている？」

唐突な問い掛けに、「将来ですか」と、俺は聞き返す。

「そう。五年後、十年後、君はどんな大人でいたい？」

まるで子供扱いだな。たしかに、教授と比べればまだまだ若輩者ではあるが、まさか齢三十を超えて、「将来、どんな大人になりたい？」と幼子に尋ねるようなことを訊かれるとは思ってもみなかった。

しかし、トーンは柔らかいものの、寝隈の顔は真剣そのもの。ここは俺も正直に答えようと、「用意していた将来設計なんて、一年半前に全部吹き飛びましたよ」と笑った。

「その頃というと、例のバイト先で起きた事件のことかい？」

「ええ。あれからというもの、ずっと暗中模索って感じで。今はただ、周りの環境に翻弄されるがまま、流され過ぎないよう踏ん張ってるだけです」

「そうか」

深く頷くと、寝隈が自分の鞄から一冊の本とクリアファイルを出してきた。本のタイトルを見て、「それは」と、俺は顔を引き攣らせる。

教授は『今夜も愉快なインソムニア』のページをパラパラッと捲り、「たまたま書店でこの本を見つけてね。読んでるうちに、これは錦くんのことじゃないかと気付いて、驚いたよ」と、俺に渡してきた。

ついにバレてしまったか。俺は胸の裡で零し、本の表紙を睨みつける。個人名や事件の内容はカムフラージュしてあるから大丈夫、と烏丸は太鼓判を押していたが、やはり読むひとが読めば分かってしまうのだ。

込み上げる気恥ずかしさを、俺はビールと一緒に飲み込んだ。

「お代わりもらえますか」

店員にグラスをかざせば、「照れることはない。面白かったよ」と、寝隈が背中を叩いてくる。「巻き込まれ、翻弄されていく探偵小説って感じで、楽しく読ませてもらった」

「そうですか。それは良かった」

俺は不貞腐れながら、小説を食べさしのカツサンドの隣に置いた。

「ストーリーとしては、面白かった。しかし、その主人公が錦くんかと思えば、少し寂し

『次代の教授候補』と言われていたホープの末路がこれか、ってね」

末路という言葉の響きに、アルコールで温まった身体が一気に冷え込んでいく。やはり、見下されるような立ち位置に、俺はいるのか。

「俯くのはまだ早い。君はちょっと寄り道しているだけさ、まだカムバックは可能だ」

「どういうことですか？」

顔を上げた俺に、教授がさっき鞄から出したクリアファイルを手渡してきた。その中にはホッチキスで端を留められた紙束が入っており、表紙に〈錦治人のロードマップ〉とだけ書かれている。

「なんですか、これ」

「なにって、君の将来を可視化したものだよ」

寝隈に言われて、首を捻りながら書類に目を通せば、年表のようなものが並んでいた。

大学院に籍を置きつつ、移植班に移動。オペの腕を磨きながら、その四年後、博士号の取得とともに海外留学。帰国後は研究と臨床の両面で医局のリーダーシップをとる。

そして、ロードマップのゴールに当たる十年後のカラムには、〈教授選に出馬〉と書かれていた。

「本気で言ってます？」

こちらが半笑いで訊けば、「大真面目だよ」と、教授はウイスキーを傾ける。

外科への復帰を促されるのは、まあ、予想の範疇だったが、まさかこんなプランまで用意されているとは思わなかった。俺は眉唾だと思いつつ、詳しく年表を確認していく。すると、年齢の項目を見て、違和感を覚えた。

「教授、ここの年齢の部分が間違っていますよ」

指摘するつもりで指差せば、「間違ってはいないよ。それは君が休職する前に書いたものだから、ズレがあるんだ」と言われる。

なるほど、俺がまだ、「若手のホープ」だった時代に書かれたものか。こちらのテンションが下がったのを見透かし、寝隈が「幻滅したかい？」と顔を覗き込んできた。

「まあ、多少は。この頃とは、状況が違い過ぎるので」

「たしかに、君は寄り道をしている。でもね、神は『次代の教授候補』を見放さなかったようだよ」

「え？」

「今回の論文のことさ。学会特別賞を受け、載った雑誌のインパクトファクターも悪くない。あれなら大学院に通わなくとも、充分、博士号が取れるはずだ」

「論文博士というやつですか」

博士号を取得する方法は、二つある。大学院に通って取る、正規ルートの「課程博士」

と、論文や研究成果を報告するだけで取る裏技、「論文博士」というやり方だ。この後者のことを、教授は言ってるのだろう。

「でも、論文博士は審査が厳しいと聞いたことが」

「たしかに厳しいが、不可能じゃない。その程度の努力で、本来、院に在籍しなければいけない期間を飛ばせるんだから、チャレンジしない理由はないだろ？」

「まあ、どうしても博士号が欲しいのなら、そうかもしれませんね」

ロードマップをクリアファイルに仕舞いながら言えば、「取らなきゃダメだ。教授選に出るには必須（ひっす）の条件なんだから」と、寝隈はビールとウイスキーのお代わりを頼む。

「寄り道で浪費した時間を取り戻せると分かって、なにか思うところはないかい？」

正直に言って、教授の熱烈な勧誘はありがたかった。准教授に公開処刑で嬲（なぶ）られた直後だし、見捨てられたと思っていた組織の長から、ここまで言われているのだ。喜ばないはずがない。

しかし、素直に「はいそうですね」と言えない事情が、こちらにもあった。俺はバーカウンターに放置されていた小説を手に取り、「これを読んだのなら、俺が戸惑う理由も分かりますよね？」と、寝隈に突き返す。

「ああ、例の夜行性体質がどうのというやつかい？」

「そうです。朝一からのオペなんて、耐えられない体質なんですよ」

こちらとしては、情けなくも胸の裡を晒(さら)したつもりだった。しかし、教授には鼻で笑われてしまう。

「言っておくけどね、錦くん。僕も昔から、宵(よい)っ張りで朝に弱い。調べたことはないが、おそらくその夜行性の遺伝子だって持ってるはずだよ」

寝隈に言われ、「冗談ですよね？」と俺は聞き返した。

教授は朝の回診なんかもいつも元気いっぱいでこなしているし、眠そうにしてる姿など、見たことがない。そんな男が、自分と同じ夜行性体質だと言われても、とてもじゃないが信じられなかった。

「本当だよ。眠剤も、学生時代から愛用してるものがあるし」

何でもないことのように言いながら、教授はビールをチェイサー代わりにウイスキーのロックを呷る。

「多少、無理はすることになるが、やって出来ないことじゃない。現に君だって、あの事件が起こるまでは、朝型の生活にも耐えていたじゃないか。ようは慣れだよ、慣れ」

さすがは教授だ。彼のカリスマ性と多少のアルコールも手伝って、つまらないことでクヨクヨしていた自分が情けなく思えてくる。しかし、そんな高揚を、目の前に現れた一匹のチンチラが打ち消した。

「簡単に答えを出すんじゃないぞ、相棒」

渋い声でテンに言われ、なにをそこまで警戒しているのだ、と俺は首を傾げる。

「少しは怪しいと疑え。あの患者が死んでから二年弱。その間、ずっと放置していた古巣のボスが、なぜ、ここに来て手の平を返すんだよ」

それは、俺の研究が学会特別賞を獲ったからだろ？

「別の思惑があるかもしれない。だから、しっかり考えてから答えを出せって言ってるんだよ、相棒」

チンチラが説得している間も、寝隈は俺のことを誉め称えていた。おかげで、ずっと渇いていた承認欲求が満たされていく。

この甘言の裏に、なにか別の目的が隠されているのか？

認めたくはないが、テンの疑問にも一理ある。結局、俺は「すぐにでも戻ってほしい」と口説く教授に対し、深夜までずっと、明言を避け続けるはめになった。

3

金曜日の深夜。診察室で欠伸を噛み殺した俺に「夜行性のくせに眠いんですか？」と、水城が声をかけてきた。

「『くせに』とか言うなよ」

眉間に皺を寄せながら返せば、「だって、今日の先生、なんか覇気がないですよ。集中力に欠けてるというか、ずっとぼけっとしてるし」などと言われてしまう。

まあ、彼女の言い分も間違ってはいない。集中していないわけではないが、睡眠不足のせいか、診察中もぼんやりしていて、患者との会話が嚙み合わないことも多かった。

すべては、教授のせいだ。まさか、あそこまで飲まされるとは。

俺はこれ以上の追及を避けようと、「ええと、次の患者は」と、パソコンの画面を覗き込んだ。すると、電子カルテの予約欄に、〈公星健人〉と表示されていた。

「あれ、このひとって」

モニターを指差しながら首を傾げれば、「ああ、公星さんですね」と水城が頷く。

「ほら、一年振りに不眠が再発しちゃったとかで、久しぶりの診察を先週、受けにきた患者さんですよ」

「それは覚えているよ。ブラック企業がどうのと言ってたひとだろ？」

患者のことも覚えていない薄情な医師、と言われたような気がして、俺は不満げに返した。「たしか、次の予約ってもっと先じゃなかったっけ？」

「ええ。でも、どうしても先生に相談したい事があるからって、予約を早めたんですよ」

公星健人、二十八歳。約三年前から仕事のストレスが原因で入眠障害を患い、狩宿クリニックで治療を受けていた男だ。一年前に転職したことでストレスも軽減され、定期通院の必要もなくなった、とカルテには記載してある。

それが最近になって再び眠れなくなったと先週、受診したわけだが、その具体的な理由やキッカケについては教えてくれなかった。とりあえず、通院していた頃に内服していた眠剤を処方して、三週間後に再診予約を入れたのだが、なにか状況が変わったのだろうか？

「その相談したいことって？」

「さあ、電話では教えてくれなかったから、分からないです」

どことなく、厄介ごとの匂いがした。しかし、もう来院しているらしいので、話を聞かずに帰すわけにもいかない。

「とりあえず、入ってもらおうか」

「じゃあ、呼んできますね」と出ていった水城が、スーツ姿の男を連れて戻ってくる。先週と比べて、隈の深さや顔色などは特に変わっていないが、悄気返っているような、何とも言えない悲壮感を漂わせていた。

「公星さん、どうされました？」

問い掛けても、すぐには答えようとしない。患者は膝の辺りを擦りつつ、モジモジしながら、こちらの顔色を窺ってくる。

「ちょっと、常連の患者さんに聞いたんですけど」と彼が切り出した時点で、ああまたこ想像できる。

の感じか、と俺は嘆息した。またもや患者の奇妙な相談事に振り回される未来が、容易に

「あまり医療に関係ない相談事でも先生は受けてくれるって、教えてもらいました」

「いや、そんなことはしませんよ。あくまで診療の一環として――」

俺が慌てて否定する傍から、「とりあえず、話してみてください。先生はちゃんと聞いてくれますから」と、看護師が口を挟んでくる。

勝手なことを言いやがって。俺は彼女を睨みつけたが、否定する前に「ありがとうございます！」と公星に頭を下げられてしまう。

溜め息まじりに「それで、相談とは？」と尋ねれば、「私が眠れなくなった根本というか、元々の原因はご存じですか？」と、患者が問い掛けてきた。

「たしか前職の多忙さと、その企業体質というか、やり口が肌に合わなくて、体調を崩されたと聞いてます」

過去の記載には、はっきりと〈ブラック企業のストレスで〉と書かれている。しかし、これが狩宿の言葉なのか、実際に公星が口にしたフレーズなのかは分からない。

「先生も医師ですから、アルマ製薬は知ってますよね？」

その名を聞いた瞬間、「ああ、あそこですか」と俺は思わず苦笑いで答えてしまう。

彼の言うように、日本の医療関係者でアルマ製薬を知らない人間はいないだろう。歴史

もあるし、取り扱う薬剤も多岐に亘る大企業なのだが、その一方で、社員育成が体育会系気質なことでも有名だった。

特にMRと呼ばれる営業職の社員は上下関係が厳しく、病院の端っこで若いMRが先輩に怒鳴られている姿を、俺も何度か目撃している。昭和の高度成長期で止まった、時代錯誤の企業体質。たしかに、あそこが古巣なら、自律神経が破壊されても不思議じゃない。

「ちなみに、どの部署で働かれていたんですか？」

「MRです」

苦い顔で答えた公星に、「なるほど、それは大変だ」と、憐憫の視線を送る。「でも、もうお辞めになったんですよね？」

「はい、一年ほど前に。狩宿先生の勧めもありましたし、なにより『このままじゃ死んじゃうよ』なんて、家族にも言われてましたからね」

なるほど、過労死を危惧するほどの激務だったのか。俺もカルテをすべて読んでいるわけではないので、もしかしたら、前半の方には不眠症以上に危ない症状も記載されているのかもしれない。

「幸い、転職自体はスムーズに済みました。私は薬剤師の資格も持ってましたから、妻の伯父が経営するドラッグストアに雇ってもらえて」

「それはよかった」

「ええ、今は定時に上がれる生活を送らせてもらっています。おかげで家事を手伝ったり、小学校に上がったばかりの娘の送り迎えをする余裕もあるんですよ」

満面の笑みで公星は言い、「趣味のＤＩＹにも時間が取れるようになったし、本当に辞めてよかったな、と実感しています」と続ける。

しかし、そこで彼の笑みは止(や)んだ。溜め息をひとつ床に落とし、「でも、いいことばかりじゃなくて」と俯く。

そろそろ本題か。こちらが身構えたところで、「先生は、ご結婚されていますか？　お子さんは？」と訊かれた。

「いませんよ、独身です」

「そうですか」

チラッと水城の方を見た公星に、彼女も小首を振る。

「うちの娘がね、志望校に受かってしまったんです」

彼の「受かってしまった」という表現に多少の違和感を覚えつつ、「それは、おめでとうございます」と返した。

「そこは都内でも有名な私立校でして、学費も高いんですが、倍率も高い。私も妻も、まさか受かるとは思わず、娘が『友達も受けるから』と希望するので、記念受験のつもりで受けさせたんです。そうしたら、受かってしまって」

なるほど、彼はその高額な学費に悩んでいるというわけか。まさか、金を貸してくれ、なんて言い出すんじゃないだろうな。

俺は軽く警戒しつつ、「それで？」と話の先を促した。

「そこらの大学よりも高い学費。それに、プールや英会話などの習い事も重なりまして、情けない話ですが、うちの家計は火の車なんですよ。都内での子育てに金がかかることは分かってましたが、まさかここまでとは」

額に滲んだ脂汗を、公星がハンカチで拭う。

俺は独身貴族、しかもそれなりの給金を得ている身なので、同情はするが、それ以上の感情は浮かんでこなかった。もしかすると、その金銭的なプレッシャーで不眠が再発したのかもしれないが、だからと言って、与えられるアドバイスなんて限られている。

娘を転校させるか、習い事を減らせ。それくらいしか、助言のしようがない。

「前の稼ぎなら、余裕で賄えたんです。ドラッグストアの給料に文句があるわけじゃないし、妻の伯父に事情も説明して、シフトは増やしてもらってるんですが、それでも、結局は雇われの薬剤師。いくら頑張ったところで、製薬会社の営業職ほどは貰えません」

なるほど、アルマ製薬はその体質こそブラックでも、給料面ではホワイトだったわけか。

それなら、彼が悩むのも無理はない。

「今はまだ、なんとか借金もせずに暮らせてますけど、この先、娘の学年が上がるにつれて、話は変わってくる。学習塾や家庭教師、それ以外にも必要経費が色々とかかるでしょうし、家族の誰かが病気にでもなれば、一気に破産ですよ」

頭を抱え始めた患者。俺が見かねて、「それで、公星さんは再び眠れなくなったんですね」と声をかければ、「違います」と否定されてしまう。

「え、違うんですか？」

「ええ、厳密には」

なんだよ、勿体振った言い方をしやがって。

胸の裡で溜め息を零しつつ、向こうが本題に入るのを待っていると、「そんな私の苦悩を見透かしたように、古巣から『うちに戻ってこないか』って連絡が来たんです。それもかなり熱烈なやつが」と、患者はこちらを見た。

「まさか、復職のラブコールですか？」

俺はハッとして、聞き返してしまう。さっきまでは完全な他人事だった。医師と患者、相談者と被相談者。そんな構図だったはずの二人の近況が、急に重なってしまう。

古巣からの熱烈なラブコールを受け、戸惑っているなんて、まるで昨夜の俺じゃないか。これは他人事じゃない。「それで、どうするおつもりですか？」と、俺は前のめりになった。

公星は少し気圧されつつ、「どうもこうも、それを悩んでいるから、また眠れなくなったんですよ」と言う。

少しがっつき過ぎたな。俺は咳払いをしてから「なるほど、それで？」と、落ち着いたトーンで尋ねた。

「戻れば、給料は今の倍くらい貰えますが、その実働時間を考えるだけで気が滅入ります。以前は早朝から深夜まで、ずっと馬車馬のように働かされていましたからね」

「最近は、企業における労働環境も随分と改善されているそうですし、その辺りの懸念も素直に伝えてみたらどうですか？」

この提案を受けて、ハアとあからさまに患者が溜め息をつく。

「もうとっくに告げてますよ、そんなの。というか、最初はそれを理由に断るつもりでしたから」

公星は言い、時系列順に説明をはじめた。

はじめは、人事部から「再就職のお誘いメール」が届いただけだったそうだ。金銭面での苦労もあったが、あの地獄に戻ってたまるか、と彼はそれを突っぱねた。なのに、〈では、どのような条件なら？〉と返されてしまう。

無視することも出来ず、人事部の人間とやり取りするうちに、メールは労働条件の交渉のような様相を呈し始めたらしい。

「その担当の方は、アルマの企業体質も随分と変わったって言うんですよ。なんでも、労働基準監督署から監査が入ったとかで、変えざるを得なかったようです。だから、給料は据え置きで、働くのは九時五時。有給も堂々と取ってもらって構わないと」

「じゃあ、心配することもないじゃないですか」

「先生、本当にそう思いますか？」と、猜疑心たっぷりの顔で公星はこちらを見た。

「口ではどうとでも言えますよ。あっちはアルマ製薬、トップダウン式の脳筋集団です。労基の監査が入ったくらいで、その本質が変わるとは思えません。色々と擬装はしてても、中身はグズグズに腐ってるはずだ」

公星の全身から放たれる疑心に気圧され、「そう言われると、なんだか怪しい気もしてきますね」と同調してしまう。

その言葉尻に「でしょ？」と食い付き、「しかも、そもそもなんでそこまでして、私を雇い直そうとしているのかが、疑問なんです」と、鼻息荒く告げてきた。

「それは、公星さんが優秀な社員だったからでは？」

「まったく、違います。私なんて、あそこの猛者たちの中では十把一絡げの雑魚ですよ。特に業績が良かったわけでも、ましてやエリート社員だったわけでもありません。なのに、なんでここまで熱烈なラブコールを受けているのか、正直、見当もつかない」

再び頭を抱えた患者が「あっちの言葉通りなら、むしろ願ってもない条件だ。でも、もし騙されているのなら、今度こそ逃げられないような気がするんです」と、泣きそうな声で訴えかけてくる。

　思ったよりも、彼は追い詰められているようだ。

「なるほど。ちなみに、ご家族に相談は？」

「してません。おそらく、話したら反対されるでしょうから」悲痛な顔で笑い、「でも、いつも寝る前に考えてしまうんです。一家の大黒柱として、どうすればいいのかって」と、公星は続ける。

　慎ましいながらも充実した私生活を取るか、それとも、地獄に戻る覚悟で高給取りを目指すか。そんな選択肢を突きつけられたせいで、彼は再び眠れなくなってしまったというわけだ。

　再発の原因が知れたのは喜ばしいものの、肝心の相談はまだ受けていない。俺は軽く上擦った声で、「それで、相談というのは？」と、最後に訊いた。

「こんなことを先生に頼むのは、お門違いだと分かってます。でも、他に頼れるひとがいないんです。私のことも、他の患者さんのように助けてほしい」

　倒れるように前へ出た患者が、俺の手を摑む。

「先生、どうか、アルマ製薬の思惑について調べてもらえませんか？」

4

「では、説明会を始めさせて頂きます」

ビジネススーツに身を包んだ中年男が言い、カフェの照明が落とされた。

暗い店内で光る、壁際のロールスクリーン。聴衆の手元には、高級弁当。少し緊張したＭＲの声を聞きながら、スクリーンへ映し出される都合のいいデータを眺める。

懐かしいな、これぞ製薬会社の説明会だ。このような会は大病院では日常茶飯事で、多い日には一日に二度や三度、開かれることもあった。

ＭＲは商品の有効性を強調でき、医師は日々の診療で使う際の利点や注意点を教われる。名目上はそんな感じの講習会ではあるが、まあ言ってみれば、営業行為の皮を被った接待のようなもので、タダ飯と引き換えにどうぞうちの商品を頼みますよ、というわけだ。

俺はこの説明会というものが昔から好きじゃない。自社商品という時点で、彼らが見せてくるデータはバイアス塗（まみ）れに決まっているし、なにより、薬の特性ばかり解説されるのは退屈だ。

では、なぜ、このノクターナル・カフェで製薬会社の説明会が開かれているのか。

それは俺が「アルマ製薬の内情を知りたい」と狩宿に相談したのがキッカケだった。素知らぬフリをして訊くだけならばうってつけの相手がいるよ、と院長がこの説明会を企画したのだ。

つまり、いま必死で自社の製薬をプレゼンしているMRこそが、その「うってつけの相手」ということになる。

脂ぎった地黒の肌に、ぼてっと垂れた頬肉。狩宿によれば、この馬場寅次郎という男は、優秀な人間の多いアルマ製薬の営業部では珍しくポンコツで、そのうえ、かなりのゴシップ好きらしい。

彼が今、紹介しているのは「ネムレルル」という眠剤なのだが、さっきからずっと「ネムレルルで眠れる」とダジャレみたいな台詞をバカみたいに繰り返しているせいで、内容などいっさい頭に入ってこない。ゴシップ好きはともかく、ポンコツという評価は妥当だろう。

代わりに目がいくのは、馬場の容姿ばかり。汗で濡れた前髪の隙間から、だだっ広いオデコが丸見えなのだが、彼がこちらを振り向くたびに、その額がプロジェクターの光を反射するせいで、俺は弁当を摘みながら噴き出しそうになった。

「なにか面白いことでもありました？」と、右隣から水城が小声で訊いてくる。

「いや、オデコがピカピカ光るせいで集中できなくて」と返せば、ナースも身を震わせながら、笑うのを我慢し始めた。

その様子を不思議そうに見ていた左隣の院長にも耳打ちし、結局、三人しかいない観客は皆、込み上がる笑いを我慢するはめになる。しかし、あとちょっとでスライドも終わるという辺りで、ついに堪えきれずに、三人まとめて噴き出してしまった。

ロールスクリーンの前で「え？　え？」と取り乱す馬場に、「もう、さっきから『ネムレルで眠れる』って、そんなのダジャレじゃないですか」と、水城が言い訳を口にする。

これはナイスフォローだと、俺と狩宿も「ダジャレがしつこいよ、馬場くん」、「何度も繰り返すから、笑っちゃったじゃないですか」と、その尻馬に乗った。

まさか自分の光る額が笑われているとも気付かず、馬場も「ハッハ、これはちょっとやり過ぎましたかね」などと頭を掻きつつ、「おい、電気戻していいぞ」と部下の女性に指示を出す。

店内の照明がつき、こちらへ合流してきた部下が「最後までやらなくてよかったんですか？」と馬場に尋ねた。

「いいんだよ、もう切りもいいし。さっさと帰り支度をはじめろ」

ポンコツ上司に言われ、「はい」と、部下はプロジェクターを片付けはじめる。どうやら馬場に彼女を手伝うつもりなどないらしく、「これもどうぞ」と、ネムレルの名前が刻まれたアメニティーを俺たちのところに配りに来た。そこで、俺は院長に目配せする。

軽く頷いた狩宿が、「そういえば、聞いたよ、馬場くん。なんでも、労基の監査が入ったんだって？」と、ガマガエルみたいなＭＲに問い掛けた。

「あちゃあ、先生のお耳まで届いてしまいましたか」

苦笑いで馬場は言い、「まあ、仕方ないですよ。社員がひとり、過労死で死んだとなれば、監査も入りますって」と口走る。

予期していなかった情報に、俺たち三人は顔を見合わせた。社員の過労死が引き金となって、労働基準監督署が調査に乗り出したのか。

「誰か、社員の方が亡くなったんですか？」

「ええ、余座緑郎ってていう奴でね。あいつも営業でしたから、一緒に仕事をしたこともあったんですけど、いやあ、あれは惜しい男を亡くしましたよ」

言ってる傍で、部下の女性が自分を睨みつけていることに気付き、「でもまあ、過労死っていうのは言い過ぎですね。直接の死因は事故死で、労基の調査でも過労の証拠は見つからなかったそうですし」と、馬場は言い訳を始めた。

なんともまあ、口の軽い男だな。俺は感心しつつ、「事故って？」と尋ねる。

「なんでも、トラックに轢かれたそうですよ。深夜に」

「それがなぜ、過労死の疑いを？」

「当時は自殺かも、なんて騒がれてたんですよ。まあ、それも仕方がないかな。あんなイジメみたいな扱いを女帝から――」

ベラベラと止まらない上司の口を、「馬場さん！」と部下が止めた。

「なんだよ。いま、先生方と交友を深めてるんだろ」

　腹を立てたポンコツ上司に彼女がなにかを耳打ちする。しかし、「そうだったな、箝口令が敷かれてるんだった」と彼が大声で復唱したせいで、内緒話も筒抜けだ。部下の女性は額に手をやり、ダメだこいつ、と言わんばかりの表情を浮かべている。

「とにかく、色々ありましてね。監査は入りましたけど、まあ、お咎めはなかったということでして。安心して、うちの『ネムレル』をお願いしますよ」

　馬場ははぐらかそうとするが、もう手遅れだ。院長が「それで、アルマの企業体質は変わったのかい？」と、さらに踏み込んでいった。

「まあ、キッカケにはなりましたかね。上もこのままじゃダメだと、職務改善運動みたいなことを始めましたから」

「でも、アルマ製薬といえば、『二十四時間戦えますか』を地でいく、昭和の企業戦士みたいな連中じゃないか。あれがそう簡単に変わるの？」

「それがね、先生。最近、変わってきたんですよ」

　狩宿の二の腕の辺りをポンと叩き、「でも、余座の死や監査の件は関係ないんです」と馬場は続ける。「少し前にね、若い社員がごっそり辞めたんですよ。こんな会社についていけるかってね」

「馬場さん、それくらいにしておいた方が」

部下は再び止めようとしたが、「なんだよ、本当のことだろ？　おまえの同期だってバンバン辞めたじゃないか」とポンコツは聞かない。

その間抜けさを突いて、「じゃあ、今は人手不足なのかい？」と、狩宿がもうひとつ質問を捻じ込んだ。

「ええ、そりゃあもう各部署、ヒーヒー言っとりますよ。まあでも、うちは腐っても大手ですから、それなりに手は回ってますけど、このまま人員の流出が続けば、手どころか首も回らんようになるでしょうね」

まるで他人事のように、馬場はゴシップを散蒔き続ける。最初に狩宿から提案されたときは、説明会なんて、と俺も半信半疑だったが、助言を受け入れて正解だった。

この馬場という、歩く暴露記事のような男なら、なにを訊いても答えてくれるだろう。そう確信したところで、「さあ、片付けは終わりましたよ。もう、お暇しましょう」と、女性社員が彼の腕を引っ張った。

「そうか、そうだな。長居し過ぎても、お邪魔だろうし」

「まだ大丈夫ですよ。興味深い話がたくさん聞けそうですし」

俺はなんとか引き止めようとしたが、「ダメです、そう言われてるうちが華ですって。ほら、帰りますよ」と、ポンコツMRは部下に引き摺られるようにしてカフェから出ていってしまう。

まあ、名刺は貰ったし、あの男なら呼べばすぐに来るだろう。俺は「色々と気になるワードが出ましたね」と、院長の方を向いた。

「過労死に監査、そして若手の人員流出か。まるで沈没寸前の難破船だな」顔を顰めた狩宿が、「それで、どこまで患者さんに教えるつもりなの？」と訊いてくる。

「もちろん、全部話しますよ。それで復職するかどうかは、公星さん次第ですが」

俺は溜め息まじりに言い、水城の隣に腰を下ろした。すると、「先生なら、どうします？」と彼女に訊かれる。

色々なしがらみを覚悟して外科医に戻るか、このまま平和に睡眠医を続けるのか。そう訊かれたような気がして、「さあね」と俺は答えを誤魔化した。

なにはともあれ、これでラブコールの背景も、少しはクリアになってきた。あとは、公星の天秤が「金」と「平穏」のどちらに傾くかだ。

5

月曜日の二十三時過ぎ。いつものように予約患者を捌いていると、水城が「先生、大変です」と診察室に駆け込んできた。

「なんだよ、忙しない奴だな」俺は文句を言いつつ、「お大事に」と、診ていた患者を部屋から追い出す。

「それで、なにが大変なんだ？」

「いま、公星さんからクリニックに連絡があって。旅行から帰ってきたら、自宅が空き巣に入られてたんですって」

「うわ、それは最悪だな」俺は言って、「でも、なんでうちに電話を？」と聞き返した。空き巣に入られたことには同情するが、警察ならともかく、睡眠医にできることなどない。

「なんか、どうしても先生に来て欲しいって言われて」

「だから、なんで？」

「分からないです。でも、すぐ向かいますって、返事しちゃいました」

フクロウみたいな顔で、ナースは言う。彼女の目は爛々と輝いていて、その底知れぬ好奇心が刺激されたのだと伝わってきた。

「あのね、水城さん。今夜は特に予約患者が多いんだ。こんな序盤で抜けるわけにはいかないよ」

俺は諭すように言ったが、「大丈夫。院長にカバーしてもらえるよう、すでに言質は取ってきましたから」と、看護師は怯みやしない。

「ほら、はやく着替えて駐車場に行きましょう。今夜は車で来てるんで、わたしが送っていきますよ」

水城に急かされるまま、俺は狩宿と診察を交代し、駐車場へ向かう。彼女がアクセルを踏み込むと、銀色のエコカーは夜の街中に飛び出していった。

「なあ、それにしても最近、仕事をサボり過ぎじゃないか？」

嫌気を込めて運転席へ投げかければ、「これも立派な仕事ですよ。先生がうろちょろすることで患者さんが安心できるんなら、安いもんじゃないですか」と返ってくる。

「うろちょろって、酷い言い草だな」

俺は不貞腐れつつ、窓を開けた。四月も終わり、最近は夜中も暖かくなってきて、ちょっと走っただけで汗ばむようになった。

窓から吹き込む風に涼んでいると、「でも、ホントになんで呼ばれたんでしょうね」と、水城が首を傾げてくる。

「ほら、理由も聞かずに暴走するから、そうやって後でモヤモヤするはめになるんだよ」

俺は厭味たっぷりに言うが、彼女に効果はなかったようだ。「ねえ、先生はなんでだと思います？」と、しつこく訊いてくる。

「知らないよ。最近は病状も安定してきたっていうのに、こっちが聞きたいぐらいだ」

顔に排ガス塗れの風を受けつつ、俺は吐き捨てるように言った。

馬場寅次郎から聞き出した、アルマ製薬の内部事情。それを全部聞いたあとも、公星はしばらくどうすべきかと進路に悩んでいた。

金と時間の間で揺れ動く天秤。結局、その優劣を決めたのは、彼の家族だった。心配をかけまいとして、ずっと秘密にしていた再雇用問題。常に不条理な二択を抱えていたことで、彼は憔悴していき、ついに妻から「なにかあったの？」と訊かれてしまう。もう自分だけでは答えを出せそうもない。観念した公星が、妻と娘に秘密を打ち明けたところ、彼女らの出した答えは「絶対にやめておけ」だった。

お金が必要なら、切り詰めればいい。習い事だって減らせば済む話だし、学費の高額な私立校も、最悪、転校したって構わない。それより、あなたの健康の方が大事よ。

家族からそう言われ、公星の覚悟は決まる。再就職のオファーを蹴ったことで迷いも消え、彼の体調はみるみる回復していった。さらに、彼の事情を耳にした今の雇い主、妻の伯父から「気分転換に」と、温泉旅行のギフト券まで貰ったという。

「たしか、先週末から始まったゴールデンウィークを利用して行くって言ってたよな」

不意にダッシュボード上のチンチラから声をかけられ、「ああ」と返事をしてしまう。

「なんですか？」

水城に問い掛けられ、「いや、可哀想だなと思ってね」と誤魔化した。「せっかく悩みも解決して、家族水入らずの温泉旅行だっていうのに、空き巣なんかに入られてさ」

「ああ、そっか。電話で『旅行帰り』って公星さんが言ってたのは、例の温泉旅行のことだったんですね」ナースは言い、「あれ」と小首を捻る。「たしか、ゴールデンウィークをほとんど全部使うんだって、公星さん、言ってませんでした？」

「どうだったかな、そこまでは覚えてないよ」

「いや、たしかそうですよ。五泊六日なんて羨ましいなって思ったのを覚えてますもん」

「うちみたいに小さな診療所じゃ、まとまった休みなんて取れないもんな」

家族も趣味もない身からすれば、正直、こういう行楽シーズンは仕事がある方が気は楽だ。しかし、多趣味な彼女ならば、なんだって予定を立てられるのだろう。

運転席の方を見てみると、少し悄気返った様子の水城が溜め息をついていた。

俺は少しでも気分転換になればと、「それにしても、まさか公星さんの会社を辞めたきっかけに、余座って社員の死が関わっていたとは驚きだよな」と、彼女の好きそうな話題を振ってやる。

「ですよね。趣味のＤＩＹだって、その余座さんに教えてもらってハマったそうですし、これはなにかあるなと、わたしのレーダーにもビンビン、反応がありました」

ぱっと明るくなった水城に、「だよな」と俺も同調した。

「公星さん、『競争意識ばかり煽られる環境で、余座さんだけが丁寧に仕事を教えてくれた』って、言ってましたもんね。そんな先輩が過労死で死んだとなれば、会社も辞めちゃいますよ」

「いや、過労死は言い過ぎだろ。労基の調査でも証拠は見つからなかったんだし」

俺が言うと、運転中の水城がこちらを向き、「本気で言ってます？」と凄んできた。

「おい、前を見ろよ」

注意した瞬間、前方の信号が赤に変わり、エコカーが急停止する。俺はシートベルトの締め付けを胸に感じながら、「あぶな」と漏らした。

しかし、水城は乱暴な運転を謝ろうともしない。ハンドルを握ったまま、「ねえ、先生。あの公星さんの話を聞いて、本気で過労死じゃないと思ってるんですか？」と顔を近づけてきた。

まあ、彼女の言いたいこともわかる。

公星によれば、余座は亡くなる寸前まで、壮絶なイジメを社内で受けていたそうだ。担当する薬剤の種類をコロコロ変えられ、手柄は他の社員に譲り、ミスはすべて彼に押し付けられる。そんな環境で、夜中にフラフラと街をうろついているところを、トラックに轢かれたというのだから、彼は会社に殺されたようなものだ。

しかし、そういうイジメは記録に残らない。上の命令は絶対、という脳筋企業において、告げ口などする社員もおらず、だからこそ、労基の捜査員たちも、これといった証拠を見つけられなかったのだろう。

しかも、余座を苦境に押し込めていたのが、一人の幹部社員だというのだから、手に負えない。

「あの、何て言いましたっけ、『アルマの女帝』って呼ばれてるひと」

「ああ、次郎小夜子な」

次郎小夜子。通称、「アルマの女帝」と呼ばれる幹部職員だ。彼女は創業者筋の血を引いており、現会長は祖父、社長が叔父というサラブレッドらしい。大株主さえ皆、親戚なので、彼女の社内での権力は凄まじく、逆らった社員は散々な目に遭うそうだ。

そんなコネの固まりに、余座は目をつけられてしまった。公星によれば、社内での強烈な冷遇も全部、彼女の指示らしい。

「つまりは、その女が余座さんを殺したようなものじゃないですか。なのに、何のお咎めもないなんて、信じられない」と発奮した水城がアクセルを踏み込む。

会ったこともない故人に、そこまで感情移入できるなんて、と俺は呆れた。もちろん、俺だって同情はしている。でも、余座の苦境は避けられたんじゃないか、とも思っていた。

入社したての若手社員なら、まだ分かる。知らず知らずのうちに、女帝の逆鱗に触れてしまった、なんてことも起こりうるだろう。しかし、余座は公星よりも古株のＭＲだった。次郎小夜子の恐ろしさなんて、骨身に染みて分かっていたはずだ。なのに、なぜ、彼はアルマの女帝に目をつけられるような愚行を犯したのか？

この疑問が頭から離れないせいで、俺は水城ほど、余座を擁護できなかった。もちろん、イジメの契機についても公星に尋ねてみたが、その辺りの事情はアルマ社内でも謎だったそうで、彼も詳しくは知らないと言う。

余座と次郎は不倫関係にあり、別れ話で縺れたとか、元々人望のあった余座が気に食わなかっただけだとか、聞こえてくるのは噂話ばかり。でも、真実は誰も知らない。

そんな状況で、余座の仕事を引き継いだのが、公星らしい。亡き先輩の仕事ぶりを目の当たりにし、その優秀さに彼は泣いた。余座さんはここまで会社に尽くしたのに、あんな目に遭うのか、と。

身体もボロボロ、心もボロボロ。そこに尊敬する先輩の哀れな末期が重なり、公星はアルマ製薬を退社した。この話を診察室で聞かされたときは、「そんな思いで辞めたのに、復職を迷うくらい、給金がいいの？」と不思議に思ったものだ。

「着きましたよ」

回想の最中に声をかけられ、俺は顔を上げる。目の前には六階建てくらいのマンションがあり、その前で水城は車を停めた。道を挟んだ向こう側には、コインパーキングの看板が見えているのだが、彼女はここに路駐するようだ。

「あっちのパーキングに停めなくて、大丈夫？」

「大丈夫ですよ。こんな夜中に違反駐車の切符なんて切られませんって」

笑いながら、水城が車を降りていく。「いや、切られるときは切られると思うけどな」と独り言を呟きながら、俺も彼女のあとを追った。

オートロックの共有玄関を抜け、最上階に到着するや否や、「すみません、わざわざ来ていただいて」と、部屋の外で待ち構えていた公星がこちらに駆け寄ってきた。

「構いませんよ」俺は笑みを浮かべながら嘘をつき、「でも、なぜ呼ばれたのかは気になりますね」と彼の顔を見る。

「とりあえず、中を見てもらえませんか」

理由も告げずに、彼は案内を始めた。俺は水城と一度、顔を見合わせてから、その背中を追う。

玄関を抜ければ、異変はすぐに伝わってきた。靴箱が開かれていて、中に収められていたのであろう靴が、三和土(たたき)の上に放(ほう)り出されている。その先の廊下も物が散乱していて、扉はすべて開けっ放しになっていた。

「これは酷(ひど)いな」俺が呟いた隣で、「もう警察には？」と水城が問い掛ける。

「ええ、帰宅してすぐに通報しました」

公星は泣きそうな顔で言い、「妻と娘は、伯父の家に避難してもらってるんです。私は残って、警察の検分に付き合いました」と、廊下を進んだ。

途中、覗き込んだ寝室なども酷かったが、リビングの光景は圧巻だった。ほぼすべての戸棚が開かれていて、中身が床に落ちている。まるで、屋内で竜巻でも発生したかのような被害状況だった。

たしかに酷い。自宅という最もプライベートな空間を、ここまでしっちゃかめっちゃかにされたのだから、精神的なダメージも相当だろう。しかし、まだ自分たちをここへ呼び出した理由については不明だった。

「警察も呼んで、家族も避難済み。なら、なんで我々を？」

床に散乱した物を踏まないように気を付けながら、こちらが改めて問い掛ければ、「貴重品が、全部無事なんですよ」と不思議な答えが返ってくる。

俺たちが首を傾げていると、「被害額を計算しろと警察に言われて、私も調べてみたんですけど、奇妙なことに盗まれたものがほとんどないんです。通帳とかカードも無事だし、入り用の時のため、下ろしておいた現金にも手を付けてないんです」と彼は続けた。

「それは、良かったですね」

被害がないと言うのだから、そう返すしかない。しかし、公星に「良くないですよっ」と、凄い剣幕で怒られてしまう。

「ここまで家を引っくり返しておいて、なにも盗まないなんて、逆に気持ち悪いでしょ。金じゃないのなら、いったい、犯人の目的は何なんですか？」

問い掛けられ、俺は思わず怯（ひる）んだ。しかし、そこで「先ほど、『盗まれたものがほとんどない』とおっしゃいましたね」と、水城が声を上げる。「ほとんど、ということは盗まれたものもあったと？」

「ええ、無くなっているものもありました」

悲痛そうな表情の公星に「なにが盗まれてたんですか？」と、彼女は顔を近づけた。

「無くなっていたのはパソコンと、その周りに置いていたUSBメモリとかの電子記憶媒体だけです。私が仕事用に使っているものも、妻のも、そして娘の学習用に買ったパソコンも盗られてました」

「なるほど。つまり、空き巣の目的は、何らかの『データ』だったというわけか」

俺が呟いた所で、「これって絶対、アルマの仕業ですよね」と、公星が腕にしがみついてくる。

「なんでそう思うんですか？」

「だって、他に誰がこんなことするんですかっ、きっと、私が再雇用の誘いを断ったから、実力公使に出たんですよ！」

叫びを上げる公星に、「そうだとして、彼らの探しているデータって？」と問い掛ければ、「知りませんって、そんなのっ」と怒鳴られてしまう。

電子記憶媒体のみが盗まれた、奇妙な空き巣被害。その裏にいるのがアルマ製薬だと思ったから、事情を知る俺たちを公星は呼びつけたのだろう。気持ちは分からないでもないが、いくらなんでも早合点が過ぎるように思う。

さて、どうやって彼を宥めようか。俺が言葉を選んでいると、床に膝を突いたまま固まっていた公星が、スマホをズボンのポケットから出して、見せてくる。

画面に流れているのは定点カメラで撮影された動画で、いわゆるタイムラプスと呼ばれる映像だ。画面の中央で、公星と彼の娘らしき子供が何かを組み立てている。

「これは？」

「趣味のＤＩＹで、この間、娘と小さなキャビンを建てたんです。売ってるキットを取り寄せて、妻の伯父が持っている空き地を使って」

キャビンというのは初耳だったが、映像を見る限り、物置小屋のことのようだ。しかし、こんなものを見せられても、返答に困る。ただ黙って画面を覗き込んでいると、「ほら、ここです」と公星が映像を止めた。

「分かりますか、ここですよ」と、彼が頻りに指差している部分をよく見てみれば、茂みの中に人影のようなものが見えた。

「ここに、男が潜んでいるんです」彼は言い、画面をピンチアウトして見せてくる。

「たしかに、誰かいますね」

カメラは、はっきりと男の顔を捉えていた。坊主頭で痩せ形の、上下ともに黒い恰好をした怪しげな人物だ。

「旅行先で、この映像を見てたんです。その途中で娘がこの男に気付いて、『怖い怖い』と怯え始めて」

「たしかに、見知らぬ男にずっと見張られてたなんて、怖いですよね」

水城の同意に「でしょ?」と頷いた公星が、「この男が外に居るかも、と娘は怯えて、旅館の部屋から出なくなりました。それで旅行を中断して帰ってきたんです」と続ける。

「そしたら、この有り様だったと」俺は散らかった部屋を見回して、「それは娘さんもショックだったでしょうね」と同情した。

「知らぬ間に監視されていて、しかも、旅行の隙を狙って家に侵入してくるなんて、常軌を逸してますよ。こんなことをするのは、アルマ以外に考えられない」

完全に彼らを犯人認定している公星は言うのだが、ここで同意するのも危険だな、と俺は思った。彼がなにか馬鹿なことを為出かす前に、気を落ち着かせないと。

「公星さん。空き巣のことは警察に任せて、ここをいったん離れましょう。ご家族が避難されている、その伯父さんの家にでも」

彼の肩を擦りながら言えば、「そうですね。ここに留まっていると、不安で頭がおかしくなりそうだ」と、公星は立ち上がった。

彼と一緒にマンションを降り、共有玄関を出たところで、「送っていきますよ」と声をかけた水城が次の瞬間、キャッと悲鳴を上げる。

「どうしたんだよ、急に」

「駐禁切られてる」

呆然（ぼうぜん）とした顔で水城が指差した辺りに、黄色いステッカーが張られていた。

「ほら、だから言ったじゃないか。夜中だからって安心できないって」

ショックを受けている彼女に「あっちにコインパーキングがあったんですけどね」と、公星が苦笑いで声をかける。

彼が言っているのは来る時に見たパーキングのことで、「俺もあそこに停めればって、言ったんですよ」と、そちらを見た。すると、駐車場の方からこちらを見ていた男と、ちょうど目が合う。

そいつは、すぐに車の陰に隠れたが、その顔がはっきりと見て取れた俺は「水城さん」と、駐禁切符に嘆く彼女の背を叩いた。こちらが三段警棒を手にしているのを見て、「どうしました？」と、彼女は立ち上がる。

「さっきタイムラプスに写ってた奴（やつ）が、あそこの駐車場にいるみたいなんだ」

こちらの会話を聞いていた公星が「え？　え？」と慌て始めた。

「じゃあ、ちょっと行って、捕まえてきますね」

水城は言うと、ダッシュで道路を渡っていった。「そんな危ないことを女性にさせるわけには」と止めようとした公星を俺は制止する。

「大丈夫ですよ。彼女は普通じゃないですから」

加勢しようとする公星と押し問答しているところへ、向こうから「ぎゃあ」と悲鳴が聞こえてきた。俺たちも急いで駐車場へ向かえば、水城に組み伏せられた男が「なんだよおまえらっ、警察を呼ぶぞ！」と騒いでいる。

俺はアスファルトの上に落ちていた車の鍵を拾い、電子開錠キーを押した。反応した車のドアを開けてみれば、後部座席に色取り取りのパソコンが置かれている。

「あれって、ご自宅から盗まれたやつですか？」

唖然としたまま固まっている公星に問い掛けると、「あっ、そうです」と彼は激しく頷いた。

「どうやら、こいつが空き巣犯で間違いないようですね」

俺は溜め息まじりに言い、助手席の上に置かれていた財布を開いてみる。すると、中に名刺の束と免許証が入っていた。

「根津興信所って、おまえ、探偵なのか？」

問いかけたところで、「クソッ」と男が舌を鳴らした。

6

根津幹彦、四十二歳。根津興信所の経営者にして、唯一の社員。彼はアルマ製薬に雇われた探偵だった。

顧客の注文は、とある音声データを捜し出すこと。その内容までは聞かされていなかったものの、彼は代わりに、「おそらく、この中に余座緑郎からデータを託された人間がいるはずだから」と、数名の名前が記されたリストを顧客から渡されていた。

根津はリストの人間の身辺調査を進めるうちに、余座と親交の深かった後輩社員、公星健人に的を絞るようになる。

職場や自家用車、空き地に建てた物置小屋など、セキュリティーの低そうな場所はあらかた調べ終えたが、成果はなかった。残っているのは公星の自宅ぐらい。しかし、小さな子供と専業主婦のいる家は、なかなか忍び込む隙がない。

そこで公星一家が温泉旅行に出かけると知り、根津はこのチャンスを逃すまいと、行動に移した。旅行は五泊六日、時間はある。まずは徹底的に家捜しして、あとから元通りに戻せば、不法侵入したことにも気付かれないだろう。

慢心した探偵は、無人となったマンションで作業に熱中していた。しかし、休憩がてら、公星の自家用車に仕掛けた盗聴器の音声をオンにしたところで、「もうちょっとで家に着くから」と、不穏な会話を耳にしてしまう。

どうやら家主らは、もうすぐそこまで来ているようだ。焦った根津は、これから中身を調べようと一カ所に纏めていた電子機器を抱えて、マンションから逃げ出した。

「そこを、君たちに捕まったわけか」

昼間のノクターナル・カフェで、「間抜けな空き巣もいたもんだねえ」と狩宿が笑う。

「もうとっくに作戦は失敗してるんだから、さっさとその場を離れれば良かったのに」

「それがね、なんでも、犯行現場に忘れ物をしたようで。根津はなんとかそれを取り戻せないかって、機会を窺ってたらしいんですよ」

「忘れ物って？」

「私物のデジカメですよ。根津は荒らす前のマンションの様子を写真に撮っておいて、探し物が終わったら、その写真を参考にしながら片付けるつもりだったそうです」

ブース席の公星に「なのに、それを現場に忘れてきちゃうんだから、間抜けですよね？」と問い掛ければ、「ええ。念のために、今日も持ってきましたけど」と、紙袋をテーブルの上に置いた。その中から、透明のポリ袋に詰められたデジカメが出てくる。

「相当、焦ってたんでしょうね。中のメモリカードには色んな写真が残っていたし、こんなのを警察が見つけていれば、すぐに持ち主が特定されたでしょう」

俺がポリ袋の端を抓(つま)み、ブラブラさせながら言えば、「そういえば、なんで公星さんは警察が検分してるときに、それを渡さなかったの？」と院長が問い掛けた。

「単純に気付かなかっただけですよ。自宅は荒れ放題でしたし、妻の買ったものかと思って、気にも留めてなかった」

溜め息まじりに言った公星を、「いやいや、同じ状況なら、きっと僕だって気付きやしませんよ」と、狩宿が宥める。そしてこちらを向き、「それにしても、素直な泥棒だね。全部、洗いざらい白状するなんてさ」と話を再開させた。

「まあ、証拠は揃ってましたからね。警察に突き出せば、言い逃れなんて出来やしない。仕事に矜持があるようなタイプにも見えなかったし、空き巣として逮捕されるくらいならって、根津は開き直ってましたよ」

「それにしたって、ベラベラ喋り過ぎじゃないかい？」院長は腕を組み、「探偵っていうのは、もうちょっと寡黙というか、動じないイメージがあったんだけどな」と首を捻る。

「あいつは探偵というより、『モラルのない何でも屋』って感じでしたから」

　俺は苦笑いで言い、「それに」と、ブース席の端へ目をやった。

　視線を感じた水城が「なんですか？」と訊いてくる。たしかに、根津は逮捕も怖れていたのだが、それ以上に彼女に怯えていたように見えた。簡単に口を割ったのも、水城が常に根津の関節を締め上げていたからだろう。

　昨夜、同じ光景を目の当たりにした公星も、あれ以来、彼女とは微妙に距離を取っているような気がする。俺だって、水城が強いことは充分に理解していたつもりだが、足を引き摺りながら帰っていく根津の姿を見たときは、改めて「怖い女だな」と思った。

　小柄な女性に怯える成人男性二人を余所に、「でも、そのまま逃がしちゃって、本当に良かったのかい？」と、院長が呑気に訊いてくる。

「自白の様子も動画に収めてありますし、アイツは金輪際近づいてきませんよ。そんな馬鹿な真似(まね)をしたら、再び水城さんの拳(こぶし)が火を噴きますからね」

調子に乗って口走ってしまった言葉尻に、「あっ」とナースが噛み付く。

「やっぱり先生、あの根津ってひとがわたしにビビって、白状したと思ってるんでしょ？言っておきますけど、あれは拷問じゃないですからね。関節を極(き)めながら、『逃げたら殺す』って、後ろから耳打ちしてただけで」

充分、拷問じゃないか。そんな台詞を飲み込みつつ、「ま、まあ、とにかく、得たい情報は得られましたから。むしろ、今はこっちの方が気掛かりです」と、俺は一冊の手帳を懐から取り出した。

「これは？」

「根津の持っていた手帳ですよ」説明しながら、あらかじめ付箋(ふせん)を付けておいたページを開き、狩宿に見せる。

「なるほど、これがアルマから渡されていた人物リストか」

院長は目を細めつつ、そのページを読み始めた。

「え？」と顔を上げ、「この土蓋桃花って、まさかうちの患者さんの？」とこちらを見る。

「驚きですよね。電話番号も住所も一緒だから、同姓同名の別人ってわけでもないし」

探偵がアルマ製薬から告げられたリスト。そこには公星を含めた八名の名前が記されているのだが、その中に知り合いの名前を見つけたときは、俺も狩宿と同じように驚いた。勘のいい院長は、「もしかして、今日は土蓋さんも呼んであるの？」と訊いてくる。

「ええ、もうちょっとで来るはずですよ」

「なるほど。ちなみに、このリストに載ってる他のひとについては、もう調べてみたのかい？」

「まあ、ネット上で得られる情報だけですけどね」俺はページの名前を上から指差しながら、「彼は医療ジャーナリストで、彼と彼女は研究者。この三人はそれぞれ専門の違う医師で、あとはうちの土蓋さんと公星さんになります」と説明していく。

「土蓋さん以外は皆、多かれ少なかれ、医療関係の仕事に就いているひとばかりだね。公星さん、この人たちの名前に見覚えは？」

院長に訊かれ、「ピンとは来ませんね」と、公星は頭を振る。

「余座さんから引き継いだ資料の中にも、たぶん、この人たちの名前はなかったと思います。三人のドクターは皆、関東圏在住のようですから、MRの頃にお会いしてる可能性はありますけど」

公星が首を捻っているところで、カフェの入り口の方から「すみません、遅れました」と女性の声が聞こえてきた。小走りでブース席の方へやってきたのは、土蓋だ。相変わらず隈は深いが、双子入れ替わり疑惑の頃に比べれば、随分とマシな顔付きをしていた。

軽く息を切らした彼女に、水城が水を出す。それをグイッと一気に飲み干し、「それで、わざわざ会ってまで話したいことってなんですか？」と、土蓋が尋ねてきた。

その軽く緊張した面持ちを察して、「そんなに心配しなくて大丈夫ですよ。土蓋さんの治療や検査結果について、呼び出したわけじゃないですから」と説明すれば、さらに彼女の警戒心は露となる。

「まさか、またうちの夫のことで？」

「それも違います」

このままだと埒が明かない。俺は面倒くさくなって、「余座録郎さんって、ご存じですよね？」と直球で彼女に尋ねた。

しかし、「いや、知りません」と言われてしまう。

これは、完全に想定外だ。俺がひとりでダメージを食らっていると、横から「じゃあ、この人たちはどうですか？」と、水城が例のリストを彼女に見せた。すると、「ああ、この人なら。あ、この人も」と土蓋は頷く。

「知り合いなんですか？」

「ええ、まあ、知り合いというか、古株のフォロワーさんですね。わたしのブログの読者です」

キョトンとして答えた土蓋を前に、俺たち四人は顔を見合わせた。

「土蓋さんのブログって、そんな医療特化のやつでしたっけ？」

水城に訊かれ、「最近は違いますけど、昔はね。最初にブログを始めたキッカケが、腎(じん)臓(ぞう)病の闘病日記みたいな感じでしたから」と彼女は言う。

そういえば、腎移植の既往があったなと思い出しつつ、「で、このリストの人たちは、その頃からのファンだったってことですか？」と俺は尋ねた。

「このうちの何人かは当時からコメントをくれてましたし、相談なんかにも乗ってくれてましたよ。この公星さんって方は、知りませんけど」

「あ、それは私です」と手を挙げた公星が、「でも、ブログって皆、ハンドルネームを使うのに、本名なんて分かるんですか？」と、彼女に質問を投げかけた。

初対面の男を少し怪訝(けげん)そうに眺めつつ、「ほとんどのフォロワーさんはそうですね、本名までは知りません。でも、このひとたちとは、オフ会で何度も顔を合わせてますから」と、答えてくれる。そこで、「あ」と、何かを思い出したように土蓋が手を叩いた。

「なんか見覚えのある面子(メンツ)だなって思ったら、あのときのオフ会のメンバーか」

「このリストのメンバーでオフ会を？」

「ええ、もうけっこう前の話ですけど、フォロワーの一人にどうしてもと頼まれて、開いたオフ会があって――」

話している最中に、再び土蓋が「あっ」と手を叩く。「もしかして、その余座さんって、ヨウザットさんのことかも」

「ヨウザット？」と俺が首を捻れば、彼女はテーブルの上に転がっていたペンを手に取り、紙ナプキンに〈YoTHAT〉と走り書きして、見せてきた。たしかに、言われてみれば、余座を捩ったようなハンドルネームにも見える。

「彼もわたしのフォロワーで、さっきのオフ会を開いてくれって言ってきたのが、このヨウザットさんなんですよ。普通は頼まれたところでオフ会なんて開きませんけど、凄く必死に頼まれて、根負けしてしまって」

「それで、ヨウザットさんはそのオフ会でどんな話を？」

「それが、彼が開いてくれって言った会なのに、ヨウザットさんだけ不参加だったんです。しかも、何の連絡もなく。質が悪いねって、集まったフォロワーさんたちも困った様子でした」

開催を懇願したオフ会を、理由も告げずに反故にする。一見、意味のない悪戯のようにも思える行為だが、俺は嫌な予感がして、「いつ頃の話ですか？」と彼女に問い掛けた。

「え？」

「そのオフ会ですよ。いつ開かれたものなんですか？」

「えっと、たしか年末だったと思いますけど」と、土蓋はスマホを弄りはじめる。カレンダーアプリを見返しながら、「そうですね、二年前の十二月十五日です」と、彼女は頷いた。

「なるほど」

俺は呟き、公星の方を一瞥する。すると、彼は青白い顔をして、「余座さんが死んだのは、ちょうどその前日の夜です」と頷いた。

「え、ヨウザットさん、亡くなられてたんですか？」

口元を両手で押さえ、土蓋が悲鳴のような声をあげる。「ブログにコメントしてくれなくなったのも、ただドタキャンして気まずくなったのかなって思ってたのに」

彼女がショックを受ける隣で、俺は「急に冷遇された製薬会社の社員。医療関係に明るいメンバーの集まるオフ会。その前日の死と残された音声データ」と、集まり始めたパズルピースを声に出して確認していく。

「もしかして、事故死ではなく、余座さんは口封じのために殺されたのかもしれないな」

俺としては当然の帰結だと思ったのだが、皆が一様に「えっ」とこちらを向いた。

「まさか、ホントに？」

「いくらアルマでも、そこまでは」

「口封じなんて、いささか時代錯誤じゃないかな」

水城、公星、狩宿が口々に言うなか、「ヨウザットさんって、アルマ製薬のひとだったの？」と、土蓋だけが気になる疑問を投げかけてくる。

「ご存じなかったんですか？」

「ええ、でも辻褄（つじつま）は合います。彼が熱心にコメントを残すようになったのは、わたしがアルマの『ポベドール』の話題をブログに書くようになってからだったので」

ポベドールとは、数年前に認可された免疫抑制剤のことだ。比較的、副作用の少ないことで知られているのだが、そうは言っても、強力な免疫抑制剤であることには変わりないので、使われる現場はかなり限られている。

使用目的はただひとつ。臓器移植の際に発生する移植片対宿主病、通称ＧＶＨＤの予防だ。なので、その存在は知っていても、移植班に属していなかった俺に処方する機会はなかった。

「ポベドールってアルマの製品なんですか？」

公星に尋ねれば、「ええ、そうですよ。しかも昔、余座さんが担当していた商品です」と、彼は言う。

「で、それを土蓋さんは内服していたと」

「ええ、というか、今も内服してますよ。臓器提供を受けた人間は、死ぬまでずっと薬漬けですから。あ、でも、文句なんてありませんよ？　わたしは、生かされている立場です。感謝しかありません」

口早に言い訳を並べていた土蓋が、「でもね」と俯いた。

「でも？」

「手術後、しばらくは調子が良かったんです。でも、内服薬をポベドールに変更されてから、睡眠の質が変わっちゃったような気がして。前まで見たこともなかった、恐ろしい悪夢を毎晩、見るようになったんです」

「なるほど。それでポベドールが原因だと思ったわけですね？」

「そうなんです。でも、主治医の先生は『この薬にそんな副作用はないから、原因は他にある』って取り合ってくれないし、その間にも、どんどんと不眠症は酷くなっていって」

「そこで、うちを紹介されて通院するようになったと」

ちらっと院長の方を向いて言えば、「たしかに、初診のときはそんな訴えもあったね」と、彼は頷く。「僕も薬の添付文章を読んでみたけど、不眠に関する記載はなかったから、そのまま内服は継続するよう指導したと思うよ」

「はい、命に関わる大事な薬だからと。でも、睡眠薬のおかげで眠れるようにはなっても、相変わらず、悪夢は見るんです」

そういえば、夫の入れ替わりを疑ったのも、きっかけは悪夢だったなと思い返しながら、「それで？」と先を促す。

「当時、悪夢は絶対このポベドールのせいだと思ってて、その鬱憤を晴らすようにブログに愚痴を書き続けていたんです。でも、同情の声は上がっても、賛同するようなコメントはほとんどありませんでした。ヨウザットさん以外は」

「余座さんは、賛同していたと?」

「どちらかと言うと、詳しく話を聞きつつ、励ましてくれてた感じかな」

「不思議な話ですね」と、公星が腕を組んだ。「普通なら、自分の担当する商品に、そんなネガティブな意見が書かれていたら、やめさせようとするはずなのに」

「うーん、気になるね」

狩宿が唸ったところで、「そういえば、紗季ちゃんもポベドールを飲んでませんでしたっけ?」と水城が告げてきた。

フワッとした疑惑が、俺の中でゆっくりと形を取りはじめる。

7

大会議にて最後の発表練習を終え、俺が帰り支度を整えていると、ぞろぞろと退出していく医局員たちの波に逆らいながら、中上がこちらに近づいてきた。

「上手くやったな。皆もスライドの出来に感心してたぞ」

元同僚に言われ、「一部を除いてな」と溜め息をつく。たしかに、前回のような冷たさを医局員たちから感じることはなかったが、古世手だけは相変わらずだった。

声に覇気がないだの、集中力不足だのと口煩く注意され、挙げ句の果てには「顔色が悪いぞ。どうせ、また眠れてないとか言い訳するんだろうが、そんなこと、学会の参加者には関係ないんだからな」と、こちらの持病まで攻撃してくる始末だ。

その様子を聴衆の一人として見ていた中上が、「まあ、たしかにあれは酷かったが、スライドに変な文句をつけられるよりはマシだろ」と苦笑いを浮かべた。

「学会までは、もう三日しかないんだ。今さら大規模な修正を求められても困るよ」

愚痴を零している間に、研修医らによる後片付けも終わったようだ。会議室に二人きりとなったのを見計らって、「そろそろ、行くか」と俺は中上に目配せする。

こっそりと廊下に出た辺りで、「それにしても、古世手先生の言う通りだな。おまえ、酷い顔をしてるぞ？」と、彼に言われた。

「しょうがないだろ、寝てないんだ」俺は眉間に皺を寄せ、「学会の資料作りに、日常業務。そこに、製薬会社の陰謀なんて厄介な問題まで抱えてしまって、俺の不眠症は加速しっぱなしだよ」と、欠伸を噛み殺す。

「でも、昼間は眠れてるんだろ？」

「は？」

「いや、渡部さんから『厳密には不眠症じゃなくて、ただ夜行性なだけ』って教えてもらってな」

軽く赤面しつつ、元同僚は言ってくる。最近、やっと二人は交際を始めたそうなので、おそらく照れているのだろう。蛍の元カレとしては少し気まずいが、そんなことより、彼女の口にしたというフレーズの方が気になった。

「『夜行性』って、本当に蛍がそう言ったのか？」

「ああ」

クソッと、思わず口走りそうになる。そんな裏事情を知っているということは、蛍も例の小説を読んだということだ。まるで質の悪いウイルスみたいに、妹から母、教授、元カノと、感染者が増えていく。

顔を顰めたところで中上と目が合い、「たしかに俺は夜行性体質だが、同時に不眠症患者でもある。ストレスが溜まると、昼間でも眠れなくなるんだよ」と返した。

「なるほど」

「だから、おまえにもそろそろ、俺のストレス軽減に協力して欲しいんだが？」と、〈研究室Ｂ〉と書かれた扉の前で足を止めれば、「はいはい、協力しますよ」と、中上が鍵束を取り出し、解錠してくれた。

この部屋の奥にある、電子カルテの端末。発表練習はただの隠れ蓑で、この端末こそが、今日ここへやってきたメインの目的だ。

無人の部屋に電気が灯り、俺は早速、端末へと向かう。中上は電気ポットに水を貯め、飲み物の準備を始めた。

「珈琲(コーヒー)は飲めないんだっけ？」

「ああ、俺は紅茶で」

立ち上がったパソコンに、さっそく、自分のＩＤとパスワードを打ち込んでみるが、やはり認証はされなかった。一応、まだ休職中という扱いにも拘(かか)わらず、すでにアクセスは制限されてしまっているようだ。

しかし、そんなことは想定内。だからこそ、無理を言ってこいつを連れてきたのだ。

「中上、頼む。ダメもとで挑戦してみたけど、やっぱりダメみたい」

モニターを指しながら言えば、飲み物の準備を中断し、元同僚がＩＤとパスワードを打ち込んでくれた。

カルテというのは、病院を訪れる患者にとって、最もプライベートな情報が刻まれた媒体だ。その情報を外に漏らすのは当然、御法度。露見すれば、刑事でも民事でも罰を受けることになる。

だからこそ、電子カルテはプリントアウトどころか、閲覧しただけでも記録が残る仕様になっているのだが、そんな危険な橋を彼は二つ返事で渡ってくれたのだ。

「悪いな、中上。無理させちゃって」

「そんなこと言うなよ。逆に不安になってくるだろ？」

元同僚は顔を顰め、「それに、錦だって完全な部外者ってわけでもないんだ。電子カルテを閲覧させたところで、怒られる筋合いはないさ」と苦笑した。

そうは言っても、院内の規約に触れている可能性は高い。俺は「ありがとな」と言い換え、検索画面に〈ポベドール〉と打ち込んだ。

「それにしても、製薬会社の陰謀なんて本当なのかな」

沸いた湯をコップに注ぎながら、中上が怪訝そうに呟く。まあ、俺も当事者の一人でなければ、そんな馬鹿な、と取り合わなかっただろう。

検索エンジンが頑張っているのを横目に、「それがな」と、俺は共犯者の顔を見た。「現にうちの患者はアルマの雇った探偵に監視されていたし、空き巣紛(まが)いの家捜しまでされたんだ。もう笑って済まされる問題じゃないよ」

「空き巣ってマジで?」

「大マジだ」

大きく頷いてから、俺はここ数日の出来事を彼に話してやる。

「なるほど、担当していたMRの唐突な冷遇に突然死か。しかも、彼が残した音声データを躍起になって探しているとなれば、たしかにきな臭さ全開だな」

中上が唸ったところで、端末の検索が終わる。都立医大にて、ポベドールを内服中の患者は八十人を超えており、思ったよりも数が多かった。

ってくる。

「これを全部調べるとなると、骨が折れるぞ」

こちらが溜め息をつけば、「なら、増員を頼んでおいて正解だったな」と元同僚が言ってくる。

「増員だって？」

睨みつけられ、「やっぱり、ダメだった？」と中上が苦笑いを浮かべた。

相手は長年、医療業界に根を張る大企業だ。どこでその目を光らせているのか、分かったものじゃない。だからこそ、こうやって発表練習の日にこっそり調べているというのに。

「勘弁してくれよ、中上。俺たちがポベドールの内服患者を調べてるなんてアルマに伝われば、どんな目に遭わされるか」

「それは心配要らないよ。彼女は、簡単に情報を漏らすような人間じゃないし」

「彼女？」

俺が首を捻ったところで、コンコンとノック音が聞こえてくる。中上が「来たな」と扉を開けにいけば、その向こうに俺の元カノが立っていた。

「ごめんね、遅れたかな？」

「『遅れたかな』じゃないよ、蛍。なんで、おまえがここにいるんだ？」

呆れて尋ねてみれば、「実を言うと、今日は渡部さんとデートする予定だったんだ。それをキャンセルするのに事情を話したら、『面白そう、わたしも手伝う』なんて言われちゃってさ」と、中上がニヤニヤしながら彼女の代わりに答える。

「そんなサークル感覚で誘うなよ」

俺は嘆息し、手伝うことのリスクを説明したのだが、彼女は怯まなかった。彼氏に危険な橋を渡らせている手前、今さら蛍だけを追い返すわけにもいかず、結局、三人で手分けしながらカルテをチェックしていく。

三十分ほど、黙々と作業をしていたところで、「ねえ、治人」と、元カノが呼びかけてきた。「探偵を送り込まれて気が立ってるのはわかるけど、やっぱり辻褄が合わないよ」

「辻褄？」

「だって、不眠症程度の副作用ならさ、別に隠す必要ないじゃん。免疫抑制剤なんてそこまで種類があるわけじゃないし、命に関わらない副作用くらい、堂々と添付文章に載せても、そこまで売り上げに影響ないでしょ」

作業の手を止め、こちらを見てくる蛍。

まあ、彼女の言い分も分かる。免疫抑制剤とは、臓器移植患者にとって命綱のような薬剤だ。その割に腎障害や肝障害、高血圧など、厄介な副作用を抱えるものが多く、医師や患者にとっては長年、悩みの種だった。

ＧＶＨＤの発症は避けたい。でも、悪性の高血圧や腎障害を放置していれば、患者の命に関わる。そんなジレンマのなか、登場したのがポベドールだ。

副作用の少ない、新たな免疫抑制剤。腎臓や肝臓への負担は抑えられているのに、効果が従来品と変わらないとなれば、そこに多少、眠り辛くなるという副作用が加わったところで、二の足を踏む人間は少ないだろう。

不眠症なんて、命に関わる病ではないのだから。

「だよな、俺もそう思うよ」

こちらがあっさりと同意したことで、「え？」と、バカップルが不思議そうな顔をする。

「でも、それはあくまで臓器移植患者ならって話だろ」

そこで勘のいい蛍が、「まさか、適応疾患が拡大されるの？」と訊いてきた。

「まだ公には決まっていないが、そういう動きがあるらしい」

俺は溜め息まじりに頷き、「ポベドールは副作用が少な過ぎたんだ。これならアトピーやアレルギー関連でも使っていいだろうって、考える人間が出てきても不思議じゃない」と続ける。

このあたりの事情を、俺はアルマのポンコツMR、馬場寅次郎から聞かされていた。先日の説明会の御礼を言うフリをして電話をかけたのだが、彼に「そういえば、ポベドールもアルマの商品でしたよね」と、多少不自然ながらも訊いてみたのだ。

そこで「ここだけの話ですよ」と馬場が教えてくれたのが、ポベドールの適応拡大の噂話だった。

「薬の適応が広がれば、利益は倍増する。でも、命懸けの移植患者ならともかく、もっとマイルドな疾患で使うのなら、不眠症という副作用はネックになるだろう。だから、奴らは必死で隠蔽工作に走ってるんだよ」

自分としては論破できたつもりだったが、「うーん、それもどうかな」と、元カノは首を捻った。「そもそも、順序が逆じゃない？」と、回転椅子に乗ったまま、彼女はクルクル回りはじめる。

「元はあった『不眠症の副作用』って項目が、適応拡大とともに添付文章から消えたのなら分かるけど、その余座ってひとがトラブルに巻き込まれ始めたのは、もう何年も前の話なんでしょ？　その頃から必死に隠蔽工作してたって言われても、ピンとこないよ」

子供みたいに椅子を回しながら、「それに、やっぱり不眠症ぐらいで」と、バカにするようなトーンで彼女は続ける。俺の抱える病であり、飯のタネでもある疾患を見下すような発言だ。さっきは我慢したが、もう看過できない。

「さっきから『不眠症ぐらい』とか、『不眠症程度の』っておまえ、いい加減にしろよ」

「そんな怒ることないじゃん。ただ、命に関わる病気じゃないって言ってるだけで」

「その『命に関わらない病気』で、死ぬほど苦しんでる人間もいるんだ。手伝ってくれるのはありがたいが、もうちょっと言葉に気を付けてくれよ」

俺が声を荒らげたところで、「もしかして、これかな」と、中上が呟いた。その真剣な顔に、俺と蛍もいがみ合うのを止め、彼のモニターを覗き込む。

画面に開かれていたのは、ある移植患者のカルテ。それも、精神科医が記載したものだ。カルテは上から順に、主観的情報、客観的情報、評価、治療計画と並ぶ、一般的なＳＯＡＰ形式で構成されていたが、やけに最後の欄が幅をとっていた。

「やたらと長い考察だな」

俺が指摘すると、「ああ、中でも気になるのはこの部分だ」と、中上がモニターを指差す。

〈最近、外科から紹介されてくる移植患者に、似たような症状が多く見られる。強烈な悪夢による睡眠障害。共通するのは中途覚醒（かくせい）型の不眠症で、中には夢中歩行などの症状が見られる者もおり――〉

そんな記載を読んで、頭に浮かんだのは鳶羽紗季の病状だった。彼女はまさにこの典型例で、夢中歩行こそなかったものの、「強烈な悪夢による睡眠障害」というのは土蓋桃花にも当てはまる。

マリグナント・ナイトメア。このあまりにも強い悪夢のことを、カルテを記載した精神科医は、そう表現していた。しかし、彼はポベドールのことには触れておらず、移植手術による精神的、肉体的ストレスによって発症したのではないか、と考察で指摘している。

「悪性の悪夢、か」

中上は言い、カルテを最新のものへとスクロールしていった。すると、ある日を境に記載はピタリと止み、代わりにインシデントレポートが出てくる。その文面には〈警察によると〉や〈自死の契機は〉など、哀しい後日談を示す言葉が躍っていた。

「まさかこの患者さん、死んじゃったの？」

「ああ、なんでも自宅で首を吊ったらしい」

戦いている蛍を後目に、「なあ、錦」と、中上がこちらを向いた。

「アルマが隠蔽しようとしていたのは、このことじゃないか？」

8

「不眠を訴えたのは、約二割。そのうち、悪性の悪夢が原因で心神耗弱状態となり、自殺したケースが、少なくとも三件は見つかったんですよ」

床に散らばった文庫本を棚に戻しつつ俺が言えば、「マジですか」と、公星が目を丸くする。

「まあ不眠症の方はともかく、死亡例は八十六件中の三件ですからね。危険性を喧伝したところで、三％ぐらいの発生率じゃ、まともに取り合ってもらえないでしょう」

俺が溜め息をついたところで「少しでも信憑性を高めるために、こうやって余座さんの残した手掛かりを必死に探してるってわけですよ」と、別の戸棚を片付けていた水城が言ってくる。

「水城さん、そんな身も蓋もないこと言わないでくれよ。俺たちはあくまで、患者さんのサポートの一環として――」

こちらの言い訳を遮るように、「もう、そんなのただの建前だって、公星さんもとっくに気が付いてますって」と、彼女は眉間に皺を寄せた。

モップ掛けをしながら、「まあ、はい」と、ブラック企業の元ＭＲが苦笑いを浮かべる。

空き巣紛いの探偵に自宅を荒らされた、公星一家。この事件が彼らに与えた恐怖はかなりのものだったらしく、あれからずっと、伯父の家に避難したまま、生活を送っているそうだ。

しかし、いくら怖いと言っても、いつかは帰らなければいけない。その手始めに、まずは家の片付けをしようと思ってるんです、と公星から聞きつけ、俺たちはその手伝いを申し出た。

まあ、完全な善意から手を貸しているわけではない。まだ見つかっていない、余座の遺産。その詳細不明の音声データが掃除ついでに見つかれば、という下心もあった。

そんな思惑を水城が明け透けにしてしまったせいで、リビングルームに気まずい空気が流れてしまう。

「だからって、わざわざこの日に動く必要はなかったんじゃないか、相棒」

唐突に姿を現したオスのチンチラが、床に積まれた本の山に寄りかかりながら、「なんたって、明日は例の学会本番だぜ?」と問い掛けてくる。

「分かってるよ、そんなことは」

他の二人には聞こえないくらいの小声で返す。

「奇特な奴だよ、相棒は。ただでさえ、この陰謀騒ぎのせいで眠れていないのにさ。このままじゃ、当日寝過ごすか、最悪、発表中に倒れるんじゃねえの?」

こんな幻覚のネズミモドキに言われずとも、とっくに己の限界は感じていた。夜はもちろん、昼間も眠れていないせいで、視界はチカチカするし、足下はずっとふらついている。

最後の一冊を棚に押し込むと、俺は休憩がてら、「いまさらですけど、余座さんから託されたものとかって、なにか心当たりはないんですか?」と、家主に問い掛けてみた。

公星は手を止め、「託されたもの、ですか」と、モップの柄に寄りかかる。しかし、そこから言葉が続かない。

「そういえば、趣味のDIYも、余座さんに勧められて始めたって言ってましたよね」

「ええ、そうですよ」

笑顔で頷き、「昔、営業先がリフォーム中の時があって、ドクターを待ってる間、余座さんは『へえ』とか『ほう』とか言いながら、ずっとその作業風景を眺めていたんですよ」と、彼はキッチンへ向かった。

冷蔵庫からお茶を出しつつ、「なにがそんなに面白いのかなって思って、聞いてみたのがキッカケですね」と、コップへ注ぐ。

「プロの仕事ぶりに感心していたってところですか？」

麦茶がなみなみと注がれたコップを受け取りつつ、そう返せば、「というより、建設現場のひとが使っていた電気工具に夢中だったみたいで」と、公星は電動ドリルやエアタッカーの話を始めた。

「分かります。男子って、そういう工具の話好きですよね」

お茶を飲みながら、男って馬鹿よね、とでも言うような調子で水城が相槌を打つ。

「ええ、特に余座さんは筋金入りで、ＤＩＹも『完成品に興味はない。俺は工具を使ってみたいから、物を作ってるだけだ』なんて豪語してましたし」

床に座って麦茶を飲みながら、「その工具好きが、公星さんにも伝染したってわけですか」と返せば、「いやいや、僕は単純に作るのが好きなだけで、余座さんとは違いますよ」と、小首を振られた。

「先輩に勧められた『ガジェット警部』だって、そこまで面白いとは思いませんでしたし」

「なんですか、それ？」

「昔のアニメですよ。主人公の警部がサイボーグで、身体中に秘密道具を仕込んでるんです。映画化もされたんだけど、あんまり流行(はや)らなかったから、知らないかな」

「いや、なんとなく映画は見た覚えありますよ。足からスキー板が生えたりするやつですよね？」

「ああ、それですそれ」

　俺に通じたのが嬉(うれ)しかったのか、「余座さんは、あのアニメが好きでね。その影響で、道具好きというか、工具好きになったんですよ」と、公星は笑顔で頷く。

　そこから、「市販の道具を改造した」だの、「ついにアンティーク工具にまで手を出した」だのと、今は亡き、かつての先輩との思い出話がしばらく続いた。その最中に「あっ」と公星が声を上げる。

「どうしたんですか、急に」

「いや、そういえば、先輩のお葬式で彼の御両親から『是非、これをあなたに』って、余座さんの所有していた工具類をいくつか頂いたなって、思い出して。以前から『職場に同じ趣味の同志がいる』と聞いてたらしくて、形見分けのようなものです」

「工具ですか」

「ええ。工具箱と、いくつか古い工具を。すみません、余座さん本人から貰ったわけじゃないので、失念していました」

気まずそうにする公星を前に、俺と水城は顔を見合わせた。形見として、後輩に託された工具類。余座が、その中に大事な音声データを隠していた可能性は高い。

「それで、その工具箱はどこにあるんですか？」

「すみません、ここには置いてないんですよ。先輩に貰ったものも含めて、工具の類は全部キャビンの中に保管してるので」

例の、タイムラプス映像の中で組み立てていた小屋か。根津もあの中は調べ済みだと言っていたが、見落とした可能性はある。細々とした工具類の中に、ＵＳＢメモリが一本くらい紛れていても、気付かないだろう。

「じゃあ、さっそく見にいきましょう」と急に立ち上がったせいで、俺は立ちくらみに襲われた。その隣で「今からですか？　けっこう遠い場所ですけど」と嫌がる公星を、水城が「いいから、いいから。運転はわたしに任せて」と、強引に引っ張っていく。

中途半端に掃除を放り出し、公星のマンションから車を走らせること、四十分。ナースの運転する銀色のエコカーが、だだっ広い空き地に到着した。

見渡す限り、周りには畑だけ。遠くの方に民家らしき建物も見えたが、辺りに人影はなく、赤い夕日に照らされた田舎の光景が広がっている。

「これでも、まだ都内なのか」

俺が感心していると、「都内って言っても、八王子まで来れば、こんなもんですよ」と水城が言ってきた。

俺たちが他愛もない会話をする隣で、公星はキャビンの鍵を開ける。建て付けの悪そうなドアを引きつつ、「あの、期待させてしまって申し訳ないんですけど、たぶん、ここにはないと思いますよ」と、こちらを振り返った。

「何を今さらビビってるんですか」

水城に言われ、「いや、ビビってるとかじゃなくて、ここには電子機器なんて置いてないんですよ。あるのは工具類と建築材くらいで、余座さんの形見だって、ただのビンテージ工具ですし」と、通せん坊をしたまま、元MRが文句を並べる。

「ビンテージってことは、公星さんもほとんど使ってないってことでしょ？」

「まあ、そうですね。正直、譲ってもらってから、一度も使ってないです」

「じゃあ、そこに音声データが隠されていても、気付けないじゃない」

一瞬で論破され、「分かりました。中はちょっと汚いですけど、どうぞ」と、公星が小屋の中へ俺たちを招き入れた。はじめは暗かったが、入り口付近に置いてあった大きなポータブルバッテリーのスイッチを彼が捻れば、天井から吊るされた裸電球に明かりが灯る。

八畳くらいはありそうな、広めの小屋。その中に、山積みにされた木材や折り畳み式の家具、それと棚一杯の工具が並んでいた。

壁一面を覆う棚を眺めながら、「充分、公星さんも工具マニアじゃないですか」と俺が言えば、「まあ、私も男子の端くれですからね」と、彼は笑う。

折りたたみ式のテーブルを小屋の中央で組み立て、その上に「これが、余座さんの形見です」と、公星が鉄製の工具箱を置いた。青い塗装がところどころ剝(は)がれた、年代物だ。

水城がガーデンチェアを三つ並べながら、「なんだか、緊張しますね」と言ってくる。

「そうか？」とスカしながら、俺もまったく同じ気持ちだった。

すべての謎を解く、最後のキーピース。それがこの中に隠されているのだと思えば、否(いや)応(おう)無しに気分も高まってくる。

「ドキドキするだけ、損ですよ。本当に、ただレトロな工具が入っているだけですから」

こちらの期待値を下げようと努めつつ、公星が工具箱の蓋を開けた。俺たちは、宝箱を発見した子供のような目で、その中を覗き込む。

赤、黒、黄色と、色取り取りの工具類。中にはトンカチやメジャーなど、見慣れたものもあるが、その用途さえ想像のつかない道具もある。

「まずは、箱の中身を全部、取り出してみましょうか」

俺たちは三人で手分けしながら、出した工具をテーブルへ並べていった。しかし、いくら探しても、電子記録媒体のようなものは出てこない。

大小、四十個ほど道具を並べたところで、空になった工具箱。俺はそれを引っくり返したりしながら、隅々までチェックした。シークレットコンパートメントのようなスペースがないことを確認してから、「こっちは白ですね」と箱を床へ置く。

「次は工具類の方を、注意深く観察してみましょう」

　俺の指示で、二人も目の前の道具を拾う。それぞれ、カッターの刃を出し入れしてみたり、トンカチの柄を振ってみたりするのだが、成果はなかった。

　黙々と作業をするなか、「これ、カッコいいですね」と、水城が赤いポケットナイフを公星に見せる。

「ああ、古いコカコーラの販促用のやつですね」彼はナイフを手に取り、中の刃を戻しながら「良かったら、差し上げますよ」と、彼女に渡した。

「そんな、悪いですよ。こういうビンテージ品って、けっこうな値段が付いてそうだし」

「いや、そんなしませんって。アメリカなんかじゃ、毎年何千個と配られていたそうですからね。売ったところで、二、三千円ってところでしょう」

　水城は返そうとしていた手を引っ込め、「じゃあ、お言葉に甘えちゃおうかな。わたし、こういうザ・アメリカって感じの古い広告品が好きなんですよ」と、俺に自慢するようにナイフを見せてくる。

　正直、鬱陶しかったが、相手にしていても時間の無駄なので「良かったな」と聞き流して、俺は次の工具に手を伸ばした。それは四角い箱状の道具で、見た目よりもずっと重い。

「これって、巻尺ですよね？」

公星に問い掛けつつ、箱から少し出たツメの部分を引っ張ってみるが、肝心の定規部分が出てこなかった。どうやら、中で詰まっているようだ。

「ああ、スタンレー社のコンベですね」

「コンベ？」

「ええ、コンベックスの略です。下の部分が水平になっている、スチール製の巻き取りメジャーなんですけど、余座さんによれば、これはけっこうなお宝なんだそうですよ」

俺の手からコンベを取り、「八十年代製にしては珍しい電動式で、本来ならここを押せば、ビューッとメジャーが伸びていくはずなんです」と、ボタン部分を押すのだが、うんともすんとも言わない。

「バッテリー切れですか？」

「だとしても、メジャー部分は手動で引き出せるはずです。もう、壊れちゃってるのかもしれないな。ほら、外装部分が割れたりしてるし」

たしかに、よく見てみると、プラスチックカバーが割れていた。それに、その下の金属部分も、傷が出来たり、凹（へこ）んだりしている。

「以前、余座さんが自慢げに見せてきたときは、まだ新品同様だったのに。なんで、ここまでボコボコになっちゃったんだろう」

痛ましそうにコンベを擦っている公星を見ていて、ふとある考えが俺の頭を過（よぎ）った。

「余座さんは、そのコンベックスを『お宝だ』って、大事にしていたんですよね？」

「ええ、そうですよ」

「そして、公星さんはずっとこの道具箱の中に放置していた」

「はい。使おうにも、壊れてますからね」

「ってことは、もしかして、余座さんの死を境に、このコンベは傷物になったんじゃ？」

問い掛けられた公星は怪訝そうな顔で、「そうかもしれないけど」と首を傾げる。まだ、こちらの意図は通じていないようだ。しかし、俺が「たしか、余座さんはトラックに轢かれてお亡くなりになったんですよね？」と尋ねたことで、彼の表情は一変する。

「まさか、事故の際にこれを持っていたとでも？」

「余座さんの御両親に確認する必要はありますが、もし死亡時の所持品としてこの工具が出てきたのなら、警察からの返品後、工具箱の中に戻すでしょうし」

俺が腕を組みながら推理すれば、「いくら、工具好きの先輩でも、こんな嵩張るものを普段から持ち歩いてたとは思えません」と、公星がコンベを水城に渡した。

ナースもその重さを確認しながら、「たしかに」と頷く。

「それが普通の工具ならそうでしょう。しかし、余座さんは秘密道具がたくさん出てくるアニメ、『ガジェット警部』の大ファンだった」

水城からコンベを奪い取り、「これくらいサイズが大きければ、中にボイスレコーダーの部品くらい、入りそうじゃないですか？」と、俺は二人の前でそれをかざした。

「録音機能を付けた、改造コンベックスか」公星は唾を飲み込み、「たしかに、先輩ならそれくらいやりかねないな」と、コンベを覗き込む。

「つまり、余座さんは何らかの秘密の会話を録音しようと思って、この改造コンベックスを持ち歩いていた。そこをトラックに轢かれたってことですか」

水城はふんふんと鼻息荒く頷き、「たしかにこれなら、あの根津って探偵の目も誤魔化せそうですね」と、目を輝かせた。

テーブルの中央にコンベを置き、「分解しても構いませんか?」と、俺は現在の持ち主に問い掛ける。

彼は「いや、先輩の形見だし、値打ちものの年代品だから」と渋ったが、「いいじゃないですか、どうせ壊れてるんだし」と水城に押し切られ、スクリュードライバーを出してきた。

ひとつひとつ、ネジが外れていき、ボロボロのカバーがパカッと開く。褐色に染まった内部機構を見て、「これ、まさか血ですかっ」と、公星が身体を仰け反らせた。

赤黒い血がたっぷりと染み込んだ、コンベックス。内部がここまで血塗れになるには、相当な量の血液が必要だったはずだ。やはり、余座は事故の際にこれを身につけていたのだろう。

顔を歪(ゆが)めながらも、「先生の予想通り、中は改造済みですね。メジャーリールが取り除かれて、代わりに何らかの電気回路が仕込まれています」と、公星が教えてくれた。

「でも、何の回路かまでは、ちょっと」

首を傾げた患者に「ピンセットとか、ありますか？」と水城が尋ねる。渡されたピンセットを手に、「わたし、趣味で電子工作を習ってるんですよね」と、彼女はこびり付いた血を丁寧に剥(は)がしていった。

「これがメモリで、こっちがバッテリー。これはマイクかな」と検分を進めていき、「あ、出力端子がありました」と、こちらに見せてくる。

「その形状だと、マイクロＵＳＢかな」

端子の形を見つつ、俺が首を捻れば、「アダプタとパソコンなら、車にありますよ」と、水城がキャビンを飛び出していった。

「いやあ、なにが出てくるのか楽しみですね」

俺はウキウキで公星に声をかけたが、彼は「情けないですよ。まさか、本当に先輩が証拠を託してくれていたなんて」と肩を落とす。

かける言葉が見つからず、「中のデータが、事故で破損してないと良いですね」と、俺は彼の肩をポンと叩いた。

そこからしばらく、静かな小屋の中で、広げた工具の整理などをして時間を潰(つぶ)していたのだが、いくら待っても水城が帰ってこない。

「遅いな」

「アダプタがなかなか見つからない、とかですかね」

二人で首を傾げ合い、俺が「ちょっと、様子を見にいきましょうか」と提案したところで、キャビンの扉が開いた。

木の軋む音に振り返れば、大きな人影が二つ、小屋の中に飛び込んでくる。そして、抵抗する間もなく、後ろから羽交い締めにされ、口元に布を被された。

「なんだ、おまえらっ」と、くぐもる己の声。鼻を突く、化学薬品の香り。わずか数秒で、部屋の電気を落とすかの如く、俺の意識は途絶えた。

9

フワフワと揺れる、手術室。眩しい手術灯の下、俺は顔も見えない男の腹を開いている。周りには麻酔医もいなければ、看護師もいない。俺と患者の二人きりだ。

「これは、もう手遅れかもな」

俺は呟きつつ、胃、腸、腎臓、肝臓と、次々に内臓を取り除いていった。

もう、がらんどうのはずの腹腔内。しかし、中を覗けば、まだ奥になにかある。赤い粘液の中に両手を沈め、俺は手当たり次第に、触れるものを引っ張り出していった。

釣り具のルアー、絵画用の筆、麻のロープにビンテージの巻尺。患者の腹から摘出した異物を消毒盤台の上へ並べていると、どこかから「相棒」と声が聞こえてくる。

俺はそれを無視して、「ゴミばっか、腹に溜め込みやがって。そりゃ、生き辛くもなるよ」と、今度は患者の胸を開いた。

開胸器で胸骨を左右に寄せれば、心膜越しに拍動する心臓が見えてくる。「これも外に出してやろう」と手を伸ばしたところで、再び「起きろ、相棒」と幻聴が聞こえてきた。

「耳障りだな。オペに集中させろよ」

俺は文句を言いながら、心膜に切開を入れる。デリケートな手技だ、失敗は許されない。なのに、そのダンディーな声が止むことはなく、むしろボリュームを増していって、ついには「目を覚ませっ、治人！」と俺の脳内にこだました。

「うるせえなっ、邪魔するんじゃねえよ！」

ぱちっと目を開けば、叫びを上げた俺に周囲の注目が集まっている。右隣には水城が、左隣には公星がいて、二人とも椅子に縛り付けられていた。

「なんだ、これ」

手を動かそうとして、自分も拘束されていることに気が付く。そこへ「おはよう。随分と騒がしいお目覚めね」と声をかけてくる女がいた。

俺たち三人を見下ろす、スーツ姿の女。スタイルは良いが、その化粧の濃さから年嵩なのが窺える。五十前後、といったところだろうか。

「はじめまして」と彼女が握手を求めてきたが、こっちは手を縛られているので応えることが出来ない。それが分かっていて、「無視だなんて、失礼なひとね」と女は笑う。

困惑する俺に、「このひとがアルマの女帝、次郎小夜子ですよ」と公星が教えてくれた。

「なるほど。つまり、俺たちはアルマ製薬の奴らに誘拐されたってことか」

首をコキコキ鳴らしながら言えば、「あら、随分と冷静ね」と次郎が言ってくる。

「まあ、誘拐されるのも、これが初めてじゃないもんで」

虚勢を張った俺に、「っていうか、誘拐され過ぎですよ」と、水城も乗ってきた。「前はスタンガン、今回はクロロホルムかな？　拳銃を向けられたこともあったし、こんな誘拐慣れしたクリニックの職員、日本全国を探しても、他にはいないでしょうね」

ナースの愚痴を聞きながら、俺は何とも言えない浮遊感を覚えていた。まるで、部屋全体が揺れているようだ。嗅がされた薬の影響だろうか。

「おそらく、船の上にいるんだよ」

どこからか聞こえてきた、テンの声。その出所を探っていると、チンチラは水城の肩の上にいた。彼は手招きしながら彼女の身体を降りていき、縛られた手元まで辿り着く。

そのまま、その手の結束バンドを嚙みちぎってくれたらな、と妄想したところで、テンが水城の尻を指差した。後ろポケットの、四角い膨らみ。その正体が分かって、俺は「なるほど」と、思わず声に出してしまう。

「なにが、『なるほど』なのよ」

次郎に睨まれ、「いや、どうせ根津を雇ったのも、アンタなんだろ？」と誤魔化した。

「あら、今さらその話？」

「あのヘボ探偵じゃ見つけられなかった、余座さんが残した証拠。その捜索をアンタは諦めたんじゃなく、俺たちに任せることにしたんだ。遠くから監視して、それらしき物を見つけた瞬間、奪ってやろうと、そんな企み（たくら）だったんだろ？」

女帝はあからさまに溜め息をつくと、「それぐらいの推理で、名探偵ぶるのはやめて欲しいわね」と厭味を浴びせてくる。

俺は気にせず、「それで、今は海の上。まさか、俺たちの死体を太平洋に沈めるつもりかい？」と拘束者を睨んだ。

水城は自分が船の中にいると知らなかったようで、「え、いま海の上なんですか」と、船室の中を見回している。そんな彼女に「ええ、おそらく、アルマの所有するクルーザーの中です。私は一度、乗ったことがありますから」と、公星が震える声で教えた。

次郎小夜子はフフッと笑い、「まだ、どうするかは決めてないわ。二百海里を過ぎるまでに、わたしを説得できたら、陸に帰してあげても良いわよ」と、こちらを見下す。

まるで、餌のネズミで遊ぶネコだな。俺は呆れながらも、「こうガチガチに拘束されてちゃ、満足にケツも掻けないな」と、水城に目配せした。

「先生、こんなときになに言ってんの？」と勘の悪いナースに「物のたとえだよ。でも、そんなこと言ってると、本当に痒くなってきたぞ」と、尻を掻いてみせる。

こちらを見て、「下品な男」と次郎は眉間に皺を寄せたが、気にせず、俺は水城に見せつけるように尻を掻き続けた。すると、「もう、先生がそんなこと言うから、わたしまで痒くなってきちゃったじゃないですか」と、彼女も尻に指を伸ばす。

ポケットの膨らみに触れた瞬間、やっとこちらの意図が伝わったようで、水城がゆっくりと顎を引いた。

公星に貰ったばかりの、ポケットナイフ。それが膨らみの正体だ。次郎に見張られたこの状況で結束バンドを切れるのかは分からないが、他に代案も思いつかない。

俺は敵の注意を惹くため、「二百海里ってことは、国際水域まで出ようとしているのか？」と、アルマの女帝に問い掛けた。

「そうよ。でもその理由まで分かるかしら？」

「さあ、外国にでも売るつもりかい？」

「バカね。わたしが、人身売買なんてするような女に見える？」

「誘拐に拘束、それに殺人まで犯してるくせに、人身売買は忌避するのかよ」

俺が害虫を見るような視線を彼女に向ければ、「殺人？」と、次郎が小首を傾げた。この期に及んで、まだ余座の死は不運な事故だと主張するつもりだろうか。

俺は呆れたが、同時に、これは時間稼ぎの良いネタになるな、とほくそ笑む。

「そろそろ、答えを教えてくれよ。なんで遠海まで俺たちを連れていこうとしてるんだ？」

「国際海域はね、ワイルドウェストみたいなものよ。アウトローの楽園、ロウレスなの。分かる？」

急に英単語が増えたな、と公星の方を見てみれば、「あのひと、帰国子女らしくて、いつもあんな感じなんですよ」と苦笑いを浮かべた。

俺は少し考えてから、「たしか、国際海域には日本の法律が及ばないんだっけ？」と、女帝の方を見る。

「正解よ。そこでは、なにをしてもお咎め無し。目玉を刳り貫いても、指を切り落としても、罰する者がいないの」

鬼の首を取ったかのような高笑いを上げる、次郎。しかし、俺は「馬鹿馬鹿しい」と鼻で笑った。「いくらなんでも、国際法とかがあるだろ」

「それを行使する者がいないって言ってるのよ。死体が陸に流れ着きでもしない限り、日本の警察も動けない。ノーバディ、ノークライムってことね」

またもや聞き慣れない言葉だが、まあ、言わんとしていることは伝わってきた。要するに、国際海域で起きる事件は警察の管轄外だと、彼女は念を押したいのだろう。

「でも、俺たちが誘拐されたのは日本国内の話じゃないか。三人も一気に姿を消せば、騒ぎにもなる。当然、警察だって捜査を始めるぞ？」

「さっきも言ったでしょ、ノーバディ、ノークライムだって。死体がなければ、いくら疑いがあろうと、逮捕なんて出来やしないわ」

この悪党気取りに、なにを言っても無駄だな。俺は嘆息しつつ、横目で水城の方を見た。ナイフはすでにポケットから取り出されていて、彼女は手首を縛る結束バンドにその刃を当てている。

しかし、可動域が狭いため、少しずつしか切り進められないようだ。もっと時間を稼がなければ。

「それで、目的の録音データはもう聞いてみたのか？」

次郎の向こうにあるテーブル。その上のコンベックスを顎で示し、俺は女帝に尋ねた。

「あら、内容が気になるの？」

馬鹿にするような次郎の言葉に、「気になるもなにも、俺たちはすでにその内容を知ってるからな」と返す。

「嘘おっしゃい。見張らせていた子たちに聞く限り、その寸前で捕らえられたはずよ」

「嘘をついているのはアンタの部下の方だよ、次郎さん。俺たちは録音を聞いたし、そのデータのコピーも、スマホで知り合いに送信済みだ」

こちらを値踏みするような視線に、「残念だったな、この航海も徒労に終わるよ」と、俺は笑った。まあ単純なブラフだが、その真偽がハッキリするまでは、この女も俺たちを殺すわけにはいかないだろう。

「ねえ、公星さん。こんなの、誘拐され損ですよね？」

左隣に問い掛ければ、「ええ、堪ったもんじゃないですよ。もう手遅れだっていうのに、こんな悪足掻きしちゃって」と、彼もブラフに付き合ってくれる。

「そこまで言うんなら、どんな会話を聞いたのか、言ってみなさいよ」

女帝は奥の椅子に座り、脚を組んだ。その態度から、しっかりとこちらの主張を吟味してやろうとの意志が伝わってくる。

馬鹿め、時間稼ぎこそがこっちの目的だというのに。しかも、録音内容が「会話」だと、ヒントまでくれるとは。

俺は息を吸い、「どんなって、アンタと余座さんの内緒話に決まってるだろ？」と答えた。

しかし、「まあ、それくらいは予想がつくわよね」と、まだ次郎は動揺を見せない。彼女の余裕を崩したくなって、「内容はポベドールの副作用について、だったかな」と俺は笑みを浮かべた。

ポベドールの名前を聞いて、ぴくりと眉を動かす女帝。さて、ここからは綱渡りだ。

「ほら、例の悪夢に起因する、自殺に追い込まれるほどの心神耗弱のことだよ」

俺は言って、彼女の表情を観察する。こちらの言い分が間違っていれば、彼女の面に優越感が、正しければ、今の苦虫を嚙み潰したような表情が浮かぶのだろう。

「彼は危険な副作用を発見し、上司に警告した。なのに、冷たいよな。気のせいだと誤魔化して、アンタは取り合わなかったんだから」

女帝の顔は変わらない。俺は調子に乗って、「まあ、気持ちは分かるよ。『少ない副作用』が売り文句の薬剤で、突然、そんな地雷みたいな副作用が見つかれば、アンタの懐に響くもんな」と続けた。

しかし、ここで軽く彼女が相好を崩す。間違いない、あれは愉悦を覚えた顔だ。

脳を高速回転させ、どこで間違えたのかと、俺は己の発言を振り返る。彼女の表情が変化したのは、「突然」という言葉を聞いた辺りだ。つまり、余座が報告する前から、例の副作用を知っていたというわけか。

じゃあ、いったいいつから？　俺は思考を巡らせ、最も卑劣な予想を軸にブラフを続けることにした。

「まあ、アンタはこの悪夢の副作用を分かった上で、ポベドールの販売を決めたわけだから、ショックは受けなかっただろうね。誤算だったのは、脳筋だらけの部下の中に、余座さんのようなモラルのある男がいたことだ」

次郎の顔から微笑が消える。どうやら、俺の予想は当たっていたらしい。

てっきり、アルマはポベドールが販売されるまで、悪性の悪夢という副作用に気付いていなかったのかと思っていたが、彼女の反応を見るに、販売前、おそらくは臨床試験の時点で把握していたのだろう。

被害者が出るのは、最初から予測の範疇。患者から訴えられたところで、次郎は「因果関係は証明できない」と突っぱねるつもりだった。なのに、まさかの身内から追及されたものだから、慌てて彼を冷遇したのだ。

「いくら陰惨なイジメを受けても、余座さんは諦めなかった。それどころか、上を説得するための証拠を集め、アンタに突きつけたんだ。あとで言い逃れできないよう、こっそりと会話を録音しながらな」

次郎が、忌々しそうにこちらを睨みつけてくる。

「おー、怖い怖い」と、俺は揶揄(ためら)うフリをして、水城の進捗(しんちょく)状況を確認した。ポケットナイフの刃は結束バンドに食い込んでいたが、まだ半分も切れていない。

もう少し、時間を稼がないと。そう思い、「彼は苦しんだのかい？」と、俺はとっておきのネタを女帝に振る。

「なんの話よ」

惚ける次郎に、「余座さんのことに決まってるだろ」と告げれば、「当たり前じゃない。部下にも上司にも手の平を返されて、それでも惨めに抵抗を続けていたわ」と、彼女は嘆息する。

「そっちじゃない。会社ぐるみのイジメの話じゃなくて、俺は彼の末期がどうだったかって聞いてるんだ」

黙って小首を捻る女帝にイラッとして、「いい加減、白状しろ。もう、全部バレてんだよ」と、俺は彼女を責めた。

余座が盗聴機能を仕込んだ改造コンベックス。その外装はボロボロで、中には彼の血がたっぷりと染み込んでいた。つまり、死の間際まで余座が録音を続けていたということであり、その相手は次郎小夜子以外に考えられない。

なぜ、他の罪は認めて、ここだけ否定するのか？

俺は怒りに任せて、「堪忍袋の緒が切れたアンタは、勢い余って余座さんを車道に突き飛ばした。そこのコンベックスは、その決定的瞬間をしっかり録音してたんだよ」と、テーブルに向かって顎をしゃくる。

決まったな。そう思った瞬間、ニヤッと次郎の口角が釣り上がった。

「やっぱり、ただのブラフだったわね」とコンベを拾い上げ、「じゃあ、殺さなくてもいいのかしら。これを海の底に沈めれば、あなたたちが何を言っても、ヒーセッドシーセッドだもの」とブラブラ揺する。

「どういう意味だ？」

「日本語だと、たしか水掛け論だったかしら。とにかく、証拠もないのに騒いだところで、誰も耳を貸さないってことよ」

女帝が勝ち誇ったところで、彼女の後ろの扉がコンコンとノックされる。ドアの隙間から首を突っ込んできた男が「データ引き出しの準備が整いました」とだけ告げた。

「あっそ。まあ、今となっては、もう興味もないわね」

次郎は溜め息をつき、「それより、まだ国際海域には着かないの？」と、スーツ姿の部下に尋ねる。

「目立たないよう、ゆっくりクルージングしてますからね。まだ半分も過ぎてないですよ」

そう言った男を「じゃあ、また着いたら教えてちょうだい」と手を振って追い払う。

二人の様子を見ながら、俺は焦っていた。もうブラフはバレてしまったようだし、時間稼ぎも限界に近い。

水城の手元をちらっと一瞥してから、「そういえば、気になっていたんだが、なんで公星さんを再雇用しようとしたんだ？」と、女帝に投げかけた。

「あら、もう完敗したのに、まだ答え合わせを続行するの？」

「ああ。モヤモヤしたまま、海の藻くずに消えるのは癪だからな」

この生意気な返しを気に入ったのか、次郎はクスッと笑い、「再雇用の書類にね、こっそりNDAを紛れ込ませるつもりだったのよ」と言う。

「NDA?」

俺が聞き返せば、「秘密保持契約書のことですよ。会社の許可なく、秘密を話せなくする契約書です」と、公星が教えてくれた。

「そこに『他社員に関わるデータの個人利用、所有を禁ずる』っていう項目もつけてね、彼を会社に縛り付けようとしてたってわけ」

なるほど。その契約書に公星が署名していれば、たとえ余座の託した証拠を見つけても、公言どころか、その所有すらできなくなるという寸法か。

腹黒くはあるが、誘拐や殺人に比べれば、まだ紳士的な対応に思えた。

「やっぱりあの歯の浮くような勧誘文句は、全部デタラメだったということか」

ショックを受ける公星に「ごめんね、勘違いさせちゃって」と、女帝が嘲笑を浴びせる。

「だって、仕方ないでしょう? いくら探しても、余座の脅してきた音声データなんて見つからないし、雇ったPIは、あなたが怪しいって言うんだもの」

「PIって、根津のことか」

俺は呟きつつ、水城の方を見る。刃は、すでに結束バンドの半分を過ぎていた。あとちょっとの辛抱だ。

「しかし、彼は脳筋ブラック企業のラブコールに応えなかった。だからって普通、誘拐なんて強硬手段に出るか?」俺は鼻で笑い、「さすがは部下を殺した女だ。肝の据わり方が違うな」と続ける。

「あなたも、しつこいわね。余座が死んだのは、単なる事故。運が悪かっただけよ」

「じゃあ、ポベドールを飲んで自殺した連中はどうなんだ? 彼らの死は、運のせいなんかじゃない。アンタなら防げたはずだ」

「どちらかと言えば、それはあなたたち、医療者側の責任でしょ?」

「よく言うよ。盗人猛々しいとは、まさにこのことだな」

「あのね、ポベドールを飲んで不眠症になった患者が、皆死ぬわけじゃないの。それはドクター錦、あなたが一番よく分かっているはずよ」と、次郎がコンベをテーブルの上に戻した。

「どういう意味だ?」

「怖い悪夢を見る。だから眠れなくなる。でも、その人たちだって、ちゃんとしたメンタルケアを受けていれば、自殺なんてしないで済むのよ。ほら、あなたのクリニックにも何人か来たでしょう?」

次郎は、土蓋桃花と鳶羽紗季のことを言っているのだろう。たしかに、彼女らはギリギりまで追い詰められはしたものの、死にはしなかった。

「皆が皆、ドクター錦みたいに、親身に診療してくれていれば防げた悲劇なの。でも、外科医なんて、傲慢な生き物の集まりよね。不眠症程度の訴えならと、適当に睡眠薬を処方して、真剣に取り合わなかった」

「責任転嫁も甚だしい」と否定しながら、俺は顔を逸らす。

たしかに、大学病院で見たカルテには、患者らの訴えが適当にあしらわれたような痕跡があった。ろくにカウンセリングも行わず、「はいはい、眠れないのね」と、きつめの眠剤を処方されている患者がほとんどだ。

しかし、そんな杜撰な状況を知っても、俺には元同僚たちを責められなかった。なぜなら、自分も不眠症を患う前は、似たような対処を患者らにしていたからだ。

命を救われておいて、ちょっと眠れないくらいで文句を言うな。そうやって、不眠症という病を見下していたのだ。こんなに辛いものだとも、知らずに。

「そんなディベートはどうでもいいわ。今はそれより、あなたたちの処遇を考えましょう」

椅子から立ち上がった女帝が、笑顔でこちらを見下ろしてくる。

「このポベドールの件について、どこまで広めたのか、誰に教えたのか、正直に答えてくれれば悪いようにはしないわ。でも、頑固な態度を続けるなら、太平洋があなたたちの墓場になるかもしれないわね」

最終通告を突きつけてくる、次郎小夜子。ここまでのことを為出かしておいて、どうせ生きて返すつもりなんてないくせに。

俺が歯ぎしりをしたところで、隣からプツンッと、何かが切れるような音が聞こえてきた。そちらを見ようともせず、「なあ、次郎さん」と、俺は敵の首魁（しゅかい）に呼びかける。

「あら、早くも白状する気になった？」

勝ち誇った顔で近づいてくる女帝に、「あんた、クラヴマガって知ってるかい？」と、問い掛けた。

「は？」と首を傾げた次郎に、跳ねるように立ち上がったナースが襲いかかる。

権力者の自分勝手な言い分を、ずっと黙って聞かされていたからだろうか。解放された水城は凄まじい勢いで、妙齢の女性を攻撃した。

完全なワンサイドゲームだ。ほぼ虐待とも取れる惨劇が、目の前で繰り広げられる。

その様を、俺と公星は椅子に縛られたまま、「いけっ」とか「そこだっ」と歓声を上げながら観戦した。顔や腹に、しこたま打撃を受けた女帝は、叫びを上げる間もなく、膝から崩れ落ち、最後はチョークスリーパーで意識を失う。

水城の鮮やかな逆転劇を後目（しりめ）に、「なあ、相棒」とテンが話しかけてきた。「頼むから、あの嬢ちゃんを怒らせるようなことだけはしないでくれよ」

チンチラに釘(くぎ)を刺され、「そんな怖い真似が出来るか」と、思わず幻覚に返事をしてしまう。そこへ敵を無力化し終えた水城がやってきて、「これのおかげで助かりました」と、ポケットナイフを見せてから、俺と公星の結束バンドを切ってくれた。

点状の返り血を浴びた顔で「危機一髪でしたね」と笑う水城は、とても猟奇的に見える。本当に、彼女が味方で良かった。

俺は心底そのことに感謝しながら、「公星さん、ちょっとドアを見張っててもらっても良いですか」と指示を飛ばす。

「籠城(ろうじよう)するつもり?」

「最悪はそうなるな。でも、出来れば制圧して、船を陸へ向けたい」

武器になるようなものを探しながら、俺はナースの疑問に答えた。そこで、一台のタブレットを見つける。これで陸の人間と連絡が取れれば。そう思い、起動させてみるが、残念ながら画面には〈圏外〉と表示されていた。

「なんだよ、これで通報でも出来るかと思ったのに」

文句を言いつつ、タブレットを調べてみれば、カメラのようなアイコンがホーム画面にある。開いてみると、船内に設置された監視カメラの映像らしきものが表示された。

「ちょっと、これを見てくれ」

六つに分割された画面を二人に見せてみれば、「うわ、うじゃうじゃいますね」と水城が顔を顰める。彼女の言うように、画面にはスーツ姿の男が五、六人と、同数程度の船員らしき人間も映っていた。

「それなりに大きな船ですからね」と頷いた公星が、「あ、これ」と何かに気付き、画面を指差す。そこには、オレンジ色の小舟が天井から吊るされていた。

「たしかこれ、ゴムボートですよ。モーターのついた、緊急用の」

「なるほど、脱出船か。この船を奪って逃げる方が、あの人数を制圧するより現実的かもしれないな」

思わずこちらの声が弾んでしまったせいで、「じゃあ、先生は船の操作ができるんですね」と、公星に糠喜び（ぬかよろこ）させてしまう。彼に「すみません、できません」と正直に伝えたところで、水城が俺の肩に手を置いてきた。

「先生、わたしの趣味が海釣りだってこと、忘れてません？」

「まさか、小型船舶免許でも持ってるのか？」

ナースは不敵な笑みを浮かべ、「任せてくださいよ。免許はないですけど、船長が運転してるところを、これまでしこたま見てきましたから」と胸を叩く。

一気にテンションダウンし、「なんだよ、それ」と、俺は肩を落とした。

しかし、他に代案もない。いくら彼女が強いからと言って、十人もの男に勝てるとは思えないし、たとえ俺の手に真剣が握られていたとしても、その結果は変わらないだろう。

「監視カメラの映像を確認しながら、できるだけ接敵を避けつつ、脱出船を目指す。このプランで行くしかないか」

「でも、地図も無しに夜の海へ出るなんて、遭難する未来しか見えないんですけど」

不安を吐露する公星に「ある程度の方向さえ分かれば、大丈夫ですよ。陸に近づけば、あれが使えるようになりますから」と、俺は床に置いてあった段ボール箱を指した。その中には、スマホや財布など、俺たちの所持品が詰め込まれている。

自分のスマホを手に取り、電源を入れてみるが、予想通り圏外だった。やはり、助けを呼ぼうと思えば、もっと陸地に近づく必要がある。

俺はスマホと財布をポケットに仕舞い、三段警棒を手にした。「とりあえず、公星さんはカメラのチェックを」とタブレットを彼に預け、カシャンッと警棒を伸ばす。

「水城さんは武器ないけど、どうする？」

尋ねたところで、彼女はシュッシュッとシャドウボクシングを始め、「心配御無用。わたしは、全身が凶器みたいなものですから」と答えた。

彼女を知らない者からすれば、華奢(きゃしゃ)な女性が虚勢を張っているのだな、なんて邪推するところだろうが、俺たちは二つ返事で「そうだな」「そうですね」と首肯する。

「しかし、無事に脱出船まで辿り着いたところで、船を下ろす方法が分からなければ、どうしようもないぞ。モタモタしてたら、すぐに見つかるだろうし」

俺が顎を擦っていると、「それなら、私が知っています」と、公星が手を挙げた。

「以前、この船に乗った際に、船長からレクチャーを受けたんですよ。緊急時に備えて」

渡りに船とは、このことだな。そこから俺たちは監視カメラの映像を見ながら、ゴムボートまでの最適なルートを議論していたのだが、途中で次郎小夜子が目を覚ます。

「やっぱり、ここは公星さんの意見を参考にした方がいいと思うんですよ」と話を続けつつ、捕虜の背後に回り込んだ水城が「この船に乗ったことがあるのは、彼だけなんだし」と、再びチョークスリーパーで女帝を絞め落とした。

「少しの躊躇もなかったな」

青ざめた顔で呟いた公星が、「彼女の言うことに従いましょう」と、こちらを向く。俺も白目を剝いた次郎の顔を見下ろしながら、「そうですね。逆らわない方がいい」と、大きく頷いた。

斯くして、俺たちはクルーザーからの脱出作戦を開始する。息を潜め、最初の難関である扉の向こうを覗いてみると、廊下には誰もいなかった。

そこから先頭を水城が、後方は俺が担当し、間に挟まれた公星がタブレット片手に指示を出しながら、船の中を進んでいく。気分はまるでテレビゲームだが、その緊張感だけは本物だった。

忍び足でゆっくり前進し、「誰か来る、隠れて」とか、「次の角を右に」と公星の指示に従っていると、前方に階段が見えてきた。あれを上がれば、目的の脱出船はもう目の前だ。

ゴールを目前に、自然と上がっていく歩速。しかし、階段の一段目に水城が足をかけたところで、「待って」と、公星からストップがかかる。

「階段を上がったところに、誰かいるんですよ。見張りかな」

タブレットを見てみれば、男が独りで船尾の欄干に腕を乗せ、煙草をふかしていた。単に一服しているだけだろうか。俺たちは息を殺したまま、少し待ってみるが、男に動く気配は見られない。公星の言うように彼は見張りで、船尾がその持ち場なのだろう。

「倒すしかないか」

俺が呟いたところで、「じゃあ、ちょっと行ってきますね」と、何の恐怖心も見せずに、水城が階段を駆け上がっていった。俺と公星はその場に留まり、タブレットの画面を食い入るように見つめる。

結論から言えば、あっという間だった。

熟練の暗殺者の如く、敵の背後に忍び寄った水城が、脇腹に一発ボディを叩き込み、体勢を崩した男の首に腕を巻き付けたのだ。男は声を出すこともなく、床に転がされる。

「本当に、彼女が味方で良かった」

ほっと胸を撫で下ろした公星を「ほら、呑気なこと言ってないで、俺たちも行きますよ」と窘めてから、階段を上がる。

外に出ると、そこは船尾部分のデッキで、眼前には真っ暗な海が広がっていた。目印になるようなものも見当たらず、壮大な大海原を前に、俺は心細さを覚える。

「参ったな。この中に出ていくのか」

思わず漏らした弱音を聞きつけ、「だから言ったじゃないですか。遭難する未来しか見えないって」と、公星が目を細めてきた。

「太平洋側にいるのは確実なんだから、西にさえ向かえば、いつかは陸に着きますよ」

「甘いですって、先生。海流や風の影響もあるのに、ちゃんと西へ向かえるんですか？」

二人で突っ立って話していると、「なにグズグズしてんの？」と水城に怒られる。彼女は倒した男の手足を船室から持ち出した結束バンドで縛りながら、「ほら、さっさとあれを下ろして」と、頭上に吊られたゴムボートを見た。

公星はまだ納得がいっていないようだが、彼女に逆らえるわけもなく、「こっちのハンドルを回せば、アームが動いて——」と説明を交えながら、脱出船を海面へ下ろしはじめる。

ゆっくりと宙を舞う、オレンジ色のゴムボート。その緩徐な動きにやきもきしていると、「あっ」と遠くで声が上がった。

「ついに、見つかってしまったか」

俺が警棒を構えたところで、そいつが「おいっ、こっちで逃げようとしているぞ！」と仲間を呼ぶ。そのせいで、背後からもうひとり、身の丈二メートルはありそうな大男が現れてしまった。

挟み撃ちにしてやろうと、躙り寄る二人の敵。ひとりは俺が対処するしかない。幸い、彼女の担当する大男と比べて、俺の相手は凡庸そうだ。

「公星さんは、そのまま下船の準備を続けて。準備が出来たら、呼んでくれ」

指示を飛ばし、敵を睨みつける。こいつらがアルマの社員なのか、次郎が雇ったボディガードの類なのかは分からない。でも、冷静になって考えてみれば、武器も持っていない相手に、得物を構えた剣道四段の俺が負けるわけがなかった。

敵が不用意に伸ばしてきた手に籠手を放てば、「ぎゃあ」と悲鳴が上がる。そいつが痛めた手を押さえているところへ、肩口、脚と打撃を加えていった。三段警棒の破壊力は凄まじく、たった三撃で「やめてくれ」と、大の男が泣き始めてしまう。

俺は興奮を抑えきれず、「どうだ？」と水城の方を振り返ったが、すでにそっちの戦いは終わっていた。彼女は足下に転がる大男の手足を拘束しつつ、「先生、手際悪過ぎ。そんなに騒いでると、すぐに他の連中が集まってきますよ」と文句を言ってくる。

泣き叫ぶ敵の隣で、「せっかく倒したんだから、褒めてくれてもいいのに」と口を尖らせていると、「おいっ、どうした？」と、船内の方から声が聞こえてきた。

「ヤバい、援軍が来るぞ」

「だから言ったじゃないですか、騒ぎ過ぎだって」

ドタドタと足音が迫ってくるなか、「準備できました！」と、下から公星が声をかけてくる。海面を見下ろせば、すでにゴムボートは着水していて、公星が中に乗り込んでいた。

「よし、俺たちも逃げるぞ」

船尾に設置されていた、ラダー階段。それを急いで下り、ゴムボートに飛び乗る。頭上が騒がしくなってきたので、「早く出してっ」と俺は急かすのだが、公星は「船の操縦なんて、できないですよ」と泣き言を返してきた。

「わたしに任せて！」

水城は言うと、公星と場所を替わり、手早くエンジンを始動させる。

「どっちに向かえばいいですか？」

「今はどっちでもいい」俺はクルーザーを見上げ、「奴らが梯子を降りてくる前に、さっさと出してくれ！」と、警棒を構えた。

こちらに乗り込もうと飛び降りてくる、スーツ姿の男たち。それをばったばったと、夜の海へ叩き落としながら、「まだかっ」と叫べば、やっと船が動き始める。溺れまいと水面で暴れる男どもを後目に、脱出船は大海原へ向かって走り出した。

一気にトップスピードに達したゴムボート。クルーザーとの距離が、みるみる開いていく。これなら、奴らが落水者の回収をしている間に撒けるだろう。

「けっこう離れましたけど、どうします？」

「これくらい距離があれば、夜闇に紛れて、こっちの姿も見えないはずだ」俺は不安定な船上で頷き、スマホを出した。コンパスアプリを開き、どちらが西か確認する。

「あっちだ、あっち方向に向かってくれ」

水城に指示を出せば、「電波も入らないのに、方角が分かるんですか？」と公星が訊いてきた。

「だから言ったでしょう？　心配要らないって」

海面をドリフト走行するかの如く、船は方向転換して、西へ向かう。水城は船尾で操舵(そうだ)を担当し、その足下で公星はずっと自分のスマホを見つめていた。おそらく、電波の復活を心待ちにしているのだろう。

俺はと言えば、船の行く先を眺めながら、さっきの次郎との会話を思い返していた。

とりあえずの危機を逃れ、頭に残ったひとつの疑問。なぜ、彼女は最後まで頑(かたく)なに余座の殺害を認めなかったのだろう？

どうせ殺す予定の相手だ。情報漏洩に気を使う必要などない。

「それにしても良かったですね、先生」

不意に水城が声をかけてきて、「作戦が成功したことか？」と聞き返せば、「違いますよ」と彼女は笑った。

「じゃあ、なにが良かったんだよ？」

「この分だと、学会をすっぽかさずに済みそうだなって思って」

彼女に言われて、ハッとする。そういえば、すっかり失念していたが、明日は国際外科学会の初日。つまりは、俺の発表が行われる日だ。

「誘拐されて、拘束されて、殺されそうになって。そのご褒美が『無事、学会に参加できる』だけっていうのは、なんだか寂しいな」

夜風が俺の溜め息を攫ったところで、「あっ」と公星が声を上げた。

「先生っ、水城さんっ、やりましたよ！　電波が入りました！」

最終章

国際外科学会の初日。ボロボロの身体(からだ)をスーツで隠し、俺(おれ)は発表に臨んだ。学会特別賞が与えられた研究ということもあり、用意された会場は満席だったが、特に緊張は感じなかった。昨夜の窮地に比べれば、なんてことはない。そんな鋼のメンタルを手に入れたおかげで、すらすらと言葉が出てくる。

最後のＱ＆Ａも無難に終わり、拍手とともに舞台を降りれば、「良かったぞ」と、かつての同僚が駆け寄ってきた。中上は、まるで自分のことのように喜んでくれる。

素直に「ありがとう」が言えない俺は、代わりに「顔色はどうだった？」と彼に訊(き)いた。すると、「そっちは最悪だ」と笑われてしまう。

このまま、二人で呑(の)みにでも行きたい気分だったが、生憎(あいにく)、そんな時間はない。目当ての人物が会場を出ようとしているのを見つけ、「また後でな」と、俺はそちらへ向かった。

会場を出たところの廊下で寝隈に追い付き、「先生、ちょっとお時間ありますか」と声をかける。

「やあ、錦くん。いい発表だったな」

足を止めた教授に話があると伝えたところ、彼は「やっと、戻ってくる決心がついたんだね」と、こちらの肩に手を乗せてきた。満面の笑みを浮かべる教授に、「ちょっと込み入った話もしたいので、もっと静かな場所へ移動しませんか」と提案する。

「込み入った話？」と寝隈は首を傾げたが、「スライドの手直しがしたいと言ったところ、会場のスタッフが控え室を用意してくれましてね」と、強引に彼をそちらへ連れ出した。

「そんな大層な話なのかい？」

「そうですね。自分の健康面などの相談もしたいので、念のため」と適当に誤魔化しながら、俺は〈倉庫C〉と書かれた扉を開く。

間口からは想像できない程、広い室内。左手には、折り畳まれた状態の椅子やテーブルが山積みになっており、右側は衝立で区切られている。ちょうどその間に挟まれて、鞄の置かれたテーブルがひとつと椅子が二脚、出されていた。

眉間に皺を寄せ、「こんなところで、スライドの直しを？」と、倉庫の中を見回す教授。

「外だと、どうしてもひとの目が気になっちゃって」

苦笑いで言い、彼を中央のテーブルまで誘導する。すると、「ひとつ、聞いてもいいかな？」と、寝隈が問い掛けてきた。

「なんでしょう」

「それだよ」彼は俺の腰の辺りを指差し、「そのポケットの膨らみは何なのかなって、発表中、ずっと気になってってね」と続ける。

「ああ、これですか」と俺は上着のポケットに手を突っ込み、中からビンテージ工具を取り出した。椅子に腰を下ろしたばかりの寝隈がそれを受け取り、「メジャーの一種かな」と小首を捻る。

「コンベックスと呼ばれる工具ですよ。見覚えはありませんか？」

「いや、ここまでゴツゴツしたものは初めて見るよ」

テーブルの上にコンベを置き、「それで、さっき言ってた込み入った話というのは？」と教授がこちらを見た。

さあ、最後のショータイムだ。俺はスッと息を吸い、「実は昨夜、アルマ製薬の連中に誘拐されましてね」と爆弾を放り込む。

「え？」大口を開けた寝隈が「誘拐って、何の冗談だ？」と聞き返してきた。

「いやいや、冗談なんかじゃありませんよ。命からがら逃げ出して、今朝方、戻ってきたところなんです。おかげで、酷い顔色をしていると思いませんか？」

自分の頬を擦りながらアピールすれば、「たしかに血色は悪いが、君は普段から健康的な見た目をしていないからな」などと言われてしまう。

「犯行に及んだのはアルマの幹部社員。次郎小夜子という女性なんですが、ご存じですか？」

「アルマの女帝か。まあ、学会や説明会で何度か顔を合わせたくらいは」

あくまで知り合い程度、と言い張るつもりか。意外に演技派だな。俺はその白々しさが気に食わなくて、「なんで、とは聞かないんですね」と矛盾を突きつける。

「どういう意味だい？」

「普通、製薬会社の人間に誘拐された、なんて聞かされたら、その理由を尋ねませんか？」

痛い所を突いたつもりだったが、教授には「あまりにも非現実的な話だったから、呆気にとられてしまってね」と、うまく誤魔化されてしまった。

俺は嘆息しつつ、「実は、うちの睡眠クリニックにアルマの元社員が来院しまして」と、簡単に事情を説明してやる。しかし、ポベドールのことだけは「ある薬」と濁した。

「――それで、口封じのために攫われたってわけです」

話の間、「ほう」とか「はあ」とか、大げさに相槌を打っていた寝隈が、最後に「それは大変だったな」と労いの言葉をかけてくる。その鼻先に「で、その薬剤というのが、ポベドールなんですよ」と俺は突きつけた。

「なに？　ポベドールだって？」

ずっと驚くタイミングを見計らっていたところで、不意をつかれたのだろう。さすがの演技派も、焦って大根役者のようなオーバーリアクションをとってしまう。

「うちでも扱ってる免疫抑制剤じゃないか。まさか、そんな危険な薬剤だったとは」

腕を組んで唸る教授に、「その程度の認識ですか？」と問い掛ければ、「どういう意味かね？」と、その目が尖った。

やっと、化けの皮が剝がれ始めたな。手応えを感じて「そのままの意味ですよ。単なる選択肢のひとつと、その程度の認識でこれまで処方してきたんですね」と俺は続ける。

「危険な有害事象に気付かなかったのは、都立医大の職務怠慢だとでも？」

「いや、医局の人間を責めるつもりなんて、ないですよ」俺は笑い混じりに否定し、「でも、寝隈先生は違いますよね？」と、返した。

「君はいささか、教授という存在に幻想を抱き過ぎじゃないのかな。いくら僕でも、添付文章にない副作用までは見抜けないよ」

「ポベドールを処方していた患者の、およそ二割が不眠症を発症。しかも、そのうちの三人が自殺までしたのに？」

教授は顰めっ面で頷き、「だからと言って、内服中の免疫抑制剤が原因だと、分かるはずもない。移植患者の多くは、その心理的ストレスから様々な精神疾患を抱えているからね。その三人が亡くなったからと言って、薬のせいだとは誰も思わないよ」と続けた。

「またまた、ご謙遜を」

俺は鞄の中から取り出した紙束を、ポンとテーブルの上へ放る。

「これはご存じですよね？　ポベドールの認可に必要だった、大規模臨床試験。その論文ですよ。ほら、ここに先生の名前も書いてあるじゃないですか」

十名程が記された、著者名の列。その中央辺りにある〈Daisuke Nekuma〉という文字を指しながら言えば、「そういえば昔、名前を貸したことがあったな」と、寝隈は惚(とぼ)ける。

「名を貸しただけで、本格的には参加してないと？」

「そうだよ。君だって、この名前の位置を見れば分かるだろ」

たしかに医学論文というのは、その貢献度合いによって、名前の位置が変わるものだ。最初のリードオーサー、二番目のセカンドオーサー、そして指導者の位置である最後、ラストオーサー。この三名以外は、ほとんど研究に関(かか)わっていないことも多々ある。

そんな、俗にギフトオーサーと呼ばれる名義貸しのような連中の中に、寝隈は名を連ねていた。褒められた慣習ではないが、そのことを知っている者なら、彼の言い分も信じてしまうだろう。

当然、俺もポベドールのことを調べる際に、この論文は目にしていたのだが、主要著者名の中になかったということで、寝隈の名前を見逃していた。

「こんなの、単なる偶然だ。不幸な一致に過ぎない」

教授は関係を否定し続けるが、「この頃(ころ)から、アルマとの癒着は始まってたんですか？」と、俺は攻め手を緩めない。

「癒着だと？　いったい何の証拠があって――」

「まあ、気持ちは分かりますよ。アルマ製薬は世界的大企業だ。資金は潤沢だし、権力もある。そんな後ろ盾が出来れば、教授選も楽に戦えますもんね？」

「馬鹿なことを」と、寝隈は鼻で笑う。「教授選と一般的な政治家の選挙を一緒にするなよ。功績があって、それなりに弁が立てば、金や権力なんてなくとも当選できる」

「ではなぜ、臨床試験の時点でこの危険な副作用を隠蔽(いんぺい)したんですか？」

「だから、そんなことはしていないと言っているだろ。私は名前を貸しただけで、研究にも、その隠蔽とやらにも関わっちゃいない」

あくまで真っ向否定というわけか。ならば、そろそろトドメの一撃をくれてやろう。

「アルマの女帝から聞いてませんか？　その辺りの裏事情を全部、暴露する音声データがあるって」と、俺は鞄からプラスドライバーを一本と、ノートパソコンを取り出した。

教授は肯定も否定もせず、じっとこちらを見つめてくる。あとで揚げ足を取られないよう、口を噤(つぐ)んでいるのだ。

懐疑的な視線を浴びつつ、「実は、この工具には細工が施されていましてね」と、俺はコンベの蓋(ふた)を開けた。露となった電子回路。その出力端子にパソコンから伸びるケーブルを繋(つな)げば、デスクトップにファイルが並ぶ。

そのうち、最後から二番目の音声ファイルを開けば、とある男女の会話が再生された。

静かなやり取りから始まる、上司と部下のダイアログ。それを寝隈に聞かせながら、「女性の方は次郎小夜子。そして、男性の声は余座緑郎という、アルマの社員のものです」と補足してやる。

ポベドールの販売中止を訴えかける余座と、そんな部下を嘲笑うアルマの女帝。二人の会話は、次第に怒鳴り合いへと変化していく。

最初は冷静だった次郎も、会話がヒートアップするにつれ、「睡眠障害なんてね、眠剤でも飲ませてりゃ、どうとでもなるわ。そんなことより、あの商品は副作用が少ないことが売りなの。その評判に傷を付けたくないのよ。分かる?」と、失言が増えていった。

「でも、そのせいで自殺者まで出てるんですよ」

「そんなの、誰も証明なんてできないわよ。臨床試験のときも何人か出たけど、因果関係無しってことでデータからは弾かせたんだから」

「まさか、その頃から隠蔽工作を?」

「GVHDの深刻さを思えば、些細な問題でしょうが。あなた、グレーターグッドって言葉を知らないの?」

コンベから垂れ流される、醜い会話。その再生を止め、「どうです? あの女帝のキャリアを吹き飛ばすほどの、地雷でしょう?」と、俺は教授に問い掛けた。

「たしかに、彼女はもう終わりだろう」と、寝隈は顎を引く。「それで、このあとに僕の名前でも出てくるのかい？」

笑い混じりに尋ねられ、「だとしたら、どうします？」と、俺は返した。実際には、余座も次郎も、最後まで寝隈の名を口にすることはなかったのだが、それをこいつに教えてやる義理はない。

「あのな、錦くん。有害事象の隠蔽工作なんて、そんな陰謀論者の戯れ言みたいなことを、君は本気で信じているのか？」

「まあ、こうして、陰謀の首魁が自白してますからね」と俺がコンベを触れば、「データが弾かれたのなら、ちゃんとした理由が他にあるはずだ。この女がどう曲解したのか分からないが、製薬会社の意向なんて、研究者が汲むわけない」と、寝隈は否定する。

「教授になるための資金援助と後ろ盾を得られるとしても、ですか？」

「いい加減にしろっ」

怒りに任せて立ち上がった教授がコンベを見下ろして、動きを止めた。やっと、中身の異変に気付いたのだ。ベッタリと部品に纏わり付いた赤黒いコーティングを見て、「なんだそれ、血か？」と訊いてくる。

「ええ、それも余座さんのね」

一気に彼の顔が青ざめていった。この血痕の意味することに、早くも気付いたのだろう。

「まさか」と口元を押さえて怯える教授に、「実はこのあとに、もうひとつ音声データが記録されていまして」と、俺は最後のファイルをクリックした。

車のクラクションに、風の吹く音。野外を思わせるノイズの向こうで、「先生、お願いします！」と、余座の声が響く。

それを「勘弁してくれよ、こんなところで」と突き放す、冷たい男の声。

「人が実際に死んでるんです。なのに、アルマは販売を中止するどころか、適応疾患の拡大まで目論んでいて」と、なにも答えようとしない相手に、余座の必死な懇願が続く。

「先生なら、隠蔽される前のデータをお持ちのはずです。お願いします、それを公表してください。いや、証言するだけでもいい。とにかく奴らの暴走を止めないと、大変なことに――」

しばらく揉み合う音が聞こえたと思ったら、「放せ！」と男が声を上げ、録音は止まった。そのピリオドとなったのは、パソコンのスピーカーが割れるかと思うほどの、衝撃音だ。

固まったまま、動かない寝隈。その額には、大量の冷や汗が流れている。

「余座さんを殺したのは寝隈教授、貴方だったんですね」

かつての上司を真っ直ぐに見つめ、俺は尋ねた。

「いや、まさか、なんでこんな録音が」

取り乱す寝隈を見て、俺はこの隙を逃すまいと「事故ですよね？　それとも、明確な殺意を持って、彼をトラックの前に突き飛ばしたんですか?」と質問を重ねる。

「事故に決まってるだろ。殺意なんてあるはずが──」

「しかし、人命救助のため、その場に留まることも出来たはずだ。なのに、貴方は逃げた」

言葉を失った教授の顔を、「外科医のくせに、恥ずかしくないんですか?」と覗き込む。

「あの場にいなかった君には、分からないさ。どう見ても、手遅れだった。即死だよ」

「いいえ、それは間違いです。警察の調査によれば、彼が息を引き取ったのは病院に到着してからで、即死じゃありません。適切な応急措置があれば、先生の腕があれば、助けられたんです」

医師の風上にも置けない臆病者。そんな言われ方をして、寝隈は「馬鹿な」と、頭を抱えた。おそらく、余座の事件について、満足に調べもしなかったのだろう。

トラックの運転手が余所見運転をしていたおかげで、彼の死は単なる事故として処理されてしまった。当然、第三者の関与を疑う者もおらず、こいつは安心し切っていたのだ。もう逮捕される心配はないからと、自分が殺した相手のことなど、振り返りもせずに。

俺が憤りを込めて、「ねえ、そうですよね?」と、衝立の向こうに問い掛ければ、「ああ、その通りだ」と、男が裏から出てきた。

「え?」とパニック状態の教授、いや犯人に「彼は渡部兜といって、捜査一課の刑事さんです」と紹介する。

「相手が教授だって聞いてたから、どんな難敵かと思えば、あっさり口を割ったな」

「はい、俺も驚きました」

二人で笑い合っていると、「何の話だ」と寝隈が訊いてきた。

俺はコンベからケーブルを抜きながら、「いえね、さっきの録音なんですけど、貴方の声は聞こえても、個人名までは出てこなかったんですよ。余座さんも『先生』って言うだけでしたから」と説明してやる。

「それを聞かされて、俺が言ったんだよ。『これじゃ証拠として弱い。立件するには自白が必要だ』ってな。それで急遽、この『お芝居』をこいつが思いついたというわけだ」

刑事に言われ、「じゃあ、知らぬ存ぜぬを通していれば、逃げ切れたのか」と、寝隈の膝がガクッと折れた。

「ご愁傷様」とその背後に回り、刑事が教授に手錠をかける。

背中を丸めた犯罪者と、刑事。そのあとに続いて〈倉庫C〉を出れば、すぐに周囲の視線を集めた。

当然だ。この学会の参加者なら、誰もが寝隈のことを知っている。その現役教授が、手錠付きで刑事にしょっぴかれているのだから、彼らが呆気にとられるのも無理はない。

人集りを分け入ってきた古世手が、「なにが起きたんだ？」と俺に訊いてくる。

「研究データの改竄に、製薬会社との癒着。それに、殺人容疑ですかね」

こちらの返答を聞いて、「まさか、そんな」と彼は目を丸くした。

その驚きが演技なのか、素直な反応だったのかは分からない。余座の殺害に関しては寝隈の単独行動だろうが、教授の右腕とまで呼ばれたこの男が、アルマとの癒着についても初耳だ、なんてことはないだろう。

しかし、この場で追及する体力が、もう俺には残っていなかった。

「まあ、ここからは警察の領分です。俺の口からはなにも言えませんが、彼らがすべて白日の下に晒してくれるでしょう」

そう言い残し、立ち去ろうとした俺を、「待て、錦」と古世手が呼び止める。

「逮捕された経緯について、詳しいことは言えませんって。それとも、他に用が？」

「ああ、おまえの復帰がどうなったのか、気になってな」

青白い顔で訊いてきた准教授に、「心配要りませんよ」と、俺は嘆息した。「教授が躍起になってリクルートしてきたのも、俺がその口車に乗ったフリをしていたのも、すべて動機は事件絡みです。本当に戻る気なんて、ありませんから」

まあ、強がりだ。本音を言えば、あの余座の残した音声データを聞くまで、俺の心は揺れに揺れていた。

「そうか。引き止めて悪かったな」

俯く古世手をその場に残し、立ち去ろうとしたところで、テンが行く手を阻んでくる。

「なんであいつは、相棒に嫌がらせをしてきたんだろう?」

幻覚に問われ、「たしかに、それもそうだな」と俺は小首を捻った。

寝隈が俺を呼び戻そうとした理由は、理解できる。都立医大に近い睡眠クリニックで働く、元外科医。しかも、患者のために探偵紛いの活動までしているとなれば、そんなの、ポベドールの秘密を隠そうとしている連中からしたら、悪夢でしかなかっただろう。

患者の誰かが相談を持ちかければ、きっと錦は調査に乗り出すはずだ。そしていつか、自分が殺したあのMRの真実にまで辿り着いてしまう。それだけは、何としてでも阻止しなければ。

烏丸の小説を読んだ寝隈は、そう考えたのだと思う。だからこそ、彼は甘言を囁き、俺を手元に置こうとした。しかし、古世手もその手下であったなら、一緒になって勧誘してきたはずだ。なのに、彼は正反対の行動をとっていた。

「気になるのなら、聞いてみればいいじゃないか。ほら、まだ後ろで突っ立っているぞ?」

テンに言われ、俺は踵を返す。顔を上げた古世手に「あの、これは予想でしかないんですけど、教授は先生にも、俺の復帰を促すように言ってたんじゃないですか?」と尋ねた。

すると古世手は「まあな」と眉を上げる。「たしかに、そんな指示を受けていたよ」

「でも、先生は従わなかった。いや、むしろ嫌がらせのような態度までとって、俺を遠ざけようとしてましたよね」

　准教授は気まずそうに頭を掻いてから、「悪い予感がしたんだ」と言う。

「普段の教授は物腰も柔らかくて、紳士的に思われがちだが、俺はあのひとの本性を知っていたからな。『錦をこのままにしておくのは危険だ』って、目を血走らせているのを見て、危ないと思ったんだよ」

　情けなさそうに、苦笑いを浮かべる准教授。その深い皺の一つひとつに、上司を止められなかった後悔が表れている。

　そうか、彼は俺を守ろうとしていたのか。

「でも、理由はそれだけじゃないぞ」古世手はククッと笑い、「実は言ってなかったけど、最近、狩宿クリニックの近くに引っ越してな」と言ってくる。

「え、そうなんですか」

「ああ、歩いてすぐのところだよ。前に一度、ファミレスと間違えて、入店しようとしたことだってある。そこで、たまたま錦を見かけてな」

　たしかに、クリニックの患者専用と知らず、ノクターナル・カフェを利用しようとする客は多い。まあ、外観がファミレス丸出しなので仕方がないのだが、まさかその中に古世手がいたとは思わなかった。

「そういえば睡眠医に転科したんだったな、と思い出して、そこから帰り道にちょくちょく中を覗くようになったんだ。最初は親心というか、心配で様子を見てたんだが、すぐに安心したよ。いつ見ても、おまえは楽しそうにしていたから」

かつての上司に言われ、俺は赤面してしまう。

目撃されたのは、烏丸と話しているところだろうか。それとも、他の患者？　いや、院長や水城という可能性もある。

記憶を辿ったところで、心当たりがあり過ぎて的を絞れなかった。

変なスタッフに、厄介な相談事ばかり持ちかけてくる患者たち。そんな奇人らの相手を嫌々やってきたつもりだが、俺は意外にも、ここ最近の苦労を楽しんでいたようだ。

「おまえは真面目で、腕も悪くない。でも、うちにいた頃はあんな顔をしてなかったよ。ロボットみたいに手を動かしてるだけで、全然、楽しそうじゃなかった」

「まあ、ハードな職場でしたしね。面白いと思うことはあっても、楽しいとは感じなかったかな」

「なら、戻らなくて正解だな。ああやって笑っていられる職場は、大事にしないと」

満面の笑みを浮かべた、かつての上司。その笑顔を見て、少し寂しい気持ちになる。

「じゃあ、俺はこれで」

「ああ、またな」

古世手と別れ、出口に向かって歩きはじめた俺に、「一件落着だな、相棒」とテンが声をかけてきた。

気が付けば肩に乗り、俺の耳を手すり代わりに掴んでいるオスのチンチラ。それを疎ましく思いながらも、「まあな」と返す。

「その割に、浮かない顔をしているぞ」

「ただの寝不足だよ」

「オレはてっきり、外科医への未練のせいで、そんな面してるのかと思ったけど？」

さすがは、俺の心が生み出した幻覚だ。痛い所を突いてくる。

たしかに、まだ未練はあった。父に負けない、立派な外科医になる。それは長年を費やして、やっと叶えかけた夢なのだ。なにがあろうと、簡単に諦められる道じゃない。

黙り込んでいると、「これから、どうする？」とチンチラが問い掛けてくる。俺は腕時計を見てから、「まだ少し早いが、クリニックに行こうと思う」と答えた。

「こんな時間に、誰かいるのかな」

「冗談だろ？」

肩の上の小動物に聞き返し、「どうせ、院長はまたくだらない創作料理を作ってるだろうし、その様子を、ちっとも働かない新規採用の事務員が撮影してるさ」と続ける。

「それもそうか。水城の嬢ちゃんだって、報告を待ちきれなくて早めに出勤するだろうし、もしかしたら、烏丸もネタ欲しさに顔を出すかもな」

「だろ？　あそこはいつだって、騒がしいんだ。変人のたまり場だから」

幻覚との会話を楽しみながら自動ドアを抜ければ、強い陽射しに襲われた。もう、夏はすぐそこまで迫ってきている。

「なんにせよ、ずっと気掛かりだった学会発表も恥をかかずに済んだし、患者の相談も無事に解決できた。あとは俺を悩ませる、変なチンチラの幻覚さえ消えてくれれば、大団円なんだけどな」

皮肉たっぷりに投げかけた言葉が、宙ぶらりんになる。ついさっきまで感じていた肩の重みも消えていて、どこを探しても、テンの姿が見当たらなかった。

まさか、本当に消えてしまったのか？

照りつける陽射しのなか、俺はどうしようもない孤独感に襲われる。寂しい、哀しい。そんな感情を振り払うように「いやいや、そんなわけないか」と独り言を呟いた。

俺の不眠症は筋金入りなんだ。昼間なら多少は眠れるようになったからと言って、まだまだ脳が満足できるような睡眠量じゃない。

そのうち、ひょっこり顔を出すはずさ。悪夢でも見て、俺が飛び起きた時にでも。そして、あいつはこう言うんだ。

「酷い面だな、相棒」って。

本書はハルキ文庫の書き下ろし作品です。

ハルキ文庫

か 23-2

今夜も愉快なナイトメア

著者 烏丸尚奇

2023年8月18日第一刷発行

発行者 角川春樹

発行所 株式会社角川春樹事務所
〒102-0074 東京都千代田区九段南2-1-30 イタリア文化会館

電話 03(3263)5247(編集)
03(3263)5881(営業)

印刷・製本 中央精版印刷株式会社

フォーマット・デザイン 芦澤泰偉
表紙イラストレーション 門坂 流

本書の無断複製(コピー、スキャン、デジタル化等)並びに無断複製物の譲渡及び配信は、著作権法上での例外を除き禁じられています。また、本書を代行業者等の第三者に依頼して複製する行為は、たとえ個人や家庭内の利用であっても一切認められておりません。
定価はカバーに表示してあります。落丁・乱丁はお取り替えいたします。

ISBN978-4-7584-4582-5 C0193 ©2023 Karasuma Naoki Printed in Japan
http://www.kadokawaharuki.co.jp/[営業]
fanmail@kadokawaharuki.co.jp[編集]　ご意見・ご感想をお寄せください。